MW01165245

» LA GAJA SCIENZA «

VOLUME 1312

IL LADRO GENTILUOMO

Romanzo di
ALESSIA GAZZOLA

 **LONGANESI**

Per essere informato sulle novità
del Gruppo editoriale Mauri Spagnol visita:
www.illibraio.it

IL LADRO GENTILUOMO

Le circostanze rivelano sempre
di che stoffa è fatto un uomo.

Wilkie Collins, *La pietra di luna*

La valigia sul letto è quella di un lungo viaggio

Julio Iglesias

Se riesci a portare sulla strada della convivenza qualcuno il cui tabù assoluto è la stabilità affettiva, interrompere sul più bello il processo in divenire è pura cattiveria.

Una sola persona al mondo poteva esserne capace. La mia *crux desperationis*, la professoressa Valeria Boschi, che da sempre vede in me l'onta infamante della medicina legale e non aspettava altro che un mio momento di debolezza per ritorcermelo contro.

«Ma come, Allevi, non me l'aveva chiesto lei?» ha detto di fronte al mio sconcerto, quando ho appreso la notizia del mio trasferimento a decorrenza immediata senza data di ritorno. Il tutto con un'espressione innocente che ha discoperto in me istinti omicidi.

«Sì, ma poi...» ho obiettato, incapace di formulare una risposta convincente.

«Poi cosa?» ha incalzato allora lei, intercettando il punto di vulnerabilità. «Cos'è cambiato? Mi sembrava così convinta, così motivata, all'idea di trascorrere un periodo di studio e ricerca in un'altra università...»

E lo ero. Ma all'epoca, in verità, ero motivata più che altro a scappare da colui che amo alla follia perché avevamo litigato furiosamente, come del resto accade da sempre a fasi alterne. E quando ci siamo riappacificati, era tardi. Non dovremmo mai, mai, agire spronati da un impulso, in un momento in cui non capiamo più niente avendo appena preso una mazzata. «Lucidità» dev'essere la parola d'ordine. Altrimenti ti ritrovi a preparare le valigie per un viaggio senza aver scelto la destinazione.

Colui che amo alla follia ha incassato imperturbabile la notizia che la Wally mi sta spedendo via come un pacco di cui è ben contenta di disfarsi. Va detto, per precisione, che proprio adesso le cose tra me e lui stavano iniziando a ingranare.

Claudio e io abbiamo persino trascorso le feste natalizie insieme ed ero talmente eccitata che almeno per questa volta non ho preso tre chili in due settimane per via di quella pessima abitudine di fare colazione tutte le mattine con il pandoro... Vivevo d'aria e d'amore.

Ma poi gennaio ha portato con sé la malinconia della fine delle feste. Di tutte le feste.

«Vedi, Alice, è una questione di coerenza...» ha detto lui, mentre io mi lambiccavo il cervello per calare un asso con cui far cambiare idea alla Terribile Stronza. «Se diciamo una cosa, non possiamo rimangiarcela quando non ci fa più comodo.»

Ah, è così dunque. Mi dà lezioni di coerenza. Lui.

«Ma io non voglio andarmene!»

«Non è per sempre...» ha risposto quindi, incoraggiante.

«Ci mancherebbe!»

«Magari sarà una buona opportunità e ti farà bene.»

«Ma... come farò senza di te?»

«Non sono mica morto.» Lo fisso cercando di trasmettergli sdegno. Ma lui ridacchia. «Mi sono adeguato al clima tragico generale.»

«Vabbè. Inutile spiegarti come mi sento.»

Ci eravamo appena ritrovati e questa sciagura autoinflitta del trasferimento vuole separarci di nuovo. E poi io sono una persona pigra. Per me già arrivare sulla Prenestina è un viaggio. Lui minimizza per carattere, perché nel nostro gioco delle parti io sono la *drama queen* e lui quello sempre capace di rimanere presente a se stesso.

Ma anche mia nonna Amalia minimizza.

«Bella di nonna, uno nella vita si deve muovere. Non può rimanere sempre fermo in un posto, perché se no poi non conosce il resto delle cose che ci sono nel mondo. E se non le conosci, come puoi saperlo che non ti piacciono?»

«Ma, nonnina, io non sentivo l'esigenza di conoscerle...»

«Male! Quando poi hai la mia età mi sai dire se è bello stare sempre in poltrona, che se devi alzarti devi chiamare qualcuno per farti tirare su. Dopo la quarantina, un male ogni mattina, ricordatelo!»

Insomma, l'unica in preda all'angosciosa sensazione di imminente disgrazia sono io.

Anche perché la Wally ha individuato il luogo

perfetto per tormentarmi, anzi diciamo pure che ha trovato il modo ideale per farmi pentire di essere nata.

Mi ha deportato ai confini dello Stato, nella vecchia Oscella dei Leponzi, sulle montagne a ovest del lago Maggiore laddove un tempo nacque una repubblica partigiana (il che la dice lunga sull'isolamento del luogo). Il centro storico è molto grazioso, a poca distanza il paesaggio lacustre è bello da togliere il respiro. E questi sono i punti a favore. Ma quando non conosci nessuno, e per di più è inverno, sembra di essere a Vladivostok.

Eccomi qui, nella città della D di Domodossola ma anche D di disagio, desolazione e dell'inevitabile depressione.

Oggi ci sono – o meglio, *non* ci sono – tre gradi. E quasi ogni giorno in gennaio la probabilità di pioggia è al cento per cento.

«Lo dicevo io che era meglio Foggia, ma non ti piaceva...» ha detto Conforti quando lo ha saputo, dopo aver sghignazzato per un'ora complimentandosi con la Wally per una scelta così diabolica. Io ho risposto tirandogli addosso un blocchetto di Post-it e se avessi avuto una mira migliore avrei anche potuto deturpare il suo bel viso da canaglia. Poi si è messo a cercare informazioni. «Guarda, è proprio un bel posto. 'Un borgo medievale che conserva tracce delle antiche mura e delle torri... una piccola perla delle Alpi, una cittadina a misura d'uomo'» ha recitato, tutto convinto, con un tono serioso da programma divulgativo. «Che vuoi di più?» ha concluso, abbassando lo schermo del portatile.

E infatti io non volevo niente di più che restare nel suo appartamento in zona Parioli in cui da pochissimo avevo portato le mie cosine e che stavo iniziando a chiamare casa. Ma condannata a sentirmi nomade nell'animo, mi tocca prima un passaggio dal bilocale della signora Oggebbio in piazza Mercato. L'ho preso in affitto online e l'ho scelto perché il bagno è stato rimesso a nuovo due mesi fa, condizione per me indispensabile dopo anni in un appartamento fatiscente con il bagno anni Sessanta e i sanitari color pastello. La nuova sistemazione sarebbe anche carina, se io non fossi così tremendamente maldisposta. Quantomeno i riscaldamenti funzionano bene, visto che a queste latitudini sono indispensabili.

«Latitudini? Ma ti senti?» dice la mia amica e collega Lara quando mi azzardo a rispondere alla domanda su come sto. «Non è la Lapponia, eh.»

«Penso che però faccia ugualmente freddo. Intendo dire che, quando scendi sotto zero, meno due o meno ventidue è lo stesso.»

«Okay, Ali. Hai un problema di termoregolazione. Ma forse il tuo è un freddo interiore, forse è la solitudine. Non ti sconfortare. Io e Paolone verremo a trovarti, promesso. Piuttosto, l'Istituto com'è?»

Bella domanda. In realtà è una sezione distaccata ed è diretta dal professor Francesco Cosimo Velasco, un vecchio amico della Wally e suo collega di studi. Come lei, avrà superato da poco la cinquantina, ma è quel tipo d'uomo che dal passare degli anni e dalla chioma ingrigita trae assoluto beneficio. È allegro e bonaccione e non capisco davvero cosa abbia in comune con colei che definisce sempre «la mia cara Valeria». La sua miglior dote resta il sorriso, fiducioso che tu sia la persona che vorresti essere. Il team è composto da lui, da Filippello – un collaboratore riottoso che è finito qui con finalità punitive esattamente come me e che si dà malato un giorno sì e uno no – e da una specializzanda che è di qui, si chiama Alberta Stresa ed è la ragazza più felice del mondo per l'apertura di questa sede. Fine. La Wally ha proposto a Velasco un cosiddetto scambio, ma lui pensava che lei stesse scherzando.

«L'ho detto alla mia cara Valeria. Qui ho bisogno di persone in più, non in meno! A proposito, Alice, ho già dato il tuo nominativo alla Procura. Ho una certa età, non posso più coprire tutti i turni da solo e, come avrai capito, su Filippello non posso fare affidamento. Per dirla tutta, l'idea di Valeria è stata ossigeno, per noi!»

Certo. Ossigeno per voi e monossido di carbonio per me.

Mi sento ingiusta, perché poi qui vedo tutti allegri e soddisfatti di essere esattamente dove sono. A dispetto del freddo, dei giorni grigi, della distanza dalla metropoli. Magari sono felici proprio per questo. Quindi il problema non è del luogo, ma è mio, dell'essermi adagiata nelle abitudini di sempre, delle cose fatte sempre allo stesso modo, dei soliti punti di riferimento. La comfort zone elimina molti sforzi già alla radice, perché l'adattamento è una sfida che spesso perdiamo. Forse ha ragione nonna Amalia: la mia deve essere una lotta alla sedentarietà. E poi niente drammi. Non durerà per sempre. Non cambierà niente.

O almeno, me lo auguro.

I'm feeling all my fucking feelings

Lana Del Rey

L'Istituto di medicina legale di Domodossola è composto da novanta metri quadrati in cui sono concentrate quattro stanze, uno sgabuzzino deputato ad archivio, un laboratorio e un bagno.

Affinché fosse sufficientemente distante dal centro abitato per non contaminarlo con eventuali miasmi, chi aveva voce in capitolo ha deciso di collocarlo in un'amena frazione denominata Regione Siberia.

«Va riconosciuto alla Wally il merito di essersi applicata proprio tanto per trovarti un posto del genere» ha commentato Lara quando gliel'ho raccontato.

«Non mi lascio intimorire da nomi spaventosi.»

«Ti sei data agli antidepressivi?»

«No. Ho un morto tutto mio.»

Come preannunciato da Velasco, il nome della forestiera dottoressa Alice Allevi è giunto ai giudici della zona e, a mo' di benvenuto, ho ricevuto il primo incarico. Il che è auspicabile perché sono sempre in rosso, anche se di affitto spendo meno della metà rispetto a Roma.

«Grande Alice! Sta' a vedere che la provincia è meglio della metropoli. Meno concorrenza.»

D'un tratto mi rendo conto che non riesco a stare più al cellulare. Mi si sta congelando la mano. «Devo chiudere, Lara. Salutami Paolone.» «Ti siamo tanto vicini!» cinguetta lei, tutta spiritosa, forse convinta che la mia vita sia una serie tv comedy.

Il giuramento dovrò farlo in Procura a Verbania, e meno male che mio padre ha cambiato auto da poco e mi ha dato la sua. Era incerto se rottamarla o meno, ma alla fine, data la contingenza del mio improvviso trasferimento, ha deciso di passarmi la Škoda Felicia blu scolorito immatricolata nel 1995, di cui è stato gelosissimo fino all'ultimo. Comunque, sempre meglio della Panda che aveva dato a mio fratello Marco e che ci lasciava a piedi nei momenti topici.

Se non sbaglio strada, arriverò a destinazione tra trentasette minuti, o almeno così dice il navigatore. Procedo a rilento per via di una coltre grigia e bassa sulla strada, ascoltando Lana Del Rey, assillata da una certa sensazione greve che credo sia un insieme di ansia e nostalgia, e intanto spero intimamente che le cause di morte piemontesi siano più semplici di quelle laziali... Mentre tergiverso in pensieri sostanzialmente cretini incentivata da Lana che canta *there is no coming back from the place that you came*, svolto dopo una curva che nascondeva un bagliore di luce e la nebbia si dissolve in un attimo, svelando la sontuosa immobilità del lago. Accosto per scendere dall'auto, imbacuccandomi con sciarpa, cappuccio e berretto e infilando le mani in tasca.

Questa è la perfezione. Dura un attimo perché il sole si nasconde di nuovo e tutto adesso verte su una *palette* di grigio verdi un po' opprimenti. L'aria è intrisa di umidità e devo avere l'aspetto un po' sciroccato, perché un'auto si ferma e il conducente mi chiede se ho bucato una gomma.

«No, no. Stavo solo... guardando. Qui è davvero bello.»

Il tipo scende dall'auto e si avvicina a me, avviluppato in una giacca di montone che puzza di cane bagnato, con le braccia conserte e un'espressione assorta.

«Sì, dai. Per certi gusti.»

Un po' per via del mestiere che faccio, che non mi incoraggia a vedere nel prossimo una brava persona, un po' per il freddo penetrante, sono ansiosa di rifugiarmi nell'abitacolo della Felicia.

«Be', io vado, arrivederci» dico, un po' impacciata. Lui torna alla sua jeep malconcia.

«Arrivederci» saluta, poco incline alle chiacchiere come me.

Riprendo la mia strada e nel frattempo Lana ha iniziato a cantare *There's something in the wind, I can feel it blowing in – it's coming in softly on the wings of a song.*

C'è qualcosa nel vento, lo sento soffiare. Timorosa che sia un segno di qualcosa che non so interpretare, un'oscura profezia, spengo la radio.

A conferirmi il mio primo incarico da esiliata è un PM calabrese di nome Rosario Malara che per certe cadenze e panegirici mi ricorda l'anatomopatologa Beatrice Alimondi. Mi dico che sono davvero ridotta male se penso con nostalgia anche a lei: sono diventata come gli espatriati che vanno ai concerti di Al Bano e Romina pieni di rimpianto. Peraltro, pensando a Beatrice mi coglie una vampata di angoscia. E adesso a chi chiederò un parere sugli esami istologici? Le potrò inviare i vetrini con un corriere? Immagino che assicurando il pacco sia possibile; o magari potrei portarmeli dietro in una borsa termica la prossima volta che tornerò in treno a Roma, e se il vicino di posto mi guarderà strano per la puzza di formalina, pazienza.

«Dati circostanziali?» chiedo, iniziando a sfogliare le carte.

«La vittima si chiamava Arsen Nazarovič Scherbakov, era di nazionalità ucraina e aveva ventotto anni. Era in Italia irregolarmente, si dava da fare con lavoretti occasionali. Muratore, imbianchino, giardiniere, roba così. È stato ritrovato nel giardino di una villa. Un tentativo di furto finito male, forse.»

«Lo hanno scoperto?»

«In casa c'erano tre persone: il cavaliere Luigi Megretti Savi, un uomo abbastanza noto a Domodossola, sua moglie Anastasia Barbarani e la nipote di quest'ultima, Anastasia Radieli. Dormivano tutti e non si sono accorti dell'intrusione fino a quando non hanno sentito un tonfo in giardino. Hanno chiamato il 118 ma non c'è stato nulla da fare. La salma è già in obitorio.»

Fisso la data dell'autopsia. «Venerdì? Oggi è martedì. Non può proprio prima?» obietta il PM.

Sì che potrei, non è che la mia agenda trabocchi di impegni. Ma giovedì sera arriverà in queste lande desolate una persona, un acclamatissimo medico legale che risponde al nome di Claudio Conforti e che, notoriamente, se si prende un giorno di ferie va in crisi d'astinenza da lavoro. Quindi, cosa c'è di meglio che farlo sentire a casa con un morto precipitato? E poi mi darebbe più sicurezza averlo al mio fianco...

«Purtroppo no. Spero non sia un problema.»

«Pazienza. Speriamo che le celle frigorifere funzionino bene» conclude lui. Forse è una battuta.

«Però se lo lasciamo fuori dalla cella si conserva pure meglio!» dico io, alla disperata ricerca di un po' di complicità centromeridionale in difesa dal freddo del tempo, del luogo e dell'anima. Peccato che in genere le mie battute facciano ridere solo me.

Malara appare lievemente interdetto, ma sorride cordialmente. «Ha proprio ragione» conclude, porgendomi il fascicolo.

Se non altro, l'ho scampata e venerdì – salvo ritardi, slavine e forfait improvvisi – potrò trascinare Conforti in Regione Siberia a darmi una mano.

«Ho capito. Altro che una mano. Vuoi che te la faccia io?»

L'ho messo a parte del mio programmino durante la strada verso casa. Il treno Roma-Milano ha tardato

quaranta minuti, Claudio ha perso l'ultima coincidenza per Domodossola ed è salito senza biglietto pa-
gando una sovrattassa su un treno per Verbania Pallanza mentre il capotreno già fischiava la partenza.

«No, sai che voglio cavarmela da sola. Però averti
qui mi fa sentire più tranquilla. Siamo arrivati» gli
dico, infilandomi tra le strisce blu di un posto auto
abbastanza largo per le mie capacità di parcheggio.

«Cazzo, che freddo!» esclama mentre scende.

«Siderale» aggiungo, pleonastica, aprendo il baga-
gliaio per fargli prendere il trolley.

«C'è tanto da camminare?» chiede, terrorizzato.
Non è colpa mia se è arrivato in tenuta da passeggia-
tina primaverile a Campo dei Fiori. Indossa un cap-
pottino di panno di lana che è pressoché inutile e nessun cappello.

«Ti avevo avvisato sul clima.»

«Pensavo esagerassi come tuo solito.»

«E ti sbagliavi. Però, di giorno va un po' meglio.
Andiamo a casa, ho i riscaldamenti a palla.»

L'appartamento gli piace, e devo dire che anche io
ci sto bene. Mi piace camminare senza ciabatte sui li-
stoni di rovere sbiancato e mi piace come la luce entra
dalle finestre, quando non è un pallido bagliore.

La signora Oggebbio, la proprietaria, abita al piano
di sopra ed è un po' impicciona. Deve aver sentito
una voce maschile, un'esca di prim'ordine per la
sua curiosità, e così ha suonato al campanello con
la scusa di chiedere una cosa assolutamente inutile
sulla caldaia. Ha una cofana di almeno quindici cen-

timetri, evergreen della modacapelli, e tiene al guinzaglio il cagnetto Benito.

«Come va con la schiena?» le chiedo. La Oggebbio è una di quelle signore sulla sessantina che provano piacere per malanni e piccoli acciacchi perché ne trarranno attenzioni da amici e parenti.

«Oh, cara, un tormento. Adesso però la lascio... vedo che ha visite...» dice sbirciando l'interno dell'appartamento, in cui CC si muove già con disinvoltura. «Il suo fidanzato?» chiede, senza resistere.

Potrebbe venirgli un ictus se si sentisse definire così. Già il freddo lo ha scompensato. Ma non è a portata d'orecchio, quindi... perché no?

«Sissignora, è il mio fidanzato» dico, tutta tronfia di orgoglio. L'ultima botta di fierezza di questa portata è stata quando mi presentai in classe alle medie indossando un Henri Lloyd verde con gli inserti fucsia, che andava di gran moda ma a pensarci oggi era impresentabile.

«Oh, è venuto a trovarla per il fine settimana, che caro ragazzo!»

«Alice, hai rotto tu lo scarico?» strilla intanto il caro ragazzo in bagno.

La signora O è un po' maniacale per quel che riguarda la cura dell'appartamento, perciò l'idea dello scarico in avaria la atterrisce; ma qualunque ansia provi, viene sgominata dall'arrivo di CC in persona, che la saluta con affabilità mentre lei appare pietrificata dalla sorpresa.

«Assomiglia... anzi, è proprio uguale... È lui, vero?»

«Ma chi, signora?» inizio a temere che l'ictus sia preso a lei.

«Lino Guanciale! L'attore!»

Claudio, riscaldato dal complimento, ha già dimenticato il freddo.

«La ringrazio, signora, lei è molto gentile. Potrebbe anche darci il numero del suo idraulico di fiducia?»

«Certo, certo. Anzi, lo faccio venire domani io stessa...»

«Grazie.»

«Senta... Me lo può fare un autografo? Questa birbante mica me lo aveva detto che è fidanzata con un attore!»

Un'impercettibile increspatura si delinea sulla fronte di CC all'udire la parola tabù che inizia con la f. «Ma no, signora. Non faccio l'attore.»

«No?»

«No. Io sono un medico, come Alice.»

È tanto dispiaciuta, povera signora O. «Be', se non altro posso chiederle un consiglio...» butta lì, capace di trovare con molta semplicità un rimedio alla delusione.

«Devo deluderla di nuovo. Noi ci occupiamo solo di cadaveri.»

La signora O inorridisce. Si starà chiedendo: ma a che serve studiare medicina se poi uno sceglie di avere a che fare con i morti? Che razza di roba contro natura è questa?

«Che peccato. Sarebbe stato un bravo cardiologo...» mormora allora, e non mi è ben chiaro perché

proprio un cardiologo, ma chiederglielo inneschereb-
be un'altra conversazione, che al momento mi risulta
insostenibile. Ora basta morti, scarichi, attori e pa-
drone di casa. Ora voglio tutto per me il mio fidanzato.

O quel che è.

I brillanti a volte fanno cafona

Paul Varjak, *Colazione da Tiffany*

Mi sveglio all'alba. Claudio dorme ancora di un sonno molto profondo. Non ce la faccio a stare sotto le coperte senza riaddormentarmi e quindi tanto vale alzarmi. Vado in cucina, che è immersa nel buio. Dalla finestra non si scorge ancora il muro di cime innevate oltre la valle. Il silenzio è quasi incredibile, se si è abituati a città caotiche come Roma. Mi preparo un caffè lungo e aspetto che la luce flebile di gennaio rischiari ogni cosa. Nel frattempo, sul tavolo, studio le carte relative ad Arsen Scherbakov. A giudicare dalla fotocopia a colori del suo documento di identità doveva essere un bel ragazzo. Aveva lasciato Donec'k nel 2014 durante la guerra del Donbass, un conflitto che conta diecimila vittime. La madre di Arsen, con cui lui viveva, era stata una di queste. Arsen era entrato in Italia quello stesso anno con un visto regolare; all'inizio sembrava si fosse integrato, era stato assunto come operaio specializzato in un'acciaieria in Toscana. Dopo il fallimento dell'azienda, Arsen aveva girovagato appoggiandosi a vari connazionali che gli trovavano di volta in volta qualcosa da fare. Nel frattempo il suo permesso di soggiorno era scaduto, ma a parte questo risultava incensurato.

Claudio si affaccia in cucina. Quanto è bello averlo qui, con i capelli tutti scarmigliati, la faccia ancora assonnata. Un legame con la mia vita di sempre. No, *il* legame della mia vita.

«Caffèèèèèè» biascica, in versione zombie.

«Claudio, tu lo sapevi che c'è stata una guerra in Ucraina? Anzi, c'è ancora!»

«Caffèèèèèè» ripete, avvicinandosi alla macchinetta.

«Seriamente...»

«Caffè! Caffè!»

Ci rinuncio. La politica internazionale tendenzialmente lo annoia, ha teorie nichiliste tipo «tanto il mondo è destinato alla distruzione» con cui stronca qualunque tentativo di dibattito.

L'aroma del caffè si diffonde nella stanza, lui si siede di fronte a me e guarda con indignazione lo zucchero di canna.

«Tanto vale che me lo bevo amaro.»

«Quello bianco fa male.»

«Non ho voglia di lavorare» mormora, roteando il collo per sgranchirlo.

«Non me ne parlare. Ma si deve.»

«Io volevo portarti a sciare e tu mi porti in obitorio.»

«Non si saranno invertiti i ruoli?» lo stuzzico. «Non è che finisce che tu mi vuoi sposare e io ti pianto in asso all'altare...?»

Se non altro, così l'ho svegliato definitivamente: nemmeno la taurina nel caffè avrebbe potuto fargli drizzare le antenne con pari efficacia.

«Nel caso, te ne sarei per sempre grato.»
Mia madre si lamenta spesso dicendo che ho sempre la risposta pronta, ma quest'uomo è capace di zittirmi. La risposta giusta mi viene in genere due ore dopo e mica posso dargliela a scoppio ritardato.
«Sei veramente pessimo.»
Finisce il caffè. «Allora, se dobbiamo lavorare, lavoriamo. Che c'entra la guerra in Ucraina?»

La foto sul documento non rendeva giustizia ad Arsen Scherbakov. Animato dal soffio della vita doveva essere un tipo che non passava inosservato. Imponente senza essere massiccio, muscoloso e aitante come un tronista della De Filippi, aveva una fenice tatuata sulla scapola, i calzini logori ai talloni, i capelli corti e gli occhi dalla forma appena allungata, di un ceruleo ormai spento e opaco.

Esternamente, su questo bel corpo che ora dopo ora impallidisce, riscontro poche lesioni, come in genere accade nei casi di precipitazione.

Il tecnico di cui si avvale Velasco è sordomuto. Questa è l'idea di Claudio, se non altro, ma tutta da verificare. In ogni caso, rimpiange l'abilità di Mezzasalma, che però, quando lo vede all'opera, definisce pura e indecente macelleria. Perché lui è un po' così: più ti stima e più, in tua presenza, ti disprezza.

Sugli ili degli organi sono presenti segni di lacerazione per un meccanismo di trazione, e anche questo è un dato perfettamente compatibile con il tipo di morte ipotizzata.

«A me sembra un caso semplice. Rapina in casa finita male» dico, dopo aver sezionato cuore e polmoni.

«Ah-ah, Alice. Mai, mai, mai dirlo prima di aver depositato la perizia. Scaramanzia» mi corregge lui, che su qualunque mia speranza, anche la più banale, ha l'effetto di un estintore su una scintilla.

«Vabbè. Però, a ben vedere...»

«Taci e preleva i liquidi biologici.»

Ma perché in obitorio, ovunque esso sia ubicato e ancorché in località estreme, lui diventa così tirannico? Mi armo di siringone e provette e me ne faccio una ragione. Questo, mi sono scelta. Come lavoro, intendo. Ma anche come uomo, in effetti.

«Claudio, vieni a vedere» gli chiedo, tenendo tra le dita guantate qualcosa che non mi aspettavo di trovare nello stomaco. Una pietra preziosa che non perde la sua luce e la sua perfezione nemmeno se rivestita della melma poltigliosa che era il contenuto gastrico, forse una pizza già digerita.

Claudio è esterrefatto. «È un diamante. Enorme. Come ha fatto a inghiottirlo senza rovinarsi l'esofago? Controlla meglio. Anzi, preleva un campione di tessuto, lo porto a Beatrice per farlo analizzare.»

«Ma magari questa pietra è di plastica.»

«Alice, certe volte non capisco se ci sei o ci fai.»

«Oppure uno zircone, o un topazio.»

«No, Alice, è un diamante» dice, dopo averlo sciacquato, pulito con una garza ed esaminato alla luce. «E

deve valere quanto un monolocale in centro. Va consegnato subito alla polizia.»
«Non me lo posso tenere?» chiedo.
«Dici sul serio?»
Gli faccio gli occhioni dolci e innocenti. «Ma certo che no. Per chi mi hai presa? E poi spero che un diamante, un giorno, me lo regali un principe azzurro.»
«Un principe azzurro? Ottimo, io sono palesemente escluso.» Claudio colloca il diamante su una garza pulita. «Peraltro, se vuoi conoscere qualcuno che possa regalarti una cosa del genere devi estendere le tue frequentazioni a Montecarlo.»
«Secondo me, non è che una pietra colorata. Non ho mai sentito parlare di diamanti rosa.»
«Allora sei l'unica ragazza che non è mai entrata da Tiffany.»
Sognante, tiro fuori il mio massimo modello, colei che mi ispira nelle tribolazioni del quotidiano.
«Come Audrey, io mi fermo davanti alla vetrina mangiando brioche.» Almeno finché qualcuno non mi ci porta dentro per comprare un formanumero telefonico, sei dollari e settantacinque, tassa federale inclusa, *un oggettino di puro capriccio*, se proprio non posso ambire al solitario. Piuttosto, perché ci è entrato lui, da Tiffany?
«Sembri molto ferrato in materia...»
Mi blocca. «Non iniziare a fantasticare. Solo cultura generale.»
Qualunque cosa sia questa pietra, per essere bella, è bella. Sprigiona le tinte di certi indimenticabili tra-

monti sul mare e rimanda a qualcosa di magico e forse anche pericolosamente ipnotico. Donna fortunata chi la può indossare.

«Non t'incantare. Piuttosto chiama il magistrato e fatti mandare qualcuno per consegnargli ufficialmente la pietra.»

«Ora che ci penso, non ho il suo numero... Mi sa che devo cercare su Google il centralino della Procura...»

«Dio santo, Alice...»

Sto rimettendo in ordine le ultime cose dopo aver terminato l'autopsia quando sento suonare il citofono dell'Istituto. Dev'essere l'ufficiale mandato dal PM per ritirare la pietra. Controllo l'orologio: l'ho chiamato un quarto d'ora fa, ecco l'efficienza del grande Nord! Qui non si sta mica a pettinare le bambole! A Roma sarebbe stato impossibile, anche perché in un quarto d'ora, se va bene, in auto fai al massimo il giro dell'isolato.

«Claudio, potresti aprire tu?» gli chiedo, per poi accorgermi che in realtà si è chiuso nel lavatoio di fianco per parlare al telefono. Farò da me.

Apro la porta e mi trovo di fronte un tipo che mi sembra di aver già visto. E siccome qui a Domodossola i volti sono tutti nuovi ma sono così pochi che in una decina di giorni già sono familiari, nella mia testolina c'è una discreta confusione. Però, guardandolo bene, ricollego tutto. Non indossa la giacca di montone puzzolente, adesso trasuda distinzione.

« La manda il giudice Malara? »

« Esattamente » replica con gentilezza.

« Sono stupita, ha fatto prestissimo! »

« Ero già in zona. »

Quest'uomo, che credo si aggiri sui trentacinque, ha un aspetto abbastanza comune, eppure in lui c'è qualcosa di particolare che non ho ancora capito cos'è. Forse lo sguardo: ha occhi chiari, ma con un tratto strano, qualcosa di alieno, come se il contorno dell'iride fosse troppo scuro rispetto al colore ceruleo all'interno.

« Mi ricordo di lei... si è fermato a chiedermi se avevo bucato la gomma... »

Il poliziotto sembra spaesato. « Mi dispiace ma non so proprio a cosa si riferisca... »

« Come no, sulla strada per Verbania! Ora che so che è un poliziotto capisco anche il suo senso civico. Non che chi non è poliziotto non ne abbia... » Mi ritrovo, come sempre, incartata in una cosa detta senza riflettere e da cui adesso non so come uscire.

Il poliziotto sorride affabilmente. « Nell'arma ci distinguiamo per un certo *quid pluris*... Però, dottoressa, temo mi stia confondendo con qualcun altro. »

« Non importa. Molto piacere, sono Alice Allevi » dico porgendogli la mano.

« Piacere mio. Alessandro Manzoni » dice, esibendo un tesserino del ministero dell'Interno che ripone poi subito nel portafogli.

«Ma veramente? Oddio, mi scusi. Certo che è vero.»

Imperturbabile, il rappresentante dello Stato reagisce con collaudata dignità. «Adesso però, se non le dispiace, sono di gran fretta. Passare di qui è stato un fuori programma. Ha qualcosa da consegnarmi?»

«Direi proprio di sì!» Ho messo la gemma in una scatolina di quelle che uso per conservare campioni d'organo e poi in una bustina di plastica. «Ecco a lei.»

Il poliziotto guarda il pacchetto e lo ripone nella tasca del parka. «Grazie davvero, dottoressa. Alla prossima» conclude strizzandomi l'occhio, prima che la porta si chiuda alle sue spalle.

Quando mi volto, trovo CC a braccia conserte.

«Hai finito?»

«Ho dato il diamante al poliziotto, come mi hai detto di fare.»

«Ti ha fatto l'occhiolino.»

«Non sarai geloso?»

«'Sto deficiente.»

«Senti, chiudiamo tutto e godiamoci il weekend. Muoio dalla voglia di passare un po' di tempo con te. La tua mancanza è un tormento.»

«Non mi blandire» ribatte, fintamente serioso.

«Non ti sto blandendo, è tutto vero...» dico avvicinandomi a lui, poggiando le mani timidamente sul suo torace e lasciando che mi abbracci e che mi faccia sentire che la distanza dopotutto non ha alcun peso.

È andato tutto perfettamente, anzi, più che perfetta-mente. L'ho portato in giro sulla Felicia e abbiamo mangiato in un posto incantevole in una villa liberty affacciata sul lago. C'era una magia straordinaria, una complicità rara, e mi sono detta questa, proprio que-sta è la felicità. E se non lo è, ci va tanto vicino. Non c'entrava il Nebbiolo, anche se ce ne siamo scolati una bottiglia in due presi dall'euforia e prima di ri-metterci in auto abbiamo dovuto aspettare di tornare lucidi e la gente ci guardava e magari pensava questi due screanzati, come si perde vergognosamente il controllo quando si è innamorati!

In quel momento esatto di perfezione, mentre lui guidava con un'allegria da regressione all'età in cui il futuro non spaventa, ho pensato bene di controllare il mio iPhone. Del resto, quando sono con lui, mi scor-do di averne uno. In generale, quando sono con lui, io dimentico qualsiasi cosa.

C'erano cinque chiamate senza risposta di un nu-mero con un prefisso che inizio a riconoscere. Che sia un altro morto? Sono di turno per la Procura fino a domenica, non sarebbe strano. Richiamo, ma non ri-sponde più nessuno. Be', in caso mi ricontatteranno. Mi perdo sul confine verde-azzurro del lago e mi sen-to nella completa pace dei sensi.

Ancora per un po'.

Salendo le scale incrociamo la signora Oggebbio.

«Dottoressa, l'ho vista su Azzurra TV oggi! Si occupa di quello che è morto nella villa del cavalier Savi? »

« Sono venuta bene in tv? »

« Veramente, lei si vedeva solo di spalle! Ma io l'ho riconosciuta. L'avevo visto in giro io, quel ragazzo della Moldavia. »

« Era ucraino. »

« Be', è uguale. Sono russi. » Quanto a geografia, la signora O è peggio di nonna Amalia. Però mi interessa che lo abbia visto in giro.

« E che zone bazzicava, il russo? » le chiedo, mentre CC batte il piede sul granito delle scale.

« Qui, in centro... La fidanzata lavora da Bertolozzi. »

Bertolozzi è il bar che sembra uscito dall'immediato dopoguerra in cui fanno un'indimenticabile cioccolata calda all'arancia. Si trova proprio qui di fronte. Quasi quasi domani porto Claudio ad assaggiarla.

Messo piede nel confortante tepore di casa, mi sento come il nocciolo nella pesca, grata e benedetta dalla vita. Lascio le scarpe all'ingresso e faccio partire una playlist di musica indie folk, accasciandomi sul divano e aspettando che Claudio faccia lo stesso. Dalla Procura nessun ulteriore tentativo di contatto. Nel frattempo lui è arrivato con un pacco di Oreo. Scalzo, sereno, sorridente, dimostra dieci anni di meno.

Aspetto che la sera cali su questo giorno, con l'unica speranza che il prossimo sia altrettanto bello.

Colui che non osa toccare la spina non dovrebbe mai desiderare la rosa

Anne Brontë

Il sabato, al risveglio trovo altre chiamate dalla Procura.

Richiamo subito e il cancelliere del giudice Malara mi avvisa che il PM mi aspetta in mattinata. È piuttosto urgente.

Inizio a infilarmi i jeans mentre Claudio esce dalla doccia. « Devo andare in Procura. »

« Come mai? »

« Non mi hanno anticipato niente. Forse qualche altro incarico, sai che sono di turno fino a domani. »

« Tutto si può dire tranne che a Domodossoland l'attività langue. Come mai? » Lui si passa l'asciugamano sui capelli scuri. « Vengo con te. »

« Mi ha detto che è urgente... »

« Non sono una femmina. A prepararmi ci metto cinque minuti. Scommettiamo? »

Si dimostra di parola e nel più breve tempo possibile siamo al cospetto di Malara.

Quando vede che sono in compagnia di una persona per lui sconosciuta il PM si fa diffidente. Claudio si presenta, Malara fa lo stesso in maniera molto formale ma mi sorprende, consentendogli di rimanere.

«Dottoressa, la cerco da ieri pomeriggio...»

«Mi scusi.»

«Se è reperibile deve avere maggiore prontezza con il telefono» aggiunge e sembra molto più rigido della persona che ho conosciuto pochi giorni fa.

«Ho provato a richiamare, non rispondeva nessuno. E siccome in serata non squillava più ho pensato che non fosse urgente» mi difendo.

«In ogni caso, ha portato quella pietra preziosa di cui mi ha accennato?»

Un pentolone di acqua fredda mi si riversa sulla testa. Cerco lo sguardo di Claudio. C'era anche lui, non posso aver sognato.

«Ma veramente, dottore, lei ha mandato un poliziotto, come del resto ci eravamo detti al telefono.»

«Sì, certo che l'ho mandato, ma lei ha pensato bene di non aspettarlo. Quando è arrivato in Regione Siberia ha trovato tutto chiuso.»

«Dottore, ma che succede? Il poliziotto si è presentato, altroché! Il diamante l'ho dato a lui!»

Il viso di Rosario Malara diventa ancora più duro. Io ho tutti i sintomi di uno squaraus fulminante.

«Be', qualcosa non torna, dottoressa. Questo poliziotto le ha detto il suo nome?»

«Sì. Alessandro Manzoni.»

Malara inizia a ridere istericamente. Io sto per morire e Claudio ha gli occhi sgranati in uno sguardo tra l'allibito e il furioso.

«Dottor Malara, mi scusi...» esordisce, sforzandosi di mostrarsi l'unico rimasto lucido nella stanza.

«Come ha detto che si chiama, lei?» lo interrompe il PM, malamente.

«Claudio Conforti. Sono anche io un medico legale.» Il suo tono è molto più duro del solito.

«Bene. In che veste si trova qui?»

«Sono il fidanzato della dottoressa Allevi.»

Oh, Signore, ma perché mi mandi certe grazie quando io non posso trarne delizia? E l'ha detto senza nessuna esitazione! Peccato che io abbia consegnato una gemma dal valore inestimabile a un sedicente poliziotto di nome Alessandro Manzoni e che la mia vita sia finita.

«Fidanzato? Mi pare giusto, così abbiamo anche i promessi sposi. E pure lei ha visto questo Alessandro Manzoni?» chiede il PM, spostando subito la sua attenzione su Claudio come se finalmente gli fosse concesso di rivolgersi a un suo pari.

«L'ho intravisto.»

«Ha mostrato un documento?»

«Sì» dico io, lapidaria.

«Ha letto nitidamente il nome Alessandro Manzoni?»

«Io...» ma il PM non mi dà il tempo di finire.

«Ha lasciato un modulo firmato della ricezione di questo oggetto che a tutti gli effetti, oltre a essere probabilmente molto prezioso, ha valore di prova?»

Anche Claudio mi fissa interrogativo.

Rispondo io, assumendo la responsabilità per me stessa. « No. Non mi ha lasciato niente. »

Non so come sia possibile che io stia riuscendo a non piangere. Ha del miracoloso.

Forse è perché sono furiosa ancor più che spaventata.

Furiosa con me stessa, ovviamente. Perché no, non ho nessun modulo che attesti la mia consegna. E dire che lo so che si fa così. A Roma non avrei avuto alcuna esitazione. Non so cosa mi sia preso. Forse ho dato per scontato che quel tipo fosse certamente un poliziotto, che in una piccola provincia cosa mai potrebbe succedere... Ed ero distratta dalla voglia di liberarmene in fretta per godermi il mio weekend romantico. Ma questo è un mondo che non perdona.

Claudio inarca le sopracciglia e mi rivolge uno sguardo tanto colmo di severità che adesso sì che potrei piangere.

« Un momento. Quel tizio però sapeva che avrei trovato qualcosa nel corpo di Arsen. Questo è certo. Non può essersi presentato per caso. »

« A questo ci arrivo anche io, dottoressa » sibila il PM. « Vogliamo ipotizzare che sia un complice? » prosegue come se si stesse rivolgendo a due sprovveduti. Claudio inizia a fremere. « Sempre che Alessandro Manzoni esista davvero, e che lei non abbia voluto tenere la pietra per sé » conclude infine, stringendo gli occhi con malignità.

CC si alza dalla sedia che va indietro con un rumore stridulo. « È assurdo! »

« Cosa, dottor Conforti? Che la sua fidanzata abbia commesso un errore ingiustificabile? Sono perfettamente d'accordo con lei. »

« Alzati » mi dice Claudio, perentorio, e credo di non aver mai visto in lui tanta rabbia. Mai. Io mi sento talmente scioccata da non avere forze residue, ma obbedisco.

Malara è un fascio di nervi. « Si sieda, dottoressa. Non abbiamo finito. »

« Non penserà davvero che mi sono tenuta il diamante. Vero? » mi ritrovò a dire con voce flebile. Claudio mi fissa sconcertato. Sono sicura che pensa che mi stia vendendo la dignità, che sono inaffidabile per non dire completamente scema, che di tutte le ragazze che poteva avere si è ritrovato impelagato con un'ebete che presto avrà la fedina penale sporca e verrà radiata dall'albo.

Rosario Malara si abbandona a un sospiro angosciato, spostando lo sguardo su un punto oltre la finestra. « No che non lo penso. »

« Alice. Andiamo, basta » mi dice Claudio, lui che per orgoglio si farebbe ammazzare.

« Dottor Conforti, mi dispiace, ma non è possibile. Devo far raccogliere una deposizione dell'accaduto e la dottoressa dovrà anche fornire un identikit di Alessandro Manzoni. » Quando deve dire il nome non si riesce a trattenere e gli scappa un sussulto di ilarità pur nell'assoluta gravità della situazione. « Era italiano? » mi chiede, sforzandosi di non guardarmi in faccia.

«Sì... Aveva un accento del Nord ma, purtroppo, per me sono tutti uguali...»

«Vuol dire che lei non distingue un piemontese da un lombardo da un veneto da un friulano eccetera?»

«Non ancora...» rispondo, provata.

«Ho capito.» Secondo me intimamente quest'uomo sta invocando la virtù della pazienza. «Faccio chiamare il vicequestore. Dottor Conforti, devo chiedere anche a lei di rilasciare una dichiarazione. È l'unico testimone della presenza del signor Alessandro Manzoni, oltre alla dottoressa.»

Ed è così che impieghiamo il nostro sabato. Rilasciando deposizioni e guardando foto su foto di pregiudicati, alla ricerca di Alessandro Manzoni, che comunque non individuiamo. Quando alla fine ci lasciano andare, Claudio è candidato a finire con pieno diritto nel quinto cerchio dell'Inferno, fra gli iracondi, e io sono spossata e ho un sapore orrendo in bocca.

«Pensi che mi serva un avvocato? Devo chiamare Silvia?»

Lui fa una smorfia cattiva. «Se si mette male, altro che Silvia.»

«Certo che tu, per tirarmi su il morale...»

Si volta di scatto come un cagnaccio. «Faresti meglio a stare zitta.»

«Ah sì?»

«Sì, perché se vuoi sapere quello che penso, è ora che tu ti dia una bella svegliata, dottoressa Allevi.»

« Ma non mi dire! Lo so già senza che tu mi faccia sentire peggio di come mi sento. »

« Ma che ti aspetti? Che ti dica 'brava', oppure cose come 'non è colpa tua'? »

« No. Ovviamente, no. Ma tra compagni, o anche solo tra amici, ci si sostiene proprio quando si sbaglia, senza rincarare la dose! »

« Sì, ma se uno ci tiene all'altro deve pur aiutarlo a crescere. »

« Io non ho bisogno che mi aiuti a crescere in questo modo. Io voglio, anzi, pretendo, che tu mi ami come un uomo ama una donna e non come un maestro con la sua allieva, per cui l'amore dipende dal fatto se è stata brava o no! »

« Nel nostro caso, l'una non esclude l'altra, perché è così che siamo sempre stati. Non puoi cambiare le cose all'improvviso. »

« Io invece voglio che l'una escluda l'altra. »

« Tu vuoi la luna. Tu mi vuoi presente, amorevole fino allo sfinimento e anche sostanzialmente sordo e cieco a tutte le varie ed eventuali stronzate che hai l'abitudine di dire e di fare. Ecco, signorina, è arrivato il momento di renderti conto che per le stronzate puoi pagare un prezzo che non riesci nemmeno a immaginare. Che nella vita ci vuole attenzione, perché è questione di un attimo e ti giochi tutto. E che chi hai accanto non può pararti il culo in eterno. »

Ed eccoci qui, immersi in quest'aria gelida i cui morsi nemmeno percepiamo, esausti e con i nervi a pezzi.

« Meglio rientrare a casa tua » dice lui, infine.

Per tutto il tragitto, però, continuiamo a inveire l'una contro l'altro senza riuscire a contenerci, andando a rintracciare nella nostra storia altre occasioni in cui io sono stata irresponsabile e incauta – a quanto pare Claudio se le ricordava meglio di me, che in compenso ricordo meticolosamente tutti i momenti in cui lui è stato assente, o peggio, presente solo per colpevolizzarmi e denigrarmi.

« Mi sta scoppiando la testa » dice infine, quando arriva al parcheggio. « Raccolgo le mie cose e torno a Roma. »

« Lo vedi come sei? Impulsivo, testardo e completamente privo di calore umano. »

« Vaffanculo il calore umano. »

L'abilità di risolvere i conflitti è una qualità sottovalutata. A quanto pare io e lui ne siamo del tutto privi. E una cosa o ce l'hai o no, di certo non te la inventi.

Ma chi l'ha detto? Si può sempre imparare, specie se rischi di perdere non soltanto la carriera ma anche il tuo amore. Gli vado dietro fino al portone, che apro con la chiave difettosa. Per un attimo incrocio il suo sguardo e ci leggo dolore vero.

« Claudio, resta » gli sussurro poggiando la mia mano sulla sua. Lui è sorpreso. « Non anticipare il ritorno a Roma. Abbiamo esagerato. È colpa dello zodiaco. Siamo segni di fuoco tutti e due. Ma tu sei peggio, perché lo sanno tutti che il Leone è tremendo. »

Lo stringo e vengo ricambiata con tutta l'intensità di cui è capace. La rabbia si sgonfia all'improvviso co-

me un palloncino, è bastato smettere di aggredirsi così. Del resto la giornata è già stata abbastanza dura e
non va tanto meglio, anche se lui mi sta passando le
mani tra i capelli con dolcezza. Sono preda di quelle
crisi esistenziali del tipo ho sbagliato tutto, anzi, peggio, sono proprio io a essere sbagliata, dunque non è
un problema di contingenze bensì di sostanza.

«Io vorrei essere una persona migliore» confesso,
tristissima.

«Anche io. Ma siamo così.»

«Sì. Ma bisogna sforzarsi di migliorare. Per esempio, io dovrei sforzarmi di essere meno leggera, più
affidabile, più coscienziosa.» Lo dico con forza, come
un nuovo presupposto di cui essere certi, un obiettivo
– ritardatario – da primo dell'anno.

«Non saresti più tu.»

«Ma ti piacerei di più. E avrei meno problemi sul
lavoro.»

«Esclusa, la prima. Possibile, la seconda.»

È così semplice far pace, se lo si desidera. Il bisogno
di un abbraccio sgretola il resto. E poi, io sarò anche
un'irresponsabile cronica e lui non brillerà per capacità di empatia e comunicazione, ma per qualche miste-
riosa ragione siamo fatti l'uno per l'altra. Forse ci
compensiamo nelle nostre rispettive mancanze.

O magari, banalmente, è amore.

In ogni caso, la signora O sarà deliziata dallo spet-
tacolo che abbiamo offerto.

Il grano, che è dorato, mi farà pensare a te. E amerò il rumore del vento nel grano

Antoine de Saint-Exupéry

La domenica ha fatto una gelata micidiale che avrebbe dissuaso dall'uscire anche la Regina delle Nevi. Claudio e io abbiamo ciondolato in casa in una ritrovata pace, ma comunque pungolati dalla consapevolezza della sua imminente partenza. In Papua Nuova Guinea esiste una parola precisa per descrivere questo stato d'animo: *awumbuk*. È la sensazione di vuoto che si prova quando gli affetti ripartono dopo aver fatto visita e d'un tratto la casa sembra deserta. Per assorbire l'energia negativa, questa saggia gente mette una bacinella d'acqua sul tavolo e l'indomani la butta via, l'acqua insieme all'emozione. Ma per me non c'è acqua che basti.

L'altalena emotiva dei commiati è una cosa che purtroppo conosco bene, sono i ricordi di una vita precedente che sembra tanto lontana ma non lo è, dopotutto.

Giusto il tempo di pranzare insieme in orario da reparto di geriatria e devo accompagnarlo in stazione a Verbania.

Di Alessandro Manzoni e di tutta l'orribile vicenda non abbiamo più parlato ma, una volta rimasta senza di lui, l'ansia di quanto accaduto mi ricade addosso e affrontare l'*horror vacui* della domenica sera mi si prospetta insostenibile. Quindi, mi trascino fino al McDonald's per un menu salvaeuro d'asporto e una volta rincasata provo a spegnere l'ipereccitabilità del cervello guardando *Stranger Things* senza riuscire a sollevarmi dal divano. Nei rari momenti di lucidità mi ritrovo ad affastellare pensieri sulla Wally, rea di avermi spedita qui, e tutti si concludono invocando il karma, cui demando il compito di vendicarmi.

Il lunedì mattina, a bordo della fiammante Felicia supero il centro della città e mi avventuro nella campagna bianca di brina per raggiungere la Regione Siberia.

Busso alla porta di Velasco, che trovo pacioso sulla sua poltrona intento a guardare una nuova foto del nipotino che ha appena ricevuto su WhatsApp. Mi chiedo come un tipo tutto bonomia e serenità sia amico di una infida come la Wally. Forse il punto è che è amico di tutti proprio perché non è particolarmente selettivo. È una persona molto comunicativa e mi mostra subito il frugoletto, tutto pieghe cicciose e sorriso sdentato. In effetti è irresistibile.

«Anche tu saresti in età, Alice... La carriera è una cosa importante per una donna, ma non rinunciare alla maternità.»

Vorrei dirgli: professore, io posso anche non rinunciare, ma ho bisogno di uno spermatozoo che il legittimo proprietario tiene sottochiave.

Ad ogni modo, se voglio sentirmi meglio per la viccnda Manzoni, è l'unico a cui posso raccontare quello che mi è successo e lo faccio riuscendo a spiegargli i fatti con una linearità assoluta, senza perdermi in considerazioni personali.

Velasco tamburella le dita e mi guarda senza esprimere giudizi, il che è già consolatorio se penso a come mi fissava Malara.

«Certo, Alice, che dirti... Un po' di leggerezza da parte tua c'è stata, questo bisogna ammetterlo.»

«Naturalmente!»

«Però credo che tu possa stare tranquilla. Hai fatto bene a raccontarmi di persona cosa è accaduto, chiamerò oggi stesso Rosario e mi farò una chiacchierata con lui.»

«Mi ha mostrato anche il documento, capisce? Sembrava tutto in regola, non avrei mai potuto pensare a un trucco...»

Velasco sorride: «Certo, del resto con quel nome così plausibile...» Poi si affretta a consolarmi: «Non lambiccarti, ormai è fatta».

Dopo una giornata trascorsa scrivendo la perizia su Arsen, quando sono già imbacuccata e pronta a tornare a casa, Alberta mi avvisa che una persona chiede di me.

È una ragazzina.

O lo sembra, quanto meno, anche se è molto alta.

Si premura di togliere il berretto di lana con il pon

pon fucsia che copre una folta capigliatura ossigenata
e mi porge la mano.

«Mi chiamo Maria Roncaro. Sono... ero... la ragazza di Arsen.»

Ha un brillantino sull'incisivo laterale di destra e le
unghie con lo smalto semipermanente sono decorate
in modo tanto elaborato da sembrare opera di un mi-
niaturista. Dev'essere quella che lavora da Bertolozzi,
a meno che Arsen non tenesse un piede in due scarpe.

«Posso parlarle?» prosegue, guardandosi attorno
nell'evidente speranza di non incrociare qualcuno
che conosce.

«Certo» le dico, facendo strada verso la mia stanza
e sbottonando il piumino per togliermelo, perché
qualcosa mi dice che ne avrò per un po'.

La invito a sedersi di fronte a me e sono tutt'orec-
chi.

«Ascolti, dottoressa... so che è una domanda strana... be', non so da dove cominciare...» Avvampa,
come se si fosse sentita pronta a dire qualcosa di sconvolgente ma poi, riecheggiando nella sua mente, quel
concetto le fosse sembrato impronunciabile.

«Coraggio, Maria, non può essere niente di grave»
la esorto con spirito samaritano, come vorrei che, in
un mondo ideale, gli altri facessero sempre con me.
Deve riuscirmi abbastanza bene, perché Maria non
se lo fa ripetere due volte.

«Ha trovato... qualcosa, nei vestiti di Arsen?»

Questa è bella. «Che cosa intendi in particolare,
Maria? Ho trovato varie cose. Tu a quale ti riferisci?»

Solo dopo aver parlato mi rendo conto che suona un po' come una sfida.

« Arsen era andato a Villa Savi per rubare » dichiara.

« Dunque tu lo sapevi? »

Si schermisce subito, la ragazza. Il suo aspetto infantile è più che mai la prova che l'apparenza inganna. « Certo che no. Non lo sapevo prima, altrimenti glielo avrei impedito! Non sono una ladra, io. »

Maria si è sentita offesa e sembra ritrarsi sulle sue. Ma io non demordo.

« Allora, cosa sai? »

« So che negli ultimi tempi aveva un amico... che non mi piaceva. »

Bingo. Ci scommetto che è Alessandro Manzoni.

« Alto? Un bell'uomo, con le gambe un po' arcuate, i capelli e la pelle scura e gli occhi chiari? »

« No, no. Tarchiato e brutto come la fame. » L'inesorabilità di Maria rade al suolo le mie speranze.

« Sai come si chiamava? »

« Arsen lo chiamava Mirko. »

« Ucraino anche lui? »

« Sì. »

« Anche tu sei ucraina? »

Maria sembra volermene. « No. Io sono di Pinerolo. Ma perché me lo chiede? »

« Be', hai qualcosa di... esotico... » E parla anche in maniera un po' stentata, ma questo non lo dico.

« No, volevo sapere perché mi chiede cose più personali. » La sfacciata!

«Maria, sei tu che mi hai chiesto qualcosa di personale.»

Maria non può darmi torto e quindi si fa animo per sbottonarsi su cose che sembrava indecisa se dirmi o no. «Mirko lo coinvolgeva in affari che a me non piacevano proprio. Nemmeno ad Arsen, solo che lui era stanco di non avere mai un soldo. Io ho giusto sentito qualche telefonata... ma poi Arsen mi giurava che non faceva niente. E io gli credevo» conclude, con decisione.

«Bene. Allora cosa ti aspetti che io abbia trovato?»

«Allora» rimarca lei, che ha dalla sua la completa assenza di quello che mia nonna chiama timor di Dio. «Quel pomeriggio io li ho sentiti che parlavano di Villa Savi. Quando ho chiesto spiegazioni lui mi ha detto che forse ci andava a fare un lavoro perché la signora Savi voleva ripitturare la casa. E che questo lavoro lo faceva con Mirko. Io avevo un brutto presentimento ma gli volevo dare fiducia, non lo volevo stressare. Poi, quella sera, mi è arrivato un suo messaggio. L'ultimo.» D'un tratto Maria diventa fragile, e molto triste. Gli occhi si fanno lucidi e le offro un fazzolettino, merce di cui negli ultimi giorni faccio ampio uso anche io. Fruga nella borsetta di Carpisa ed estrae uno smartphone ultimo modello. Mi fa leggere il messaggio.

Cerca nella tasca dentro la giacca e non lo dare a nessuno, neppure a Mirko.

« Che cosa? »

« Appunto. Lo chiedo a lei... » ribatte, un pochino stizzosa.

« Anche se io avessi trovato qualcosa non potrei darlo a te, Maria. Lo capisci questo, vero? »

« Ma qualunque cosa fosse lui voleva darla a me. »

Controllo l'ora di invio del messaggio. Le 23.48. Dal verbale del 118 che è giunto sul luogo quando i Savi si sono accorti della caduta, so che è morto alle 00.08, quindi Arsen doveva aver intuito che qualcosa stava andando storto e forse ha messo la pietra nella tasca prima di pensare che fosse più sicuro inghiottirla. Questo, ammettendo che il qualcosa che Maria doveva cercare fosse proprio quella pietra. Difficile però dirlo con certezza. Avrebbe potuto riferirsi anche ad altro, forse qualcosa che Maria doveva cercare in una giacca rimasta a casa?

« Maria, tu e Arsen vivevate insieme? »

« Sì, da qualche mese... »

« Magari si riferiva a qualche altra giacca? »

« Arsen non aveva altre giacche » ribatte, seccamente.

Apro il file con le foto che ho scattato il giorno dell'autopsia. « Era questa l'unica che aveva? » le chiedo, mostrando l'immagine della giacca.

Lei annuisce e, di nuovo, gli occhi si fanno lucidi.

Io ho controllato. Nelle tasche non c'era niente e da quel che ne so l'unica cosa presente, ossia il portafogli, era stato prelevato dalla polizia (quella vera) per l'identificazione.

Arsen aveva capito che avrebbe potuto succedergli

qualcosa e che, in tal caso, Maria avrebbe potuto trovare la pietra, salvo poi ripensarci e ingoiarla. Questa è l'unica spiegazione.

«Maria, devi raccontare tutto alla polizia.»

«Preferisco di no.»

«Non è questione di preferenza. Devi.»

Magari fossi così perentoria anche con me stessa, quando si tratta di disciplina.

La poveretta sospira con aria derelitta. Mi viene in mente che accompagnandola io da Malara potrei aiutarla a raccontare i fatti. E, cosa che non guasta, provare a riabilitarmi agli occhi del PM.

«Dobbiamo andare in Procura, a Verbania.»

«Non c'ho l'auto» replica, in un ultimo pretestuoso tentativo di opporsi.

«Ce l'ho io.»

Due minuti dopo siamo già sulla Felicia.

We are living in a material world and I'm a material girl

Madonna

Ho fatto avvisare Malara del nostro arrivo. Maria scalpita interiormente e non fa mistero di essere pentita di aver consultato una menagramo come me. Manifesta il disappunto indossando gli auricolari, a chiaro segnale di un'assoluta indisponibilità alle chiacchiere, e il tragitto scorre quindi con questa contrariata suppellettile al mio fianco. Il solito strato di grigio appanna le cime che si affacciano sul lago. Nessuno dei dettagli è visibile, solo la profondità delle acque, che sembrano scure e limacciose. Un cigno solitario le guada mentre la coltre d'umido avvolge impietosamente l'auto, e io mi chiedo la ragione per cui il buon Dio mi colloca sempre in situazioni a dir poco complesse – ma senza livore, è solo una constatazione.

Malara ci fa aspettare un'ora e fosse per me non mi peserebbe neppure, mi metterei in sala d'attesa a leggere il libro di Tove Jansson che mi sono portata dietro, ma l'intransigente impazienza di Maria, che ostenta con decisa malacreanza, mi rende nervosa al punto che mi verrebbe tanto da dirle: bella, sono fattacci tuoi. Ma invece c'è sempre quell'attrazione verso l'ignoto che li fa diventare anche miei...

«Entrate» dice Malara con durezza dopo aver aperto personalmente la porta.

Se penso che era così cordiale, prima... Sarà inutile aspettarmi altro lavoro da lui, in futuro. Ma del resto, spero che il mio futuro sia a Roma e non qui.

«Allora, dottoressa?» chiede, scrutando nel frattempo Maria con aria critica.

«Lei è Maria Roncaro, la fidanzata di Arsen» esordisco.

«Mi risulta che sia già stata sentita su a Domodossola, da uno dei miei. Uno vero» aggiunge soavemente.

«Sì. Maria però aveva omesso un dettaglio che è venuta a raccontarmi» rispondo, imperturbabile.

«E perché a lei?» chiede scettico.

Fisso Maria. Che parli lei, diamine. La esorto con lo sguardo, ma lei sembra affetta da mutismo selettivo. «Maria... forza. Spiega al dottor Malara come stanno le cose.»

Il buon senso deve suggerirle di decidersi, una buona volta, e così Maria riepiloga quanto ha detto a me.

«Signorina Roncaro, mi viene da pensare che in realtà lei si aspettasse di trovare qualcosa di valore nella giacca di Arsen.»

«Qualunque cosa sua, per me era di valore» precisa Maria.

«È proprio sicura che disapprovava certi lavoretti di Arsen? Magari un po' di soldini in più facevano comodo anche a lei.»

Maria arrossisce. «Ho certi princìpi, io.» Ma adesso che provo a leggere nei suoi occhi la verità, mi dico che le sarebbe difficile ammettere di aver approvato le attività parallele di Arsen. Nel suo sguardo non si scorge sincerità, ma sfido chiunque a farne una prova da portare in tribunale. E poi, non fa differenza che lei appoggiasse Arsen. O forse no. Magari, se davvero lo avesse contrastato energicamente, lui non avrebbe tentato quel furto alla villa e sarebbe ancora vivo. Ma se crediamo nel concetto di morte «quando arriva la tua ora» alla *Final Destination*, quel giorno Arsen sarebbe morto ugualmente, magari perché uno dei vasi pericolanti sul balcone della signora O gli sarebbe caduto tra capo e collo mentre passava sotto casa per andare da Bertolozzi.

«Sa darmi qualche dettaglio in più su questo Mirko?»

«Abita in zona Cappuccina. Il cognome non lo ricordo perché è di quelli strani dell'Ucraina.»

«Per conto suo, dottoressa Allevi, lei ha già appurato che Mirko non sia Alessandro Manzoni?»

«La descrizione di Maria non corrisponde affatto. E Alessandro Manzoni non mi sembrava straniero» rispondo, piena di dignità, ormai certa che questa storia non me la scrollerò mai di dosso. Intanto, alle allusioni ad Alessandro Manzoni Maria sembra del tutto indifferente, quasi fosse un nome come un altro. Forse è sovrappensiero. Oppure è ignorante, ma dubito che in Italia esista qualcuno che ignori il nome di Manzoni, non fosse altro perché dà il nome a una via almeno in ogni comune, anche quelli che contano duecento abitanti.

«Maria, tu conosci un tipo che si chiama Alessandro Manzoni?» chiedo d'impulso.

Lei solleva lo sguardo, torvo. Ci pensa un po'. «No» risponde infine, senza alcuna ulteriore aggiunta o precisazione con quella solita ostinata chiusura. Prima di congedarci definitivamente, Malara chiede a Maria di accomodarsi fuori. Rimasti da soli, tamburella con le dita sulla scrivania di legno e dice: «C'è pietra nella lenticchia. Questa ragazza non mi convince».

«È un po' scontrosa» commento, cauta.

«Senta, dottoressa, ho qualche novità su quella pietra.»

Una stilettata mi colpisce tutte le volte che ci penso. *Diamonds are a girl's best friend* non vale sicuramente per me: da quando l'ho visto, quel diamante mi ha portato solo guai. «Altrimenti noto come Beloved Beryl, ossia Amata Beryl, pesa 7 carati e 39 ed è meglio che non le dica il valore stimato dai Lloyd's.»

«Non pensi che io voglia disprezzare la zona, ma che ci faceva una cosina del genere a Domodossola?»

«Non possono esserci miliardari a Domodossola?» mi tacita lui.

«Mi scusi.»

«Il Beloved Beryl apparteneva a un industriale milanese, Renato Barbarani, che lo aveva acquistato negli anni Cinquanta da un conte inglese in disgrazia. Una nipote di Renato lo ereditò nel 1995. Costei viveva a Roma ma il caso vuole che abbia sposato Luigi Megretti Savi, un notabile di queste parti, ed è così che Anastasia Barbarani si è trasferita a Domodossola portando con sé la pietra, montata come una spilla. Ma il furto del Beloved Beryl è stato denunciato due anni fa, nel 2016 e, stando alle dichiarazioni della signora Savi, è avvenuto a Roma, quando lei si trovava lì per partecipare al matrimonio di sua nipote. Quindi è assolutamente incongruo che questa pietra, che per come lei l'ha descritta sembra essere senza alcun dubbio il Beloved Beryl, sia finita nello stomaco di Arsen Scherbakov.»

«Siamo sicuri che non ci fosse un doppione? Magari acquistato da Anastasia Barbarani dopo il furto.» Del resto qui l'unico a sostenere che fosse una pietra ultrapreziosa è il buon Conforti, che dubito sia un gemmologo specializzato. Per quanto mi riguarda poteva anche essere Swarovski.

«Ha dichiarato di non aver fatto doppioni e di non aver più visto la pietra da quel dì. E poi l'interesse di questi ladri non avrebbe senso, se fosse stato un cristallo.»

«Quanti anni ha la signora Anastasia?»

«Sessantaquattro.»

«E suo marito?»

«Il cavalier Megretti Savi sarà sui settanta.»

«Non vorrei sembrarle sfacciata, ma sa... a me piace fare delle ipotesi... diciamo che è un piccolo vezzo.»

Malara sembra incuriosito. «Che ipotesi?»

«Per esempio, la prima cosa che mi viene in mente

è che il signor Megretti Savi navigasse in cattive acque e abbia organizzato il finto furto della gemma, che invece era al calduccio in cassaforte. Così ha preso i soldi dell'assicurazione e si è tenuto il diamante. Magari qualcuno era a conoscenza di questi fatti come io li sto immaginando e ha puntato la pietra preziosa, sapendo che oltretutto i Savi non avrebbero più potuto denunciarne il furto, dato che lo avevano già fatto...»

Malara è sfacciatamente divertito. «Che bella storia! Peccato che Agatha Christie sia già morta, se no gliela suggerivamo e ci faceva un romanzo.»

«Lo trova così improbabile?» chiedo quindi, per niente scomposta.

«No, non lo sarebbe. Se non fosse che Megretti Savi ha una situazione finanziaria molto solida.»

«Be', figli? Scapestrati, magari?» azzardo, la fantasia lasciata libera di seguire una turbinosa corrente.

«Niente figli. Nessuno particolarmente vicino da trarne un vantaggio economico diretto.» Nel frattempo il PM si è messo in piedi e sembra pronto a indossare il cappotto. «Sa che lei mi diverte, dottoressa? Quasi quasi le perdono quel piccolo inconveniente. Adesso però devo andare.»

A mia volta, avevo completamente rimosso dalla mia memoria a breve termine l'esistenza sulla faccia della terra della signorina Maria Roncaro, e poiché dall'ufficio del PM la sala d'attesa dove immagino si sia parcheggiata quella sventurata creatura non è a vista, quando mi torna in mente sono già a metà strada verso Domodossola.

Faccio un'inversione da multa salatissima e torno di corsa a Verbania, speranzosa che non ci siano auto-velox infiltrati tra alberi e pali della luce, ma lo sforzo del motore a nulla serve: Maria se n'è andata, forse con una corriera, forse ha chiesto un passaggio, forse ha chiamato un amico.

Io mi sento ignobile e so già che dovrò andare da Bertolozzi, volente o nolente, a scusarmi. Perché sarà anche una tipa lievemente irritante, ma la gente non si scarica così, né di proposito né per sbaglio.

Peccato che però da Bertolozzi non abbiano sue notizie.

Né quella sera, né i giorni a venire.

Un fiocco di neve vagabondo
Attraverso un fienile o lungo un solco
Non sa se andare

                                    Emily Dickinson

La cinta di crinali innevati preserva la città dal minimo accenno di calore. Uscire dal tepore di casa richiede una prova di resistenza fisica, soprattutto perché la Felicia impiega a riscaldarsi il tempo esatto dell'arrivo in Regione Siberia, ovvero quando devo spegnerla e parcheggiarla. Se non altro, quest'ultimo passaggio non è stressante come a Roma, perché l'Istituto è circondato dal vuoto pneumatico e posso lasciare l'auto dove voglio.

Velasco è in laboratorio, l'entità irreale di nome Filippello che dovrebbe coadiuvarlo come sempre ha trovato un motivo per non presentarsi e in questo momento l'attività scarseggia. Alberta è inchiodata su Zalando e io a mia volta sono impelagata in logoranti ricerche su Google.

Maria Roncaro.

Uno pensa di poter trovare di tutto sul motore di ricerca, neanche fosse l'accesso alla banca dati dell'FBI, e invece non è così. Maria Roncaro non è su Facebook, Instagram né Twitter, buon per lei. Se si conduce una vita riservata, Internet può non avere alcuna traccia di te. Mi ci vuole un po' per trovare una foto che la ritrae con Arsen, sul profilo di quest'ultimo, ma è una foto del 2016 e Arsen non era uno di quei tipi che aggiornano metodicamente il proprio profilo. L'ultimo accesso risale a cinque mesi prima della morte, quando aveva pubblicato la foto di un cagnolino che dà la buonanotte.

C'è una cosa che non ho mai chiesto a Malara. Arsen ha mai lavorato per Megretti Savi? O magari i coniugi ricordano di aver avuto contatti con un certo Mirko? Mi faccio coraggio e lo chiamo. Del resto, anche l'improvvisa scomparsa di Maria mi sembra un degno argomento di conversazione.

«Allevi, faccia presto, devo andare in udienza» esordisce, per niente incoraggiante.

«Dottor Malara, ha più avuto notizie di Maria Roncaro?»

«La ragazza di Arsen?»

«Proprio lei.»

«Scusi, ma perché avrei dovuto averne?» Il fatto che non abbia notizie in teoria esclude una denuncia per scomparsa.

«Perché nella pasticceria in cui lavora non l'ho più vista.»

Malara si spazientisce. «E perché l'ha cercata?»

«Non l'ho cercata» mento spudoratamente. «Ero solo andata a prendere un caffè.»

«Non può farselo a casa?»

«Non posso prenderlo al bar?» rilancio, un po' offesa.

«Voleva dirmi soltanto questo?»

«No... volevo chiederle se i Megretti Savi conoscevano già da prima della rapina Arsen o Mirko.»

«C'è una ragione per questa domanda?» chiede, ma con tono neutrale.

Mi gioco la carta della sincerità. Con un tipo così secondo me funziona più delle scuse. E poi, è così che sono fatta, è del tutto inutile dissimulare. «Sì, c'è: sono curiosa. Ma se non vuole rispondermi io la capisco, non si preoccupi. È che i miei morti io me li prendo sempre a cuore. Lo so che vado oltre, lo so.»

Malara accoglie la mia ammissione con un silenzio pieno di dubbi. O così immagino io. Magari è semplicemente irritato, oppure di fretta, oppure stranito. Che ne sappiamo davvero di cosa pensa la gente di noi? Di come interpreta le nostre uscite più assurde?

In ogni caso deve aver stabilito che tutto sommato la sincerità vada premiata. «Saltuariamente Arsen si prendeva cura del giardino della signora Anastasia.»

«Potrebbe aver fatto da basista.»

«Il basista, però, di solito non prende parte alla rapina...» mi corregge.

«Mentre Arsen ci ha rimesso la vita.»

«E per quel che sappiamo, era solo. Dottoressa, nel pomeriggio sarò dalle sue parti. Mi accompagna a prendere un caffè lì dove lavora la Roncaro?»

Ovviamente non è un appuntamento.

Primo, mi reputa inaffidabile e curiosa.

Secondo, sa bene che sono impegnata.

Terzo, avrà pensato che val la pena approfondire la presunta scomparsa di Maria.

Fatto sta che sono qui da Bertolozzi, intenta a contemplare il banco dei dolci carichi di cioccolata e panna, con un languore che mi impongo di tenere a bada.

Gli arredi non sono mai stati rinnovati ma, dato che il vintage è di moda, questa botteghina fa la sua figura. Mi siedo a uno dei tavolini aspettando il PM, che arriva trafelato.

I capelli diradati sulla fronte sono scompigliati da un cappello che toglie non appena si siede al tavolo. Le sopracciglia chiare sono molto folte e sovrastano gli occhi stretti. Ha un mento piuttosto prominente, smussato dalla presenza di una barbetta con qualche accenno di grigio.

Ordina un babà; uno strato di pannicolo adiposo sull'addome lascia intuire che il conto delle calorie non sia tra i suoi interessi. Contagiata dalla voluttà, chiedo un cupcake.

«Sono appena stato dai Megretti Savi» mi informa. «Continuano a non spiegarsi la riapparizione della pietra.» Non stento a crederlo.

«È sparito dell'altro, da casa loro?»

«Nulla.»

«Che rapina atipica...»

«Forse Arsen l'ha trovata in casa in occasione di uno dei suoi lavori e l'ha puntata. Ma più probabilmente, secondo me, agiva su mandato di qualcuno. D'altra parte, chi poteva aver puntato un gioiello della cui presenza non erano consapevoli nemmeno i proprietari?»

« Bell'inghippo. » Resto a riflettere sull'interrogativo che ha appena sollevato quando i miei pensieri vengono deviati da una paura più forte. « I Megretti Savi hanno saputo che la pietra l'avevo ritrovata io ma che l'ho persa? »

Malara sembra dispiaciuto. Il che è bizzarro, perché ha sempre avuto l'aria di voler punire il mio errore con pene corporali al limite della tortura. « Ho dovuto dirglielo. »

« Mi denunceranno? » chiedo terrorizzata.

« E per cosa? »

« Non lo so... »

Il PM sembra dismettere i panni del Super Io censore della collettività. « Dottoressa, rifletta un momento. Quella pietra ufficialmente nemmeno esiste. Come ha detto anche lei più volte, potrebbe pure essere un falso. In tribunale nessuno potrebbe condannare lei, o chi per lei, a pagare una cifra stratosferica per qualcosa di aleatorio. Ipotizziamo che sia una gemma preziosa soltanto perché l'appostamento di Alessandro Manzoni non può essere casuale. »

« Anche Claudio... il dottor Conforti... »

« Il suo fidanzato, sì » rimarca Malara.

« Lui ne era sicuro, che fosse di grande valore. »

« Tutto fa ritenere che fosse proprio il Beloved Beryl, ma finché non ce n'è certezza, lei può dormire sonni tranquilli. »

« E quando ci sarà la certezza? » chiedo, sgranando gli occhi.

« Oh, be', in tal caso la pietra sarà stata ritrovata e i

Megretti Savi saranno tanto contenti da non desiderare altro. Non hanno bisogno di soldi, si fidi di me.
E se proprio vuol sapere come la penso, hanno già i
loro guai a dover dimostrare di non aver truffato l'assicurazione. Per loro, meno si parla di questa pietra, e
meglio è. »

Nel frattempo ha finito il suo babà e si avvicina alla
cassa per pagare. Avrebbe potuto farsi portare il conto
al tavolo, ma evidentemente vuol fare qualche domanda, perché quando mi avvicino sento che sta
chiedendo notizie di Maria Roncaro.

La signora Bertolozzi in persona, sullo scranno alla
cassa, gli comunica che la ragazza non si fa viva da
una settimana e che il telefono è spento. Non sa
più cosa pensare.

« E nessuno è venuto a cercarla? »

« Nossignore » dice, consegnando al PM un paio di
monete da due euro di resto.

« Della sua famiglia, sa niente? » insiste ancora lui.

« Maria non parla volentieri dei fatti suoi... » si giu-
stifica la donna.

« E quindi non sa proprio niente? » insiste Malara.

« So che fine ha fatto quell'Arsen, chi se lo sarebbe
aspettato? Pareva tanto un caro ragazzo. Non ci si
può fidare di nessuno. »

« Signora, per caso ha fatto capire a Maria che non
si fidava più di lei, visti i trascorsi del suo fidanzato? »
azzarda il PM, che con tutta evidenza ne capisce di
psicologia, perché la signora Bertolozzi si rimpiccio-
lisce e contrae il volto in una smorfia di vergogna.

«Forse... senza volerlo... L'ho offesa.»

«Senza volerlo» ripete Malara, sarcastico.

La Bertolozzi si schermisce. «Questo è un esercizio rispettabile, signor giudice. Non vogliamo avere a che fare con i delinquenti.»

Malara corruga le sopracciglia cespugliose. «Se glielo ha detto in questi termini, non mi stupisce che Maria si sia offesa.»

La signora gli porge lo scontrino. «Non ho detto così...»

«... Ma il senso era quello» soggiunge il PM. «Se dovesse farsi viva, mi chiami» dice, scrivendo il suo numero su uno dei biglietti da visita della pasticceria.

Rimette sul capo il borsalino alla Maigret e saluta non tanto cordialmente.

L'asimmetrica piazza Mercato si apre davanti a noi. Hanno appena acceso le luci sotto i portici quattrocenteschi, un cielo greve e scuro ci opprime mentre il lastricato è scivoloso per il nevischio.

«Posso accompagnarla a casa?» domanda lui, accendendosi una sigaretta.

«Abito di fronte.»

«Allora è dovere» replica, stringendosi nel cappotto.

«Farà altre ricerche su Maria?» gli domando, infilando le mani nelle tasche.

«Magari ha solo voluto cambiare aria. È pur sempre reduce da un grave lutto.»

«Già, è possibile.» Attraversiamo la piazza fino a raggiungere casa della signora Oggebbio. Una cornacchia plana sulla piazza con il suo *cra cra*.

Di spalle, davanti al portoncino, vedo una sagoma familiare, munita di un valigione che lascia intuire una lunga sosta.

«Non ci posso credere» mormoro, perché ha tutta l'aria di essere una di quelle mie allucinazioni prodotte dall'eccesso di zuccheri.

Lui si volta. «Eccoti» dice, un sorriso sul viso che sembra più una paresi da freddo.

Gli getto le braccia al collo, già dimentica del PM.

«Dottoressa, allora io vado» mormora Malara, irrigidito. È un po' un orso, questo giudice dell'Aspromonte. La tenerezza intorno a lui lo mette a disagio quanto lo spaccio di stupefacenti nelle vie del centro. Saluta con modi formali sia me che CC e se ne va per la sua strada.

«Ma che fai, ti vedi con il PM che ti crede il tulipano nero?» chiede quindi Claudio, e non sembra geloso, ma soltanto perplesso.

«È bellissimo che tu sia qui» gli dico ignorando deliberatamente la sua allusione e continuando ad abbracciarlo, assaporando il suo profumo di Déclaration, gel e mentine.

«Che ci facevi con il PM?» insiste lui.

«È una lunga storia. Ti prometto che te la racconto. O anche no. Non voglio parlare di niente, voglio solo godermi il fatto che sei qua.» Rivolgo lo sguardo alla sua enorme valigia. «Quanto pensi di fermarti?»

«Solo due giorni. Ma stavolta sono attrezzato. Apri 'sta porta, su.»

Rien que du blanc à songer, à toucher, à voir, ou ne pas voir

Arthur Rimbaud

La mole del valigione è giustificata dalla presenza della tuta di Claudio, che per sua stessa ammissione se non fosse un medico legale vorrebbe essere uno sciatore professionista. Peccato che questa sua passione si scontri con la mia incapacità. Ma non è solo incapacità: è proprio mancanza di interesse. Lui tuttavia non si lascia scoraggiare. È convinto che persino io possa imparare e per questo ha pensato di prendermi un maestro tremendissimo, un omaccione con gli occhi a salvadanaio e un temperamento crudele e intollerante nei confronti di qualsivoglia forma di goffaggine, il che in sintesi equivale a dire che è allergico a persone come me.

« E quindi, se devi girare a sinistra, quale spalla devi abbassare? » mi sta chiedendo, per l'ennesima volta, e io non so cosa rispondere dato che sto cercando semplicemente di non rompermi un'anca e sto facendo dello sci un'espressione del mio istinto di sopravvivenza.

« ... la sinistra? »

« Ma perchééé? »

« Scusami... La destra. È che ho difficoltà con la destra e la sinistra. Le confondo. Forse perché sono mancina... »

« Balle! Sono mancino anche io e non confondo un bel niente! Ricominciamo. Su, bella dritta. Giriamo i piedi, abbassa la spalla... piaaanooo... la destra, non la sinistra! »

Nel frattempo io sono affondata nella neve.

« Ti stai incasinando da sola » commenta, porgendomi una mano.

« Per me non è una novità. »

Claudio sta percorrendo la stessa pista e si accosta.

« Amico, c'è bisogno di tempo qui... » gli dice, quel perfido.

« Che ore sono? » domando scrollando la neve dai pantaloni come se fossero briciole di biscotti.

« Ne abbiamo per un quarto d'ora ancora, ma suggerisco un'altra lezione nel pomeriggio... » dice il mio aguzzino.

Guardo Claudio supplichevole. *Basta. Non mi sento più le dita dei piedi. Sono una frana e sempre lo sarò, torniamo a casa.*

Tutto questo lo dico con lo sguardo e spero che lui capisca, senza che debba esplicitarmi.

« Magari un'altra volta. La finiamo qui per oggi » risponde CC al maestro. « Arriviamo insieme fino alla fine. Ti aiuto io » mi dice poi con dolcezza, e con lui al mio fianco non cado più.

Le ampie finestre si affacciano su strati di luccicante biancore e tutto attorno gli alberi e i loro rami, piegati dal peso della neve, sembrano stanchi dell'inverno. Mi godo il calore del caminetto acceso, mentre lui fa ritorno in camera con due cioccolate fumanti.

« C'è qualcosa di magico in posti così. Si ha l'illusione di essere davvero lontani. »

« E invece Domodossoland è a dieci minuti da qui » risponde lui, che prova fastidio verso magie e illusioni, anche solo verbali.

Mi siedo di fronte a lui, il cucchiaino affonda nella densità voluttuosa del cioccolato fuso.

« Ed è magico perché in questo momento siamo da soli, in questo rifugio. »

« Chiaro. Tutti gli altri sono sulle piste. »

« Ancora non riesco a credere che hai guidato per sette ore solo per tirarmi su di morale » confesso, tutta gongolante.

« Immagino sia così che ci si comporti, se si ha a cuore qualcuno... » risponde lui, buttandosi sempre sul neutro e sul cauto, cosa che in genere mi manda in bestia, ma non oggi. Cammino su una nuvola da quando l'ho visto sotto casa.

« Avere a cuore... » ripeto pensosa. « Claudio, posso farti una domanda? »

« Tanto me la farai lo stesso. »

« Avere a cuore significa... amare? »

Lui solleva gli occhi dalla tazza in cui sembrava stesse per perdersi. Al posto di questa mia domanda avrebbe accolto con più entusiasmo la parcella del commercialista. Al che decido di agevolarlo presentando varietà di scelta. « Okay. Non vuoi parlare di amore. Ma allora cos'è? Tenerezza, come quella per un cagnolino?»

«Ma perché hai bisogno di dare un nome alle cose?»

«Ma perché tu invece eviti di darlo? Che c'è poi di così grave, o rischioso, o pericoloso, se ti amo quanto io ti amo?» gli chiedo incapace di resistere a me stessa, al dover parlare malgrado le circostanze, nonostante sia chiaro che in un certo preciso momento sarebbe più appropriato e di sicuro più consigliabile tacere.

È arrossito, il che è quasi surreale. «Alice...» borbotta, al culmine dell'imbarazzo. Lui, l'incandescente personificazione della lussuria, quando si tratta di sentimenti diventa di esasperante evanescenza.

«Alice» ripete, e mi sto convincendo che non sia capace di dire altro, quando alla fine toglie la sicura e prova a dire quello che pensa.

«Con le parole non ci so fare ed è difficile che questo cambi. Io conosco solo quello che sento ed è quello che mi interessa dimostrarti. Le definizioni non hanno importanza.»

Forse ha ragione. Chi in passato mi ha detto «ti amo» dopo un po' se n'è dimenticato, mentre io spero che, qualunque cosa ci sia tra noi, lui non se ne dimentichi mai.

Superata la *gloomy sunday* da sola dopo che lui è ripartito subito dopo pranzo, l'indomani sono pronta a rimettermi al lavoro, giungendo in Regione Siberia con la mia solita Felicia.

Velasco mi ha convocata nel suo studio, che ha sempre l'aspetto di una libreria in cui è esplosa una bomba. Ci sono volumi e riviste ovunque, anche sulle sedie, quindi non ci si può sedere, il che forse è un effetto voluto. Lui è sempre caotico e affettuoso e stare in sua compagnia è divertente, perché racconta episodi abbastanza assurdi che trae dal suo personale *Decamerone* da viaggiatore estremo e non si capisce mai quanto c'è di vero e quanto di leggendario, come per esempio che ha mangiato l'hákarl in Islanda e ha bevuto il whisky al serpente laotiano sull'isola di Don Sao.

È divorziato da cinque anni e da ragazzo doveva essere bellissimo. Magari la Wally ne era segretamente innamorata e per colpa di quest'amore sfortunato il suo cuore si è indurito per sempre. È un'ipotesi con cui voglio giustificare la sua infaticabile cattiveria, ma è anche vero che certa gente è cattiva e basta, e non perché qualcuno l'ha ferita tanto tempo fa.

«È successo un fatto» annuncia greve.

A me prende subito lo sconforto e visualizzo tragedie legate al Beloved Beryl. Non ci vado troppo lontano, in realtà. Ma almeno per il momento la gattabuia è lontana per me. In realtà la malasorte si è accanita con i Megretti Savi.

«È una morte naturale, per blocco atrio-ventricolare. Del resto Luigi era cardiopatico e soffriva di aritmia. Ha iniziato a star male durante il pomeriggio ma si è rifiutato di consultare un medico, nonostante le insistenze della moglie, che solo in serata è riuscita a convincerlo ad andare in ospedale. Non c'è stato il tempo per impiantargli un pace-maker in urgenza, era già gravemente scompensato ed è morto nella notte. »

« Sembra tutto abbastanza chiaro... » azzardo, ben sapendo che però, se mi ha fatta chiamare, qualcosa che non è chiaro c'è di sicuro.

« Anche secondo me. Però Fabrizio Megretti Savi, il fratello minore di Luigi, si è convinto che i medici abbiano sbagliato qualcosa e ha sporto denuncia per sospetta *malpractice.* »

« Sono gli stessi sanitari che lo avevano in cura? » domando.

« No, questo è il punto. Luigi era seguito da un luminare di Lugano. Qui è stato curato in emergenza. »

« Capisco. »

« Il PM Malara vorrebbe affidarmi questo incarico, ma ho rapporti di stima con i colleghi dell'ospedale e per ragioni di opportunità preferirei che te ne occupassi tu. Per quanto possibile, ti offrirò il mio supporto. »

« Ah, se sta bene a Malara... »

« Prima volevo parlarne con te. »

« Forse Malara preferirà di no. Dopo la storia del diamante, temo che non riponga molta fiducia in me... »

«Il PM può sembrare una persona un po' difficile ma non è un ottuso. Se gli suggerirò il tuo nominativo vedrai che mi ascolterà. Sempre che tu sia d'accordo...»

«Certamente sì!»

Sapendolo prima, anziché darmi allo sci avrei combinato un passo a due in obitorio con Claudio... che mi ha già avvisata di non poter tornare prima di due settimane. Ma se è vero che lavorare con lui è più rassicurante, è altresì vero che non potrò appoggiarmi a lui in eterno. Non è sano. E tra l'altro, essere la sua allieva non era neppure tutto questo gran spasso.

*Separiamoci senza promesse e senza tenerci la mano,
perché il nostro amore è una cosa viva*

Madeleine Bourdouxhe

Luigi Megretti Savi, cavaliere del Lavoro dal 1997, portava bene i suoi sessantanove anni. Ma ancora meglio li porta la leggendaria Anastasia Barbarani, la vedova afflitta che sfoggia agli anulari il giusto quantitativo di carati anche nei giorni più tragici.

In tanti anni di impatto obbligato con i lutti altrui, raramente ho visto una donna più addolorata per la perdita del compagno della vita. Accanto a lei, colui che credo sia Fabrizio Megretti Savi, un tipo ingessato che sembra coetaneo di Luigi ma che in realtà mi risulta essere minore di almeno dieci anni.

Malara mi ha già fatto avere la cartella clinica e a un primo sguardo tutto mi sembra essere stato compilato a dovere. Da quel che leggo, Megretti Savi si è presentato in pronto soccorso con vertigini, nausea, ipotensione e bradicardia. Data l'anamnesi di cardiopatia, i medici hanno subito dosato gli enzimi per ischemia, tutti negativi, e fatto un elettrocardiogramma con riscontro di blocco atrio-ventricolare, che non ha risposto alla terapia endovenosa. Si stavano attrezzando per l'impianto di un pace-maker ma Luigi non ce l'ha fatta ed è morto prima.

«Perché non metterlo subito, il pace-maker?» mi

ha chiesto Fabrizio, intercettandomi prima dell'inizio dell'autopsia. «Luigi non riusciva nemmeno più a parlare, ma Anastasia ha spiegato che aveva preso correttamente tutte le medicine. Perché aspettare? Non siamo in cerca di denaro per il risarcimento. Vogliamo solo giustizia, dottoressa. Se qualcuno ha sbagliato, deve assumersene le responsabilità.»

Che Dio non metta mai un mio errore sulla strada di quest'uomo! Penso che sia inutile spiegargli che in un caso del genere, con un cuore tanto malandato, il ritardo nelle cure più che un omicidio colposo configurerebbe semmai una perdita di chance di sopravvivenza. In certi momenti e per certi caratteri, la presunzione di avere ragione è una bestia indomabile.

«Certamente, lo capisco» gli rispondo con atteggiamento neutrale come il dovere mi impone, ben contenta che nel frattempo Velasco abbia fatto capolino dalla porta e si stia occupando personalmente di arginare il suo livore. Anastasia Barbarani è rimasta in disparte, una maschera di disperazione, consolata da una ragazza appena arrivata che le somiglia vagamente, se non nei lineamenti, di certo nell'eleganza.

«Vieni, dai» mi sussurra Velasco all'orecchio, chiudendo le porte dell'obitorio. C'è con lui anche il cardiologo che mi è stato affiancato in collegiale, perché è deontologicamente corretto che un caso di responsabilità professionale sia studiato da un medico legale e da un medico della disciplina coinvolta. «La morte arriva e certe volte non è colpa di nessuno, la gente se n'è dimenticata» dice il prof, infilandosi il camice.

Sull'addome ha una cicatrice che sembra molto vecchia, ormai traslucida e biancastra, la forma di un taglio, ma non sembra un esito chirurgico. Concludo che non è importante. Finito l'esame esterno, per prima cosa ci concentriamo sul cuore, esaminandolo con attenzione. Ci sono tutti i segni di una cardiopatia dilatativa di grado avanzato. Metto da parte i campioni per Beatrice, perché eventuali altri segni di lesione potrebbero non essere riconoscibili a occhio nudo. Il cardiologo nel frattempo ha esaminato le carte agli atti e sembra convinto che le procedure poste in essere dai colleghi del pronto soccorso siano del tutto congrue tanto sul piano dei farmaci utilizzati quanto per quel che riguarda la tempistica. Nessun altro organo sembra alterato se non dai prevedibili fenomeni mortali; nello stomaco c'è del liquido che sembra latte e ha un odore dolciastro. Lo mando ad analizzare.

Rinfrancata dalla probabile semplicità del caso, torno a casa solo dopo essere riuscita a spalare la neve dal parabrezza e a far partire la Felicia, che non sta gradendo il trattamento termico sotto zero della val d'Ossola e minaccia di lasciarmi definitivamente da un giorno all'altro. Peraltro si è rotta l'aria calda all'interno dell'abitacolo e quando finalmente apro la porta di casa ho le stalattiti al naso.

Mi sento una schifezza.

Mi sento proprio svenire.

Ammalarsi lontano da casa propria è deprimente. Non puoi contare su nessuno che ti faccia la pastina con il formaggino o che vada in farmacia a comprarti lo sturatore per il naso chiuso. Nessuno ti fa compagnia e tu ti senti la più derelitta delle creature. In queste circostanze capisci che Netflix non dialoga, che troppa cioccolata fa venire la nausea – e non dialoga neanche lei – che WhatsApp sì, dialoga, ma nessuno ti guarda negli occhi o ti fa *pat pat* sulla spalla, ed è quello il momento esatto in cui la nostalgia sferra la coltellata mortale. Il momento in cui lo scampanellio della signora O ti sembra la salvezza, e lì capisci quanto stai messa male.

Apro la porta avvolta in un plaid, curva su me stessa, un rottame.

«Dottoressa! Ero preoccupata per lei. Ho visto che non esce di casa da due giorni. Ha la febbre, povera stella! Senta, ho fatto le lenticchie per pranzo. Ne vuole un po'?»

Un piatto caldo! Potrei piangere per la felicità! Da ieri mi nutro solo di cracker.

Quando ritorna, mezz'ora dopo, con le pantofoline della Dr Scholl's e un vassoio a fiorellini rossi, vorrei quasi abbracciarla.

«È molto gentile!»

«Ma si figuri! Potrei essere sua madre. Le ho già detto che io ho un figlio che lavora in Svizzera? Insegna Storia dei movimenti eretici all'università. È sempre stato un ragazzo molto studioso. Se non avesse quel bel fidanzato che ha, gliel'avrei fatto conoscere!»

« Eh, signora, buono a sapersi. Mai dire mai, il mio fidanzato è un tipo particolare. »

« Cara mia, come si dice? Ogni legno ha il suo fumo. L'ha presa un'aspirina? »

« Sì... »

« Aspetto che finisca le lenticchie e dopo le preparo una bella camomilla con il brandy, che per l'influenza fa miracoli. »

« Grazie... »

« L'essere umano non può stare solo... » continua la signora O, oggi un fiume in piena di saggezza. « Mi doveva chiamare, birbante che non è altro. Sarei venuta prima. »

Quando la porta si chiude alle sue spalle, quasi quasi mi manca e vorrei che si mettesse qui in poltrona a guardare insieme il digitale terrestre, come quando saltavo la scuola per la febbre e guardavo *Il pranzo è servito* con nonna Amalia e lei si lamentava che non c'era più Corrado. Ma il mio tuffo nel passato è interrotto dal telefono che squilla.

« Ti ho fatto il biglietto del treno per il prossimo fine settimana » esordisce Claudio al telefono.

« Sempre se sopravvivo... »

« Sempre melodrammatica. Magari ti farà sentire meglio sapere che ho parlato con Valeria. Le ho detto che tre mesi fuori sono più che sufficienti e che qui a Roma abbiamo bisogno di manovalanza. »

Sono molto meravigliata. Sta facendo grossi passi avanti... « E lei che ha detto? » chiedo con un filo di voce.

«Grazie, Claudio!» risponde lui, che sul sarcasmo non è disposto a fare passi indietro.

«Scusami... è la febbre...» mi giustifico, tirando su col naso per meglio sottolineare che è colpa della congestione nasale se perdo colpi sul fronte educazione.

«Mentre invece, da sfebbrata...»

«Grazie, Claudio...» gli dico, giudiziosa. «Sono sorpresa. Davvero.»

«Ammetto che ci avevo preso gusto alla tua presenza in casa.»

Mi sento già meglio, quest'uomo è più efficace della propoli.

«Comunque, lei sostiene che ci penserà, perché pare che il tuo capo lì le abbia detto che in questo momento sei praticamente indispensabile. Il che dal mio punto di vista è ai limiti del comico e in effetti lei stessa era incredula mentre mi riportava questa definizione.»

«La vostra fiducia in me mi commuove.»

«Se non altro ti sei fatta valere. Altrettanta applicazione qui e con la Wally sarebbe andata meglio. Magari non ti mandava in esilio.»

«Ne sei sicuro? Io le sono sempre stata sull'anima a prescindere dai miei sforzi. Ma tant'è.»

«Alice. Lascia stare. Ne hai combinate di grosse.»

«Meglio dimenticarsele!» concludo, prima di prorompere in uno starnuto.

Curiouser and curiouser!

Lewis Carroll, *Alice's Adventures in Wonderland*

Con il naso ancora costipato sono salita sul treno e il tempo a bordo sembrava non passare mai nonostante mi fossi portata dietro un buon libro per farmi compagnia.

La beffa è che Roma è gelida, sono i giorni del vento Burian che soffia dalla Siberia e c'è più freddo che in val d'Ossola. Mi infilo in un taxi per raggiungere l'appartamento di Claudio, dove sono stata per troppo poco perché si avvicinasse alla definizione di casa. Non ho fatto in tempo nemmeno a chiedere la residenza, grazie ai magici poteri della Wally di mandare in frantumi il fragile cristallo di cui sono fatti i miei progetti. E infatti l'appartamento non conserva memoria del mio passaggio, gli faccio notare.

«Al tuo ritorno definitivo rimedieremo» mormora Claudio, cingendomi le spalle.

«Significa che posso mettere un poster di Audrey nello studio?»

«Audrey chi?»

«Lascia stare.»

Per cena ordiniamo dal thailandese. Sul banco della cucina, due calici di Merlot quasi vuoti. In tutta la casa, la voce di Nina Simone, che in me evoca all'istante e con forza un bel ricordo, un momento magico vissuto con lui, ma del resto, buona parte degli attimi vissuti insieme lo è, se si eccettuano quelli in cui si parlava di morti. Cercare di evocarli in lui, però, è una missione senza speranza.

«Ti ricordi? Eravamo al congresso a Washington, c'era proprio questa canzone quella notte che eravamo a Georgetown e abbiamo bevuto in quel pub con il giardino... Non ti ricordi? È stato così bello...»

«Siamo finiti a letto?»

«No, Claudio.»

«E allora cosa devo ricordare?»

«Ci possono essere cose altrettanto importanti e belle da ricordare» lo redarguisco, ma non attacca.

«Permettimi di dissentire.»

Ed ecco dimostrato come la memoria sia un fenomeno del tutto soggettivo. Di uno stesso momento due persone possiedono ricordi molto diversi. Quindi, se qualcuno mi domandasse qualcosa su quell'esperienza a Washington io non saprei nemmeno indicare l'anno in cui ci sono andata, mentre ricordo: lui, Nina Simone e le case colorate. Lui ricorda: scienza, scienza, scienza. E ne è fiero: «Che te ne fai dei ricordi? Sono sopravvalutati. Come pure le aspettative. Il presente è tutto ciò che conosco. E quindi, vieni qui» conclude, infilando la mano sotto la mia camicetta.

« E la cena? »

« Dopo... »

Di mattina vado a trovare Calligaris. Il vicequestore aggiunto è molto goloso e gli ho portato un vassoio di fugascine di Mergozzo, biscottini tipici della val d'Ossola.

« Buoni! » dice, non avendo resistito alla tentazione di assaggiare.

« Non si sta male, dopotutto. »

« Ma non è che ti lasci conquistare dalla montagna e non ritorni più a Roma? »

« Non si preoccupi. Non la lascerò da solo ad affrontare il crimine della Capitale. »

« Che sollievo » ribatte lui, con espressione sarcastica.

« Sa, dottore, a Domodossola sono alle prese con un caso un po' particolare » esordisco. Gli racconto quindi del Beloved Beryl e gli faccio vedere una foto che conservo sul cellulare. E aggiungo che, secondo la versione ufficiale, questa pietra è stata rubata a Roma nel 2016.

Calligaris pulisce con i polpastrelli le briciole rimaste sulle labbra.

« Me la ricordo questa storia! Come no! Era una spilla, fu rubata durante una festa di matrimonio. La proprietaria si chiamava Anastasia Barbarani. »

« Esatto! »

Calligaris si alza. « Aspettami qui, vado in archivio. » È quasi alla porta, torna indietro per un'altra fugascina per poi sparire oltre il corridoio e far ritorno, un quarto d'ora dopo, con un esile fascicoletto.

« Ecco a te » dice, scartando nuovamente il vassoio di biscotti.

La foto del Beloved Beryl sgomina qualunque dubbio. Sono sempre più convinta che sia la pietra che ho trovato nello stomaco di Arsen.

« È una foto del carteggio dell'assicurazione. La signora Barbarani ha ricevuto una bella sommetta con cui consolarsi per il maltolto » osserva Calligaris, che quando si tratta di gioielli e denaro reprime a fatica un'invidia di stampo bolscevico. Leggo tra le carte che la perizia aveva stimato la spilla 250.000 euro. Perdindirindina. « Me la ricordo bene, la signora » prosegue lui. « Era disperata. Volevo dirle: signora mia bella, non è morto nessuno! »

« Sa, dottore, che come se non bastasse è rimasta vedova da poco? »

« Anche i ricchi piangono » conclude lui, citando una telenovela messicana in voga ai tempi di nonna Amalia.

« Ma non le sembra strano che la pietra fosse a casa di Anastasia Barbarani? »

Calligaris quasi si strozza con il suo boccone. « Strano? Sicuramente ha truffato l'assicurazione. »

« Ma qui leggo che era tutto in regola. Del resto, dottore, se ci pensa bene, le compagnie assicurative calcolano il rischio con molta accuratezza. Non è che ci si sveglia una mattina e si improvvisa una truffa. La rapina è avvenuta nella casa romana di Anasta-sia, mediante introduzione clandestina, ed era previ-sta un'estensione della garanzia, per cui se lei avesse portato con sé i gioielli in un'altra casa avrebbe co-munque avuto diritto a un indennizzo.»

«Ti devo ricordare che esiste anche la simulazione di reato? E, per la cronaca, è punita abbastanza seve-ramente.»

«Ha detto che all'epoca dei fatti Anastasia era a Roma per un matrimonio. Di chi?»

«La nipote. Si chiama Anastasia come lei. Mi ri-cordo, sembravano madre e figlia, più che zia e nipo-te. Ma del resto avevo saputo che la ragazza era orfana e la signora non aveva figli, pertanto, uno più uno...»

«Quasi sempre fa due.»

Torno a leggere le carte. La nipote della signora ha testimoniato che la zia indossava la famigerata spilla. E anche altri partecipanti alla cerimonia l'hanno con-fermato: la spilla era vistosa e non passava inosservata. Quasi certamente Anastasia junior l'avrebbe eredita-ta, quel furto deve averla addolorata non meno della zia.

Dopo aver promesso a Calligaris che la prossima volta gli porterò il doppio delle fugascine, mi metto a googlare Anastasia Radieli, la nipote di Anastasia Barbarani.

Google mi indirizza alla sua pagina Facebook. Lo dico sempre io che i social sono una gran risorsa per gli investigatori dilettanti come me.

Ha studiato presso Liceo Classico Mameli di Roma
Shop Assistant presso Tiffany & Co., Roma
Sposata
Di Roma

Se è vero che il destino l'ha privata di una spilla dal valore spropositato, almeno le ha dato lavoro tra le pietre preziose. L'account è impostato in modo da non riuscire a vedere le sue foto, l'unica visibile è quella del profilo, in cui riconosco la ragazza che era accanto ad Anastasia Barbarani, in sala d'attesa in obitorio. E poiché non ci metto niente con la metro ad arrivare in via Condotti, penso bene di farmi un giro da Tiffany.

È ovvio che non posso permettermi niente qui e che sto girando a vuoto per il semplice gusto di incrociare Anastasia Radieli, cosa che di per sé non ha alcun senso. Ma forse si è presa una giornata libera, perché non la vedo in giro. Mi avvicino a una ragazza con gli occhiali dalla montatura tartarugata in stile anni Cinquanta e in maniera un po' sfacciata, più o meno come mio solito, chiedo di Anastasia.

La ragazza aggrotta le sopracciglia. «Non lavora più qui» replica, mentre non resiste alla tentazione di lucidare il vetro del banco con la manica della giacca.

«Oh, l'ultima volta mi aveva aiutata lei e così...»

«Be', può chiedere a me.»

«Come mai è andata via?»

La ragazza sembra un po' irritata dalla mia curiosità, e come darle torto? A volte anche io penso di essere irritante nei confronti di me medesima.

« Credo volesse trasferirsi. Non siamo in contatto. Allora, come posso aiutarla? » conclude, sfoderando un sorriso abilmente addestrato a scucire ai clienti migliaia di euro.

Dovendo portare a termine la mia recita, le chiedo di visionare qualcosa che comunque escludo di poter comprare e saluto con un agghiacciante « Ci penso » che mi bolla definitivamente come *poraccia*.

Uscita da quel paradiso di lusso, torno alla mia vita semplice, fatta di monili comprati da quel ragazzo che viene dal Bangladesh e gira con la mercanzia nei dintorni dell'Istituto giurando che quelle che vende sono perle autentiche. E, a proposito d'Istituto, è ora di andare in visita ufficiale. Chissà che alla Wally non venga un attacco di pietà o di nostalgia.

Ma mi sembra più probabile che io riesca a tornare da Tiffany per comprare davvero qualcosa.

In così poco tempo l'Istituto non può essere cambiato, ma sono la nostalgia e la distanza a mutarne l'aspetto. Il luogo desiderabile, quello in cui vorremmo essere, ha la stessa luminosità di fondo dei sogni.

Lara e Paolone ormai fanno coppia fissa. Lui le cucina le sarde, lei lo porta ai concerti punk.

« È come quando giochi alla sedia. In piedi eravamo rimasti solo noi due. »

« Brutta, detta così... »

«Sai che sono pragmatica.»

«Okay, ma santa pace, anche un po' di romanticismo...»

«No, grazie» risponde lei per poi recuperare subito un bel sorriso quando Paolone rientra nella stanza con due caffè per noi.

«Come sei carino, grazie!» gli dico, accettando il bicchierino di plastica fumante.

Nella stanza è entrata anche Erica Lastella, riservandomi un abbraccio colmo di affetto. «Quanto ci manchi!»

Sto quasi per sciogliermi in lacrime di commozione per l'affetto dei miei colleghi quando vedo la sagoma della Wally profilarsi nel corridoio. Lei mi scorge e sembra incredula, come quando il film horror sembrava già finito e invece un fantasma appare negli ultimi secondi e tu sobbalzi sul divano.

«Allevi?!»

«In persona, professoressa!» esclamo, tutta pimpante.

«Non sapevo che sarebbe venuta» bofonchia, avanzando l'implicita ipotesi che dovrei chiederle il permesso anche solo per avvicinarmi al suo sacro Istituto.

«Un'improvvisata» ribatto con innocenza.

Il suo sguardo esprime chiaramente che non ha gradito la sorpresa. «Non si trattenga troppo, so che Francesco Velasco conta molto su di lei. Si è fatta apprezzare!»

Tra le note basse della sua voce si cela un *inspiegabilmente*.

« Be', dovrà abituarsi al fatto che tornerò a Roma, presto o tardi. »

Solo dopo aver parlato mi accorgo che quella terza persona singolare può anche rivolgersi alla Tremenda. « Il professor Velasco, intendo » preciso, cogliendo lo sconcerto nel suo sguardo.

« Oh, ma non è detto. Mi è giunta voce che verrà bandito un concorso per un posto da collaboratore e mi ha fatto capire che lei, dottoressa, avrebbe molte chance. Non sa che gioia, per me, pensare di averla aiutata a trovare la sua strada! »

« Una vera gioia » rimarco io, mentre lei sorride con cattiveria.

« Be', adesso torno ai miei doveri. Non mi porti sulla cattiva strada gli specializzandi, anche loro hanno tanto da fare, se ne ricorderà... Anzi, Erica, tu vieni con me. »

La Lastella arriccia le labbra consapevole di non poter fare diversamente.

Rimasti da soli, mi accascio sulla sedia. « È sempre peggio. Quasi quasi sto davvero meglio in Regione Siberia. Quanto meno, a parte il freddo, lì nessuno mi tormenta. »

Lara mi dà una pacca sulla spalla. « Eh, ma lì manca un certo individuo con gli occhi verdi... » sussurra e nel frattempo arriva proprio lui, l'individuo con gli occhi verdi in carne e ossa. « Oh. Si parla del diavolo e spunta Conforti. »

« La mia reputazione è il mio peggior nemico » ribatte lui, inarcando un sopracciglio in direzione di Lara. «Alice, vieni.»

Il tempo di salutare i ragazzi rimandando pizza, birra e chiacchiere a una più felice occasione e gli corro dietro nella sua stanza.

Lui lancia uno sguardo al portatile prima di girarlo verso di me. «Leggi qui.»

La pagina è aperta su un quotidiano online.

Furto di diamanti a Roma, in fuga i ladri

Furto milionario, ieri, in una facoltosa boutique del centro, ad opera di due ladri abilmente camuffati da abbienti uomini d'affari del Nordest.

Secondo le prime ricostruzioni, i ladri avrebbero finto di non conoscersi. Uno dei due ha chiesto alla commessa di poter vedere un gioiello importante. Visiona anelli, bracciali, collier. Diamanti e oro, cifre da capogiro. Sembra optare per un anello, un diamante rosa da quasi 6 carati incastonato su platino con un pavé di brillanti. La commessa ha aperto una custodia e gliel'ha mostrato. L'altro uomo, pochi istanti dopo, ha fatto la stessa richiesta e la commessa si sarebbe distratta per seguirlo. In quel momento il primo ha afferrato con destrezza il gioiello e lo ha nascosto, senza che nessuno se ne accorgesse. Approfittando di un momento di distrazione della commessa, senza violenza, né minacce, ha poi aspettato il complice e insieme a lui è fuggito dal negozio. Fuori ad attenderli un'auto scura parcheggiata nelle vicinanze. Le telecamere di sicurezza avrebbero ripreso tutte le fasi del furto. Gli uomini della polizia sono sulle tracce di due persone vestite in giacca e cravatta e con un accento dell'Italia settentrionale. Molti testimoni hanno sottolineato che avevano la carnagione olivastra. I due, secondo quanto si è appreso, non avevano armi.

« Perdindirindina. I diamanti rosa rubati sono più di moda dell'avocado nell'insalata » commento. E nel frattempo il mio cervellino è in gran movimento. « Un ladro gentiluomo. Be', anche Alessandro Manzoni, a modo suo, lo è stato. Di certo non mi ha forzato. »

« No. In entrambi i casi i ladri hanno fatto leva sull'imbranataggine femminile. »

« E se fosse la stessa persona? Il ladro, intendo. Accento del Nord, carnagione olivastra. E anche stavolta un diamante rosa. » Claudio sembra pensoso. « Credo che valga la pena parlarne con Calligaris e visionare i filmati delle videocamere di sicurezza. »

Ed è esattamente quello che faccio. Non è Calligaris a occuparsi dell'indagine, ma mi ha messo in contatto con il suo collega del commissariato di Trevi Campo Marzio ed è qui che sto trascorrendo il pomeriggio, affiancata da Claudio, che nutriva ben altre aspettative per il weekend.

L'abbigliamento è senz'altro molto diverso da quello da cowboy del Wyoming che Alessandro Manzoni sfoggiava in quel di Domodossola al primo nostro incontro. Hanno già ricostruito i primi piani dei due ladri partendo da un fotogramma. Entrambi hanno la barba e gli occhi e i capelli scuri. Si somigliano, sembrano fratelli. Entro un po' in confusione, nel senso che non mi sembra abbiano a che fare con il *mio* ladro, ma è altrettanto vero che un soggetto del genere dev'essere per forza anche un abile trasformista. Chi può dire che non si sia fatto crescere la barba e non abbia messo un paio di lenti a contatto scure? Oppure, al contrario, quello che mi sembrava uno sguardo strano all'epoca forse era dovuto a lenti a contatto azzurre. Mi sento impotente. Non so proprio dire se uno dei due uomini sia lo stesso che mi ha fregato, ma al contempo non posso escluderlo.

« Non preoccuparti » mi dice Claudio, con sguardo comprensivo. « Hai fatto il tuo dovere. Dai, signorina Sherlock Holmes, ti porto a cena fuori stasera. »

Nel parlare del nostro passato mentiamo a ogni respiro
William Maxwell

Il pranzo della domenica non può che essere a Sacrofano, a casa dei miei, con i ricordi di mio padre che ha fatto il militare a Verbania e quelli di mia madre, che si lamenta che in quell'anno in Piemonte si era invaghito di una del posto. Lui nicchia, lei insiste. Mia madre è così, sempre un po' gelosa di immaginari fantasmi del passato. Mia nonna fa smorfie buffe, come a voler dire, *ma chi se lo doveva prendere, già è un miracolo che abbia trovato te*, mentre si carica nel piatto una porzione XL di patate al forno.

«Voi scherzate» ribatte catastrofica mia madre, quando indossa i panni dell'incompresa. «Stai attenta, Alice. La distanza è la tomba dell'amore.»

«Non era il matrimonio?» le chiedo, per provocarla un po'.

«Ti ricordo com'è finita con quel principe inglese» replica lei, in buona fede, senza alcuna ostilità, ma quel riferimento è sempre doloroso. Che poi, perché nella mia famiglia si fossero fissati con le presunte origini principesche di Arthur resta un mistero. Credo tutto dipendesse dall'accento della BBC e quei capelli biondi splendidi. Ma inutile rivangare.

«Non era destino, mamma, lo sai.»

«E poi il dottorino è più adatto a lei» soggiunge la nonna. «Quello era principe. Per Alice ci vuole uno più materiale.» L'uso improprio di un aggettivo che tuttavia trasmette l'essenza di CC mette fine alle discussioni sulla mia vita sentimentale che, da quando mio fratello si è riappacificato con la moglie, è il nuovo oggetto delle loro più accanite speculazioni.

«Lasciamola stare» dice mio padre, che è quello dotato di un po' più di discrezione.

«Anche perché di questo passo perdo il treno» aggiungo, guardando l'orologio.

Il viaggio mi richiede poi tutto il pomeriggio e solo in serata arrivo nella bianca Domodossola. La neve crepita sotto i miei stivali mentre tacchetto verso casa. Prima di rifugiarmi nel mio appartamento, passo dalla signora O per chiederle se va tutto bene. Da quando ho preso quell'influenza devastante la cara signora è diventata un succedaneo di mia nonna, e in realtà tra le due si è creato un legame a distanza in virtù del fatto che nonna Amalia le è grata perché si prende cura di me. Così le ha mandato una teglia di coratella di abbacchio, che è una sua specialità e che però, se ho ben colto i delicati gusti della signora O, finirà per essere il pranzo di domani di Benito, il suo cane nano. Ma è il pensiero che conta, e così la signora O è tutta entusiasta e mi chiede il numero della nonna per chiamarla e ringraziarla.

L'indomani sono pronta a rientrare in quel deserto

dei tartari che è l'Istituto, dove, se non altro, mi aspetta il risultato dell'esame tossicologico di Luigi Megretti Savi.

«Il tossicologo, Meier, lo ha portato venerdì, mi sono permesso di riceverlo per conto tuo e di dargli un'occhiata» mi dice Velasco.

Leggo la relazione, rimanendo nella sua stanza caotica e talmente piena di roba che non mi spiego come faccia a concentrarsi e lavorare. Forse è l'unico uomo al mondo che riesce a descrivere cadaveri ascoltando Ella Fitzgerald e Louis Armstrong che cantano *Cheek to Cheek*.

«Be', per fortuna è tutto negativo» commento. «Ci sono soltanto i farmaci che prendeva abitualmente e quelli somministrati in pronto soccorso, a dosaggi appropriati. In più il cardiologo esclude che un diverso trattamento avrebbe cambiato il decorso clinico. Quindi, professore, concludo in tutta serenità per una morte naturale ed escludo l'omicidio colposo da parte dei sanitari.»

«Non avevo dubbi!» risponde lui, gaudente. «E ti confesso che sono contento di quest'esito. Quel Fabrizio Megretti Savi cerca solo di grattare il fondo del barile.» Sono un po' sorpresa. Mi risultava che fossero ampiamente benestanti e lo dico al prof. «E invece... Malara mi ha detto che l'azienda di famiglia, che produce tessuti ed era il fornitore storico di marchi illustri, è in crisi e sta accumulando debiti.»

«Da quanto tempo?» gli chiedo, pensando al furto

del Beloved Beryl e alla probabilità che si sia trattato di una truffa all'assicurazione.

« Non sono bene informato, ma credo che la situazione stia peggiorando di anno in anno. Ma tornando al nostro lavoro, hai visto che te la sei cavata benone? »

« Dubito sempre di me stessa. Sono un po' ansiosa. »

« Cinque anni con Valeria renderebbero ansioso anche il Dalai Lama. Piuttosto un giorno dovrai raccontarmi cosa le hai combinato. Non l'ho mai bevuta, quest'idea dello scambio. »

E ha ragione, vorrei confessargli, grattando via la patina del politically correct.

« Be', sa... tutto è partito da una mia richiesta in un momento in cui sentivo il bisogno di allontanarmi. Poi ho cambiato idea. Ma mi sono dimenticata di dirglielo. »

« Gli errori costano cari con Valeria... » mormora lui, alludendo a qualcosa di ben nascosto tra i suoi ricordi – e che vorrei tanto conoscere anche io! « Comunque, Alice, non buttarti giù. Hai buone qualità. Sai che Filippello quanto prima riuscirà a tornare a Firenze? E io avrò bisogno di un buon assistente. Tu potresti essere la persona giusta... » sussurra, cauto. Quindi la Wally non mentiva con uno dei suoi soliti secondi fini.

È una prospettiva. Al momento, l'unica che ho per il futuro. Non posso permettermi di sottovalutarla.

« Professore... grazie, davvero. »

« So anche che il tuo fidanzato è un collega e che ha un curriculum rimarchevole e buone chances di diventare professore ordinario. Valeria però è ancora giovane e non mollerà l'osso. Se vuol fare carriera universitaria, credo che dovrà spostarsi anche lui.»

Non avevo mai visto le cose in quest'ottica. Ho sempre immaginato Claudio a Roma e Roma con Claudio. Ma in effetti, conoscendolo, per quanto tempo ancora gli starà bene far da secondo alla Wally? «Avremo modo di riparlarne, non c'è nessuna fretta. Anche perché Filippello è ancora qui. O meglio, non c'è, come al solito, ma formalmente sì...» prosegue il prof.

Sorrido alla sua battuta ma in realtà mi sento un po' confusa. Perché io sono fatta così, l'assenza di possibilità quasi quasi mi rincuora, perché tanto ci sono abituata. Ma quando all'orizzonte si apre uno spiraglio che implichi un minimo cambiamento, allora mi lascio prendere dalla prostrazione.

Uscita dal lavoro, il mio sguardo è attirato dai bucaneve fioriti nel piccolo giardino che circonda l'Istituto. Mi mettono di buonumore, sono un piccolo regalo in anteprima della primavera che verrà. C'è della magia nel primo fiore dell'inverno, c'è da imparare dalla sua coraggiosa delicatezza e dalla sua capacità di resistere a questo freddo che spezza le ossa.

Mi attardo a guardarli, e del resto il bello della mia vita qui è che non c'è mai niente che io debba fare con urgenza. Il tempo ha un significato così diverso, se ci si scrolla di dosso la fretta.

Ho già preso dalla borsa le chiavi di casa quando vedo una certa coppietta dirigersi verso la caffetteria Bertolozzi. Le due Anastasie, phonate e griffate, sembrano attratte da una sontuosa Sachertorte in vetrina.

All'improvviso, viene voglia anche a me.

Varco la soglia del locale puntando un tavolino accanto al loro. Mi tolgo il piumino e, sprezzante delle calorie, ordino come al solito un cupcake. Prendo il cellulare e scorro Instagram, lo scudo che ci fa sentire meno soli quando in effetti lo siamo. Purtroppo non è che un'illusione, ma lì per lì funziona.

Zia e nipote sembrano davvero molto affiatate.

Anastasia junior è quasi riluttante ad avventarsi sulla torta, non so se per riserbo reverenziale nei confronti della maestosità della *ganache* al cioccolato o per riguardo nei confronti della sua linea perfetta. Anastasia senior la sprona a non avere indugi, che tanto si vive una volta sola. E per dare il buon esempio affonda senza pietà un primo pezzo di torta nel candore della panna.

«Siamo sole. Ci resta però ancora qualche piacere, nella vita» dice, insistendo, e personalmente non posso che darle ragione e, seguendo il buon esempio, ordino un altro cupcake.

«Be', zia, il divorzio non è un lutto. E lo zio era una brava persona. Tu hai più ragione di me di compiangerti.»

«Ma io non lo faccio» la corregge Anastasia senior. «Bisogna rimettersi in gioco, sempre.»

L'approccio positivo della zia non scalfisce il muro

di depressione di Anastasia junior. In effetti la signora Barbarani sembra già aver ripristinato l'assetto routinario da gran dama di provincia ed è molto distante dalla vedova addolorata di un paio di settimane fa. Ma è fin troppo ovvio che le apparenze possono ingannare. Da quel che ho capito, Anastasia junior si sta separando. Non lavora più da Tiffany e ha lasciato Roma, la città in cui è nata e cresciuta, a favore di Domo. Bisogna possedere grandi scorte di forza interiore per superare i distacchi. Dalle cose, dai luoghi, dalle persone. Forse, banalmente, Anastasia senior ne possiede di più, forte dell'età e del carattere. Il suo telefono squilla e lei liquida bruscamente l'interlocutore. Scrolla il capo, in segno di insofferenza. Mi arriva un refolo di una fragranza esperidata, un profumo costoso e chic.

Anastasia junior avanza mezza fetta di torta. «Non ce la faccio proprio, zia. Ho già la nausea.»

«Ce l'hai per via di quel marito che per fortuna ti ha lasciata.» La ragazza ha un sussulto. La zia non si scusa. «Te l'ho già detto e te lo ripeto. Non te ne rendi conto, ma questo divorzio è la tua grande fortuna.»

«Torniamo a casa, zia...» Anastasia junior si fa implorante.

«Signorina, il conto, per piacere» chiede sua zia, il dito artritico alzato. La cameriera torna con lo scontrino su un piattino d'argento. «Ci sono notizie di Maria?» domanda poi alla cameriera. Questo non me l'aspettavo. Anastasia allude con ogni probabilità alla ragazza di Arsen, che fino a prova contraria è il

ladro che è morto nel suo giardino. Le due si conoscevano già da prima? E come? Forse la signora Barbarani frequenta assiduamente Bertolozzi? O forse
l'ha conosciuta attraverso Arsen?

La cameriera accetta dieci euro di generosa mancia
infilandoli nella tasca del grembiulino. «Si dice che
sia tornata a Pinerolo.»

«Capisco.» In quel momento, essendosi voltata,
Anastasia senior si accorge di me e mi riconosce. Accenna un saluto affabile e incalza la nipote a sbrigarsi.

Anastasia junior sospira penosamente.

Di notte si è scatenata una tempesta di neve. Al risveglio, sul davanzale di casa trovo ammonticchiato uno
strato di venti centimetri.

L'auto è sommersa. I miei stivali di pelo affondano
nello zucchero filato e io sfodero il colbacco di pellic-
cia che mi hanno regalato i miei genitori quando
hanno saputo della mia trasferta al confine. Con la
sciarpa di lana che mi copre fino al naso, sono pronta
a entrare nel freezer. A non essere pronta è la Felicia,
che è caduta in battaglia.

«Non hai fatto il gasolio con l'antigelo?» chiede
Velasco, quando lo chiamo per avvisarlo che arriverò
in ritardo, perché dovrò cercare di capire quale mezzo
pubblico prendere per arrivare al lavoro.

«Non ci ho pensato...»

«Dimmi dove abiti, passo a prenderti io.»

Un quarto d'ora dopo – del resto Domo è piccoletta – sono a bordo della sua Volvo grigio elefante con l'aria calda al massimo. Intrappolato nell'abitacolo, un profumo femminile molto forte che ha qualcosa di familiare ma che non riesco a scovare nella memoria olfattiva dell'amigdala. Procediamo lentamente con le catene alle quattro ruote.

«Nel weekend dovrebbe migliorare» dice, abbassando il volume della solita Ella Fitzgerald.

«Se non altro perché è impossibile che peggiori.»

«Oh, sì che è possibile, invece. Nel 2010, mi pare, c'è stata una gelata memorabile. Senti, Alice, volevo dirti che ho parlato con Valeria, ieri sera.»

Mi irrigidisco. Sentire nominare la Wally, in qualunque tipo di contesto, mi dà sempre una scossa al sistema neurovegetativo.

«Ah» dico, tutta la mia eloquenza messa in fuga dal ricordo della prof.

«Voleva accertarsi che fossi tornata al lavoro.»

Mi spia, pure. «Temeva che rimanessi a Roma?» esclamo, incapace di controllarmi.

«Ti ha davvero in grande antipatia. Ma del resto, Alice mia cara, tutta questa antipatia sottende – a mio avviso – un po' di invidia, e il rispetto fa sempre parte dell'invidia.»

«Dice che dovrei sentirmi onorata?»

«Sintetizzando, sì.»

«Professore, lei che la conosce da tanto tempo... è sempre stata così feroce nei suoi sentimenti?»

Velasco si fa pensoso, prima di rispondere. Scombina i capelli brizzolati con la mano sinistra, così grande, priva della fede all'anulare. «Sai, Alice, dovresti sapere anche tu che non scegli una strada come la medicina legale se in te non alberga una parte oscura. Che ti sia più o meno nota, ovviamente. A meno che non sia stata scelta per puro opportunismo, con la speranza di farci soldi. Peraltro, non è nemmeno una strada così remunerativa, in confronto a tante altre. Ma per tornare a Valeria... io ho conosciuto una persona diversa da quella che conosci tu.»

Dal momento che per me immaginare una Wally ragazza è qualcosa di incredibile, perché non saperne di più?

«E com'era?»

Il prof fa un piccolo colpo di clacson all'auto davanti a noi, imbambolata di fronte al semaforo diventato verde. «La più ambiziosa di tutti.»

«Allora non è cambiata granché!»

«Ha sacrificato tutta la sua vita alla carriera. Anche la sua femminilità» accenna, però sentendosi subito a disagio. Ripenso alla figura tarchiata della Wally, il caschetto nero, il pelo sul mento, la voce da fumatrice. Per me è quasi assurdo che «Valeria Boschi» e «femminilità» coesistano nella stessa frase. «Si era innamorata di Paul Malcomess, questa è la verità» dice infine, un'affermazione che ha la stessa potenza di un lanciarazzi.

Devo ammettere che, tutto sommato, non sono troppo sorpresa. Anzi, in una certa misura l'ho sempre sospettato, ma tacciavo quei pensieri come tendenziosi.

« Guarda che lei era graziosa » prosegue lui. « Forse oggi non lo diresti, ma te lo assicuro. Aveva un che di peperino. Lei e io eravamo colleghi di corso e abbiamo chiesto insieme l'internato. Malcomess era appena arrivato. A furia di stargli accanto, la Valeria che conoscevo io è stata rimpiazzata da quella che conosci tu. Non tutta di botto: piano piano, giorno dopo giorno. Malcomess aveva già due matrimoni falliti alle spalle, e in quella fase era single. Lei ci sperava davvero. »

« Professore, non vorrà dirmi che tra loro c'era qualcosa? No, perché, davvero, mi dispiace, ma non potrò mai crederci. »

« E infatti no, però questo non ha impedito a Valeria di consacrargli tutta la vita, scientifica e privata » risponde Velasco con una certa stizza. Ma vuoi vedere che è stato il contrario? Cioè che lei è stata il suo grande amore? La rivincita di Ugly Betty! « Io non so nemmeno perché ti sto raccontando queste cose » prosegue, facendosi improvvisamente timido. « Mi piacerebbe però che tu provassi a immaginare Valeria in maniera diversa. Perché lei lo era davvero. Poi, sai, la vita ci incattivisce tutti. »

Ma anche no! vorrei tanto rispondergli. Per quanto male possano andarmi le cose, non diventerò mai una creatura che angaria gli altri.

Nel frattempo siamo arrivati in Regione Siberia. Il prof spegne l'auto e si cala in testa un berretto di lana. I rami dei platani sono spogli e curvati dal peso della neve. Ci passo sotto, e un blocco mi cade sulla testa. A contatto con il calore del mio corpo, la neve si scioglie come una lenta tortura e scivola gelida sul mio collo.

Caro destino, è inutile che mi metti alla prova. Non ci casco, non mi cambierai.

Più tardi sono al telefono con Malara, che mi ha chiesto anticipazioni sulla perizia di Megretti Savi.

«Come le dicevo, nulla lascia ritenere che ci sia stata colpa da parte dei sanitari che hanno avuto in cura il cavalier Savi. E la morte sembra dovuta alla patologia cardiaca da cui era affetto. Piuttosto, signor giudice, è vero che l'azienda di famiglia non era tanto florida?»

Malara tossicchia. «Certo che tenere un segreto in una piccola città è pressoché impossibile» osserva, per poi aggiungere: «La loro azienda è a conduzione familiare, Luigi aveva fatto un passo indietro lo scorso anno, lasciando le redini al fratello, che è riuscito ad accumulare ancora più debiti. Luigi era una persona solida, i creditori si fidavano di lui. Il fratello non ha lo stesso charme, diciamo così. Due anni fa, dopo la denuncia del furto della pietra e l'incasso dell'indennizzo, la situazione era migliorata. Luigi aveva investito personalmente nell'azienda. Ma dopo un anno di gestione da parte di Fabrizio, pare che le cose fossero di nuovo precipitate».

Dal mio punto di vista l'idea della truffa all'assicurazione assume sempre maggiore consistenza. Ma siccome l'unica prova effettiva che il Beloved Beryl fosse nella villa di Megretti Savi è andata smarrita grazie a me, mi conviene star zitta. Ma è proprio in questo momento che mi prende l'illuminazione divina. E se Alessandro Manzoni fosse una persona vicina a Luigi e Anastasia? Qualcuno che voleva recuperare la pietra proprio per evitare che quella truffa venisse a galla? E siccome è molto difficile che io pensi prima di parlare, la mia ipotesi giunge immediatamente alle orecchie del PM.

«Non è una cattiva intuizione. Ma come faceva a sapere che la pietra era nello stomaco di Arsen?»

«Magari non poteva sapere che aveva inghiottito la pietra, ha solo pensato che doveva averla ancora addosso e ha provato a recuperarla. E gli è andata bene perché io sono stata un po' sprovveduta.»

Malara resta silenzioso. «Sarebbe stato un passo troppo azzardato. No. Continuo a pensare che Alessandro Manzoni sia una persona più vicina ad Arsen che ai Megretti Savi.»

«Piuttosto, proprio qualche giorno fa ho scoperto per caso che Anastasia Barbarani si informava su Maria Roncaro da Bertolozzi.»

«E perché?» chiede d'impulso, ma per conto mio non posso saperlo per certo, ed è proprio questo il punto. Così mi lascio andare alle supposizioni.

«Forse Arsen, che aveva fatto dei lavoretti lì, aveva

avuto occasione di presentare la sua fidanzata ai padroni di casa. O forse no.»

«Ho capito il punto. Grazie, dottoressa» dice, prima di riattaccare con i suoi soliti modi spartani.

Arrivi e porti desideri e capogiri

Marlene Kuntz

I giorni si susseguono in maniera un po' pigra, nessuna novità si profila all'orizzonte. Fuori continua a esserci il gelo e la città è sovrastata da un cielo bidimensionale e grigiastro che soffoca qualunque barlume di voglia di vivere.

In auto ascolto *Carlà* che canta *L'Amoureuse* e sono così stordita che solo arrivata in Regione Siberia mi accorgo di aver lasciato l'iPhone a casa. Rimetto il piumino e busso alla stanza di Velasco per avvisarlo, ma lui mi precede.

«Ah, eccoti qua. Oggi siamo di celebrazioni. Al municipio ci sarà una commemorazione di Luigi Megretti Savi, in ricordo delle sue opere benefiche. Consegneranno una medaglia alla vedova. Siamo tutti invitati.»

«Anche io? E chi resta in Istituto?»

«Mia cara, questa è una piccola città e alcuni avvenimenti coinvolgono l'intera comunità. E poi diciamocela tutta, che vuoi che succeda se ci assentiamo per un paio d'ore? La segretaria ci avviserà in caso di urgenze. Tu, piuttosto, cosa volevi dirmi?»

« Niente di importante. Quando andiamo in municipio? »

La cerimonia è alle undici. Prima di lasciare l'Istituto ho scritto una mail a Claudio per informarlo che, nel caso in cui mi chiamasse, il mio telefono è rimasto infossato, assai probabilmente, tra i cuscini del divano e che non ci avrò accesso almeno fino al primo pomeriggio.

Salgo sulla Volvo grigia di Velasco tirandomi su i pantaloni che mi sembrano più stretti che mai – troppi cupcake! – e ci dirigiamo verso il Palazzo di Città.

La sala che ospita la cerimonia è addobbata sobriamente con mazzi di ranuncoli color salmone ed è già gremita di gente. C'è anche la signora O, che strabuzza gli occhi quando mi vede.

« Non mi aspettavo di vederla qui, dottoressa! » mi dice, avvicinandosi compunta nel tailleur di lana verde bandiera.

« Il professor Velasco ci teneva che fossimo tutti presenti. »

« Quello è uno che sa come ci si comporta » mormora, indirizzandogli uno sguardo ammirato. « È un gran furbacchione, ma nel senso buono del termine. Si è fatto benvolere da tutti. E poi il cavalier Megretti Savi, nei tempi d'oro, aveva fatto una donazione grazie a cui il vostro Istituto ha comprato un macchinario. »

« Ma davvero? »

« Non lo sapeva? »

« No! » Immagino che alluda al sequenziatore automatico che in effetti è il gioiellino del laboratorio. Ma una macchina del genere costa almeno 150.000 euro. Megretti Savi ai tempi d'oro doveva passarsela proprio bene! Ed ecco spiegata la deferenza di oggi. Strano che Velasco non mi abbia raccontato niente.

Seduti in prima fila, la vedova Anastasia con l'ancella Anastasia jr e Fabrizio Megretti Savi con la famiglia al completo: moglie bionda elegantissima e cinque figli di età compresa tra i diciotto e gli otto anni, che saranno stati contenti, se non altro, di saltare la scuola.

La presenza in sala diventa sempre più fitta, la gente non trova più posto a sedere e inizia a spalmarsi sulle pareti. Le autorità si raccolgono dietro a un bancone e aprono la cerimonia con la proiezione di uno slideshow di immagini che ritraggono Luigi sin da giovane per poi focalizzarsi sulle donazioni all'ospedale, alla parrocchia, alla casa di riposo, e in effetti c'è anche una foto di Luigi nel laboratorio dell'Istituto in Regione Siberia, con accanto un Velasco di almeno dieci anni più giovane. Mi volto verso di lui, che è seduto accanto a me.

« Non me l'aveva detto, questo » sussurro, ma con tono privo di recriminazioni.

« La donazione è stata del trenta per cento del valore del macchinario; il resto l'ha messo l'università, a voler essere precisi. »

« Meglio che niente... »

«Certo. E infatti lo ricordiamo con ammirazione, affetto e rimpianto. Tant'è vero che siamo qui.»

Finita la proiezione, varie personalità sono chiamate a portare un contributo al ricordo che ognuno conserva di Luigi, ed è una carrellata di un soporifero micidiale che mi riporta alle mie questioni private e in particolare a come organizzare il weekend per non soccombere alla desolazione, quando improvvisamente lo vedo.

Ancora una volta diverso dalle altre, come un trasformista.

Ben rasato, con un bel vestito di sartoria, una cravatta regimental in seta jacquard, pettinato e in generale con tutta l'aria di essere stato tirato a lustro. Quasi sussulto sulla sedia e lancio uno strillo. Abbasso lo sguardo perché ho il timore che sentendosi osservato possa riconoscermi e darsi alla fuga, ma cerco di non perderlo di vista con la coda dell'occhio. Il primo istinto è prendere il cellulare e mandare un messaggio a Malara, salvo poi ricordarmi che l'ho lasciato a casa. Mi volto verso Velasco, lui potrà prestarmelo, ma la sedia accanto a me è vuota.

Diamine.

Ma com'è possibile? Ero talmente assorta nei miei pensieri che non mi sono resa conto che si è allontanato?

Mi alzo di scatto. La vicina di sedia mi fissa storto, mentre cerco con lo sguardo Velasco, o almeno Alberta, oppure la signora O. Quest'ultima, in pole position, pende dalle labbra del sindaco. Alberta gioca con il cellulare due file dietro di me e non solleva lo sguardo neanche con tutto l'impegno della mia forza del pensiero. Alessandro Manzoni, dal canto suo, si sta avvicinando all'uscita. Non posso perdere tempo. Mi scuso con la vicina di sedia – non so nemmeno di cosa – e cerco di raggiungerlo. I nostri sguardi si incrociano per una frazione di secondo e ho la certezza che mi abbia riconosciuta. Ha l'ardire di farmi l'occhiolino, ma intanto il suo passo accelera. Ho poco tempo per pensare. Costeggio il lato esterno della fila e strappo il cellulare dalle mani di Alberta, che mi guarda offesa e strabiliata.

«Ti spiego, lo giuro!» le dico, con il cuore in gola. Mi precipito oltre la porta della sala, Alessandro Manzoni ha già sceso le scale e, sereno e imperturbabile, sta raggiungendo l'ingresso del Palazzo. Faccio prima che posso. D'altra parte lui non vuol dare nell'occhio e del resto nessuno sembra essersi accorto di lui. Ha le mani in tasca e si guarda attorno, cauto e all'erta. Riesco a fargli una foto con il telefono di Alberta, in realtà ne scatto una sequenza sperando che almeno una venga a fuoco, e sto pensando di chiamare la polizia quando vedo all'ingresso una guardia giurata. La mia salvezza, perché non riuscirò a colmare la distanza.

«Tu! Ferma quell'uomo!» Il tipo sembra più stordito di me dopo una sessione di binge watching. «Quello lì! Bloccalo! È importante!»

Ma a quel punto Alessandro Manzoni si mette a correre. La guardia inizia a rincorrerlo e io, dietro di loro, sto bruciando tutte le bustine di Ciobar che ho consumato negli ultimi tempi. Ho un affanno incredibile, e del resto non avendo mai praticato attività fisica in trent'anni, cosa mi aspettavo? Devo fermarmi. Alessandro Manzoni e la guardia giurata sono spariti dalla mia vista. Ormai andrà come deve andare. Nel frattempo, controllo le foto che ho scattato: per fortuna ce n'è una che è meglio delle altre e che anche se un po' sfocata potrebbe tornare utile alla polizia.

Nel frattempo vedo arrivare alle mie spalle Alberta.

«Adesso però mi spieghi...»

«No, guarda, non ci crederai mai. Mi sa che il tuo telefono dovrà farsi una passeggiata in polizia.»

La guardia giurata lo ha mancato. Be', non ci ho sperato veramente, non aveva l'aria di un velocista.

Nelle ore successive sono stata in questura da Malara, dispiaciuto dell'aver mancato Alessandro Manzoni per un soffio.

«È un professionista del furto, su questo non c'è dubbio» dice grattandosi pensoso la barba sotto la mandibola come un cane che si spulcia. «Però devo farle i miei complimenti per la sua prontezza di riflessi. Se non altro abbiamo una traccia. Interrogherò i presenti alla cerimonia per capire se qualcuno ha notato la presenza del ladro e, meglio ancora, se qualcuno lo conosce.»

« È stato molto sfacciato e noncurante delle conseguenze presentandosi così in pubblico » osservo.

« Era sicuro di non essere riconosciuto, non si spiega in altro modo. Forse perché non conosce nessuno. Ma allora perché era là? » chiede Malara, principalmente a se stesso, dopo un sospiro rumoroso.

Raccatto le mie cose; è quasi l'imbrunire e sento il bisogno di tornare a casa. Le emozioni della giornata e quei cinquanta metri di corsa mi hanno sfinito.

I piani per il weekend sono movimentati da un insperato ritorno a Roma. Il Supremo compie settant'anni e darà una super festa.

Paul Malcomess è stato il direttore del mio amato Istituto per un'eternità ed è andato in pensione da un paio d'anni, lasciando subentrare l'orrida Wally. È stato il maestro di Claudio, un vero e proprio modello su cui lui ha costruito ogni aspettativa per il futuro: quando aveva venticinque anni ha deciso di diventare come il Supremo e quella certezza lo ha guidato come un faro. Il suo parere è in assoluto quello a cui Claudio tiene di più.

Va detto che in generale su tutti gli specializzandi e i dottorandi Malcomess aveva l'ascendente di una divinità metafisica, un po' per via dell'aplomb inglese, un po' perché davvero è sempre stato una spanna sopra tutti. Non per niente, appunto, lo chiamavamo il Supremo. Quattro matrimoni alle spalle, recentemente riconciliatosi con la seconda moglie, Kate, madre di colui che è stato il mio grande amore storico, Arthur Malcomess, il Supremo è sempre stato un tipo mondano, ama le feste e ogni occasione è sempre stata buona per darne una.

Io ho una colite massacrante, per due ragioni che dardeggiano nella mia mente.

La prima: voglio sperare che questa volta CC e io ci presenteremo come coppia, senza la solita avvilente pantomima.

La seconda: rivedrò Arthur e la sua amata Saadia con pancione esplosivo, il che avrà su di me lo stesso effetto infestante del cimiciato sul nocciolo.

Ma del resto molto spesso le feste sono situazioni in cui troveremo qualcosa che ci ferirà. Le circostanze di aggregazione per puro divertimento le lascio a coloro che hanno poco spirito di osservazione.

La festa si svolge nella nuova residenza di Malcomess e Kate, dalle parti di via di Pietralata. È un'ex carrozzeria che loro hanno trasformato in casa con un effetto industrial chic molto curato. Dopotutto Kate ha sempre avuto buon gusto e un certo naso per l'understatement.

La padrona di casa sembra ringiovanita, e delle due è l'una, o è il ritrovato amore del Supremo, oppure si è data al botox. Malcomess è in smoking e la sua è un'eleganza trascendentale. In totale il Supremo ha circa sei o sette figli, sbaglio sempre il conto, e credo che ci sia la squadra al completo. C'è la mia adorata Cordelia con il suo farmacista che somiglia a Ben Barnes, ancora affidataria del Cagnino, che ha portato con sé. Sta invecchiando, la mascherina sopra gli occhi ormai è bianca, e zoppica un po', perché ha la coxartrosi, nonostante il farmacista, che è il padre adottivo, lo bombi di integratori per la cartilagine.

«Non ci speravo che venissi, mi eri sembrata indecisa...» mi dice Cordelia a voce bassa, per non farsi sentire.

«Diciamo che avevo varie ragioni d'ansia. Ma tutto sommato va bene, dai. E poi una persona molto tempo fa mi ha detto che bisogna guardare in faccia le nostre paure e ridere di loro. Io ci provo.»

«Brava! La maggior parte delle cose che ci fanno paura, poi si scopre che erano delle scemenze totali. Certo, se una delle ragioni d'ansia era mio fratello...» dice, cercandolo con gli occhi, «... lo posso capire» conclude, dopo averlo individuato. E io che ho seguito il suo sguardo non posso che darle ragione.

Arthur e Saadia sono accanto al buffet e tubano amorevolmente. Lui ha sempre l'aria un po' spersa di chi vive da mesi in una yurta ai confini della Mongolia. Lei è radiosa e, anziché sembrare una balenottera come la parte più meschina di me desidererebbe, è invece secca secca con un pancino perfettamente sferico che disegna una graziosa convessità sul suo abito color fior di sale.

Io ho indossato lo Schiaparelli, un vestito che ho comprato in un negozio vintage a una cifra impronunciabile, cui sono affezionata per mille ragioni e che mi ha sempre portato fortuna, ma rispetto al suo effetto splendente mi sento quasi scialba.

Per il resto, ci sono tutti: Anceschi, Lara, Paolone, Erica, Beatrice.

Quest'ultima è da sola, alta più della media dei presenti, bella anche se un po' smagrita. Nel complesso ha un'aria un po' fatale e tenebrosa da spy story anni Quaranta, mentre beve lentamente prosecco e spilucca tartine dal buffet. Nonostante sia anche più bella del solito, sembra sottotono. Che le è preso?

«E che ne so» è la risposta dirimente di Claudio quando do voce ai miei dubbi.

«È strana, però.»

«Macché.»

«Sì, ti dico.»

Claudio non sembra convinto e, in verità, neanche interessato. Ma non c'è tempo di approfondire perché intanto ha fatto il suo ingresso trionfale la Wally, in un orripilante vestito giallo zolfo.

Dopo la rivelazione di Velasco, sono convinta di riconoscere una vera idolatria nel suo sguardo ogni volta che ha l'opportunità di avere Malcomess tutto per sé. Circostanza che ha l'evidente tendenza a ricreare appena possibile, e Kate sembra non curarsene affatto. Come quando le api ronzano intorno ai fiori. Come impedirlo?

Io sto ben attenta a non avvicinarmi e vado a prendermi un drink. Prima che possa rendermene conto, e quindi allontanarmi con il turbo, vedo Arthur avvicinarsi con un calice di Cabernet in una mano e l'altra nella criniera bionda.

«*Hey there, Elis.*»

« *Hey there, Arthur* » dico, sul chi vive, la mia solita pronuncia ferma ai tempi di *the pen is on the table.*

« Ti trovo bene » azzarda, con un sorriso innocente.

« Anche tu stai bene. Quando arriva il bambino? »

« In aprile. »

« Immagino che sarai molto emozionato » gli dico, più che altro per avere un tema di conversazione.

« Molto. »

« Dove vivi adesso? » gli domando. Arthur è un reporter giramondo cui viene l'angoscia se si ferma per più di due mesi nello stesso posto.

« Qui a Roma. Il bambino nascerà qui. » Deve aver notato un'espressione come minimo un po' perplessa da parte mia, visto che ha sempre trovato mille difetti alla vita in questa città. Quindi si affretta a spiegarmi: « Sai, Saadia è orfana. E anche lei è abituata a viaggiare molto. Quindi per i primi tempi farà comodo un po' di aiuto ».

Di chi, di Kate? vorrei esclamare, ma ho paura che scoppierei a ridere in maniera isterica e non è il caso.

« Certo, capisco benissimo! »

In realtà non vedo come potrei capire, ma tant'è.

« Quindi vi siete trasferiti qui? » domando, un po' per gentilezza un po' per curiosità.

« Oh, no. Abbiamo preso in affitto un appartamento nel Rione Monti. »

Sarà la quantità di persone, ma fatto sta che in termini di prossemica mi ritrovo Arthur a distanza personale e la cosa mi sconvolge un po'. C'è la traccia di qualcosa di insoluto che mi rende inquieta e poiché anche Saadia si sta avvicinando per rivendicare l'osso, a questo punto penso che perfino il pungiglione della Wally avrebbe su di me un effetto meno nocivo. La saluto complimentandomi con sincerità per il suo magnifico aspetto e prendo il volo verso il braccio di Claudio, cui conto di attaccarmi come una protesi cementata, tanto più che la Wally si è diretta verso il bagno caracollando sulle sue gambette tozze.

Giungendo alle loro spalle, riesco a sentire qualcosa che il Supremo sta dicendo a Claudio. Qualcosa sulla sua carriera.

«Ti devi smarcare, Claudio» dice, a bassa voce. «A meno che non ti stia bene così. Ma io non penso.»

«In realtà, professore, stavo proprio iniziando a guardarmi in giro.»

«*Great*. Mi è arrivata voce di un'opportunità a Milano.»

«L'ho saputo anche io e vorrei provarci. Credo di avere qualche possibilità.»

«Io sono diventato direttore alla tua età» dice il Supremo, mettendogli una mano sulla spalla. «Ma ho dovuto lasciare l'Inghilterra.» Come molte persone di successo, ha l'abitudine di scomodare sempre il proprio vissuto quando vuole essere persuasivo con gli altri.

È tempo di palesare la mia presenza e di fare gli auguri di buon compleanno.

«Oh, buongiorno, Alice! Ho saputo che sei finita da Velasco» mi dice il Supremo, cambiando discorso con studiata prontezza.

« Eh sì... »

« È sempre in gamba, Francesco. Sono sicuro che si tratta di una magnifica esperienza per te. Valeria ha avuto un'ottima idea. » E figurarsi. Il Supremo è sempre stato acritico nei confronti della Wally.

« Mi trovo bene » confermo, in piena sincerità.

« Già. Sai che Francesco andò via da Roma perché era innamorato perso della nostra Valeria? E buon per lui. Ha fatto una meravigliosa carriera e alla fine ha trovato l'amore che, evidentemente, non era Valeria. »

« Veramente, professore, Velasco è divorziato. »

« Oh, ma queste sono inezie » dice lui, dall'alto dei suoi quattro divorzi.

Nel mio cervello intanto frullano varie riflessioni. Innanzitutto sono dispiaciuta perché come al solito sono collocata mio malgrado alla periferia dei pensieri di Claudio. Che l'Istituto gli stia stretto perché la Wally spadroneggia posso solo immaginarlo, dato che lui di certo non me ne parla. Vuole diventare professore ordinario? Se glielo chiedessi, mi risponderebbe che è scontato, e per questo non ha senso discuterne. Potrei scommetterci.

Nel frattempo la sulfurea Wally è tornata dalla toilette, pronta a rimpadronirsi delle attenzioni del Supremo come ai tempi in cui lui era ogni giorno in Istituto.

« Raccontavo ad Alice e Claudio della cotta tremenda che Francesco si era preso per te. »

La Boschi sbianca. « Ma, Paul... »

« Su, sono storie vecchie... di quando eravamo tutti giovani, soprattutto voi. »

Con quanta leggerezza il Supremo sembra incurante di essere stato, per conto suo, il grande amore della povera Wally. Chissà se lo ha mai capito. A questo punto però sarei disposta a cedere il mio Schiaparelli pur di vedere una foto della Wally di quei tempi, ossia di quando aveva un cuore e le sembianze di una donna.

La Boschi abbozza un sorriso che esprime profondissimo disagio. Sembra quasi fragile.

Di ritorno al bilocale in via Buozzi, Claudio è taciturno. Accende la radio, fa scorrere un paio di stazioni prima di trovarne una che trasmetta qualcosa che gli piace.

« Tutto bene? » gli domando.

« Sì. »

« Claudio... Tu sei soddisfatto? »

« Di cosa? » chiede, dopo il sospiro di chi è pronto al peggio.

« In generale. »

« Hai sentito il discorso che stavo facendo con Malcomess? » mi chiede, ma dando per scontata la risposta.

Annuisco e, poiché lui sembra impiegarci un'eternità a ribattere, aggiungo: « Stare nel nostro Istituto... Non ti basta più? »

« Alice, io sto bene dove sto, ma è anche vero che

ho i requisiti per un passo che qui a Roma non potrei compiere se non tra quindici anni. »

« Ma non mi avevi mai detto che stavi pensando di andartene. »

« Non l'ho fatto perché ancora non c'è niente di certo. »

« D'accordo, ma anche solo come ipotesi... potremmo scambiare due parole. »

Lui sterza verso la strada di casa. « Domani. »

« Okay » gli dico. Speranzosa nel domani, ma, poiché lo conosco, non troppo.

Vive eterno colui che vive nel presente

Ludwig Wittgenstein

E infatti poi l'indomani se n'è parlato a tratti. Sì, una possibilità a Milano, che non sarebbe nemmeno male considerato che Domodossola è vicina. Poi si è messo a scrivere un lavoro scientifico finché non si è fatta l'ora di portarmi in stazione.

«Scusami, ma è urgente, devo fare la *submission* entro oggi.»

Io mi sentivo sola e rimpiangevo di non essere andata a Sacrofano a passare un po' di tempo con i miei e soprattutto con mia nonna, con le sue sopracciglia dipinte e il rossetto color geranio e qualche perla di saggezza di quelle che solo l'aterosclerosi sa regalare. Al contempo però lo capisco. Se ambisce a un posto da Supremo, deve dare il massimo.

Quando ci siamo salutati sembrava quasi che non avessimo trascorso del tempo insieme, ma semplicemente condiviso degli spazi.

Andrà meglio la prossima volta.

Al rientro a Domodossola trovo ad attendermi una bella sorpresa.

Intabarrata in un parka dozzinale, un anello al set-

to nasale di quelli modello toro che però siccome l'ha
messo anche la Ferragni allora è figo, Maria Roncaro
scorre il dito sul cellulare nel chiaro tentativo di ingannare l'attesa.

« Maria » le dico, accogliente seppur sorpresa.

« Dottoressa... »

D'istinto vorrei chiederle dove è stata, ma lei ha
tutta l'aria di essere un tipo che aborrisce le domande
dirette.

« Vieni nella mia stanza » la invito, confidando in un
po' di riservatezza poiché il lunedì Alberta arriva sempre un po' più tardi per via di un tirocinio all'INAIL.
Lei sembra riluttante e sta per dirmi qualcosa ma un
forte accesso di tosse le impedisce di parlare. Le offro
dell'acqua.

« Non me la sono passata bene » dice, con gli occhi
lucidi.

« Sarai ancora addolorata per Arsen, lo capisco » le
dico vaga, porgendole un fazzoletto.

« Fosse solo questo... »

« Se sei venuta a cercarmi, c'è sicuramente dell'altro. »

A quel punto Maria, che mai si è distinta per buona creanza, mi fissa con uno sguardo che pietrifiche-
rebbe Medusa. « In realtà sto aspettando il professor
Velasco, non lei. »

Sono abbastanza meravigliata. Perché è vero, il prof
è un tipo che susciterebbe calore e istintiva simpatia
anche in qualcuno affetto da grave disturbo antisocia-
le, ma proprio non vedo il nesso tra lui e Maria.

Nonostante mi sforzi di essere meno curiosa, non riesco proprio a trattenermi.

«Scusa, ma perché?»

«Dottoressa, se non le dispiace sarebbe una cosa personale...»

«Capisco. Avevo dato per scontato che cercassi me, ho sbagliato.»

«Non c'è problema.»

Per orgoglio non vorrei dirle altro e lasciarla affogare in un colpo di tosse, ma poi la mia solita curiosità prevale.

«Non ti ho vista da Bertolozzi in questi giorni, eri in ferie?»

Scettica, risponde: «Mi sono licenziata, non la sopportavo più quella vecchia acidona. Ha altra acqua?» chiede poi.

«Sì, certo» e gliene verso un altro bicchiere.

«A che ora arriva il professore in genere?» mi domanda.

«Presto» rispondo, elusiva. Poi, la folgorazione. Ho la foto di Alessandro Manzoni nel mio telefono, me la sono inoltrata da quello di Alberta, per ogni evenienza. E se non è un'evenienza questa qui...

«Maria... conosci per caso questo tizio?» domando mostrandole lo scatto.

«Non si vede bene» risponde lei subito, senza neanche aver guardato con un minimo di impegno.

«Lo ingrandisco» propongo, paziente.

«Mi dispiace, ma non si capisce niente.» Il suo viso non tradisce alcuna emozione a parte la solita assenza di voglia di collaborare.

Si avvicina alla porta. « Ho sentito un rumore. Forse il professore è arrivato. »

La scorto fino allo studio di Velasco, dove lui sta sfilando via i guanti e la sciarpa.

« Ciao, Alice. Oh, ciao » aggiunge, uno sguardo per nulla meravigliato a Maria. « Chiudi la porta » dice poi a me, spartano come mai prima d'ora, e io giuro che vorrei trasformarmi in qualunque minuscola creatura di statura inferiore al millimetro pur di introdurmi non vista nella stanza e sentire cosa si stanno dicendo.

Maria si trattiene dal professore per circa mezz'ora.

Io rimango con le orecchie tese finché non sento un commiato formale e la porta che si richiude alle spalle di Velasco.

Poiché a dispetto delle apparenze sono dotata di dignità, non inseguo Maria al fine di avere notizie su faccende che non mi riguardano affatto. È più semplice riuscire a ottenere risposte da un tipo come Velasco, che in genere a metà mattinata si affaccia nella stanza mia e di Alberta per il solito caffè.

Ma non oggi. Sarà preso da faccende da sbrigare, più o meno importanti. Di fatto, la sua porta rimane chiusa in un eloquente silenzio.

Le due del pomeriggio arrivano presto ed è quando sono pronta a levare le tende che anche Velasco emerge dalla sua stanza.

«Oh, Alice, bentrovata. Hai portato a Malcomess gli auguri da parte mia?»

«Certo, professore. Lui le manda i suoi saluti e ha colto l'occasione per dire cose molto carine su di lei.»

«Sempre signorile, il grande Malcomess. In realtà ero un deficiente» dice con un sorriso, mandando giù una caramella alla liquirizia. «Piuttosto indisciplinato, per dirla in termini più urbani.»

«Prof, conosce da tanto Maria Roncaro?»

L'espressione sempre serena di Velasco non si sgualcisce. «A dire il vero, no. Mi è stata raccomandata per fare i mestieri a casa. Sai, non me la cavo bene con la lavatrice.»

«Ah, capisco.»

«È una ragazza a posto» afferma, forte di referenze che reputa assai fidate.

«Era la fidanzata di Arsen, quel ragazzo ucraino che ha rubato il diamante rosa dai Megretti Savi» chioso, con fare un po' pedante – ma me ne rendo conto soltanto dopo.

«Lo so» ribatte lui, del tutto indifferente. «Bene, cara, allora a domani.»

Poi fa un passo indietro.

«Dimenticavo. Tra circa un mese uscirà il bando per un posto come medico legale. E Filippello ci libererà della sua inutile presenza, o dovrei dire assenza. Se ti interessa...»

Certo che mi interessa. E mentre giro senza meta nel centro della città fino a sera immaginando come sarebbe vivere qui – se non per sempre, per molto tempo –, nei pressi di Bertolozzi incrocio Malara.

Teme il freddo peggio di un rettile, pertanto bazzica Domodossola solo se ha buone ragioni che io sono ben intenzionata a scoprire.

Non è stupito di rivedermi. «Entriamo, le offro un caffè» dice e nel frattempo nel buio si forma una nuvoletta di alito vaporizzato.

Lo seguo da Bertolozzi e prendo posto nel solito tavolino rotondo in fondo alla sala, apparecchiato con la porcellana stile cottage inglese.

Lui si leva il giaccone, la sciarpa finto Burberry, i guanti consumati sulle dita, e si accomoda sulla sedia che per lui risulta fuori taglia.

«Grazie alla sua foto abbiamo una notizia. Alessandro Manzoni – o quale che sia il suo vero nome – è stato riconosciuto dalla qui presente signora Bertolozzi» dice abbassando la voce mentre la nomina, indirizzando uno sguardo obliquo verso la cassa.

«Sono molto colpita!»

«Anch'io. Non me lo aspettavo. La signora lo ricorda molto distintamente. Prima delle undici, quindi poco prima dell'inizio della commemorazione di Megretti Savi, il nostro ladro è entrato qui e ha chiesto un caffè e una brioche.»

«Una brioche o un cornetto?» chiedo, pedante.

«Se ho detto brioche...»

« Qui al Nord fanno confusione. Chiamano il cornetto brioche. »

« Ma io sono calabrese » rivendica, orgoglioso. « In ogni caso, dottoressa, non fa differenza alcuna. Il punto è che il nostro Alessandro Manzoni ha riempito la Bertolozzi di complimenti – falsi, basta guardarla – aspettando il momento giusto per andarsene senza pagare. »

« Mi perdoni la sfrontatezza, signor giudice. Qui per una brioche e un caffè si spendono due euro. Ma davvero un ladro professionista si sputtana per due euro? »

« Quando sei ladro lo sei per due euro come per due milioni. È la natura. »

« Comunque un gesto del genere fa capire che è un tipo spavaldo. »

« Questo è poco ma sicuro. Ma alla Bertolozzi non la si fa. Nemmeno se si tratta di due euro. Si è alzata e l'ha seguito. »

« E? »

Malara corruga la fronte. « E quello l'ha seminata senza troppe difficoltà. Ma la Bertolozzi ha notato una cosa. Gli è squillato il telefono e lui ha risposto. Ha detto 'sono qui, voglio vederti'. »

« E chi voleva vedere? » gli chiedo, sbalordita.

« Bella domanda. »

Vorrei tanto saperne di più. Ma su Alessandro Manzoni credo proprio che per oggi sia tutto.

« È riuscito a risalire alla rete di contatti di Arsen? »

Malara fa una smorfia di delusione. « Sì, tutti con-

128

nazionali, qualche moldavo, tutti operai, gente onesta che vive al di sotto della soglia di reddito che qualunque italiano considererebbe dignitosa. Secondo me, è stato intercettato da Alessandro Manzoni ed è stato il suo primo approccio con il crimine. Di certo però tra i due non ci sono stati contatti telefonici, il che dimostra che il nostro ladro è stato accorto. La mia idea è che Alessandro Manzoni sia arrivato ad Arsen attraverso una comune conoscenza e che poi si siano incontrati e accordati di persona.»

«Forse la comune conoscenza è quel tale Mirko di cui ha parlato Maria Roncaro.»

«Sì, tra le chiamate di Arsen figurava anche quella a un certo Mirko Vladen, ma dal giorno della morte di Arsen curiosamente se ne sono perse le tracce.»

«Magari Alessandro Manzoni sapeva che in casa Megretti Savi c'era il diamante e quindi ha puntato Arsen perché aveva contatti con la villa, arrivando a lui tramite Mirko.»

«O sapeva che era lì o l'ha trovato per caso, ma entrambe le ipotesi lascerebbero credere che i coniugi Savi avessero simulato il precedente furto, mentre io sono alla ricerca di una spiegazione alternativa» considera Malara, dopo un sospiro gonfio di impotenza. Paga il caffè e subito dopo aggiunge: «E comunque, il giorno della commemorazione, nessun altro lo ha notato. È molto strano, questo».

«O magari, qualcuno lo ha riconosciuto ma, molto semplicemente, lo ha negato.»

Malara inarca un sopracciglio. Sembra concordare concettualmente ma non molto interessato ad approfondire. «Certo. Adesso devo andare, dottoressa.» E mi pianta in asso alla velocità della luce.

*Due occhi azzurri brillanti e vivaci vedono il mondo di
rose fiorito ma senza spine che pungano il dito*

Cristina D'Avena, *Georgie*

Una giornata di sole. Dopo il grigio continuo, il barlume di un tiepido azzurro è quasi commovente. Per festeggiarlo ho preso un croissant pieno di crema pasticcera e un cappuccino da Bertolozzi prima di precipitarmi in Regione Siberia. Sono diventata troppo golosa. Non capisco però se sia una compensazione del freddo, della solitudine, del cambiamento o forse un po' tutto insieme.

La mattinata scorre tranquilla. Io e Alberta lavoriamo in laboratorio per un accertamento di paternità tra chiacchiere e caffè. È dopo la pausa pranzo che Velasco si manifesta con un bel sorriso sul viso dalla consueta espressione rilassata.

«Cercavo te, Alice» mi dice, mentre Alberta storce il naso come una figlia unica che ha dovuto accettare un nuovo arrivo in famiglia.

«Arrivo, prof» rispondo, seguendolo nella sua stanza. Chiude con cura la porta e per farmi sedere leva dalla sedia una pila di roba che a causa del disordine non è al suo posto.

«Ho un messaggio per te» esordisce.

«Da parte di chi?»

«Anastasia Megretti Savi vorrebbe parlarti.»

Della pietra, non vedo altra spiegazione. Mi prende uno stato di inquietudine, rinforzato dal fatto che sia passata da Velasco per arrivare a me. Ma dopotutto, non essendo io del posto, lei non aveva altri contatti che il mio capo. È comprensibile.

«Le ha accennato la ragione?» gli domando con tono prudente, giusto per conferma.

«Vuole parlarti del diamante rosa.»

«Vorrà dirmi che sono una perfetta idiota.»

Velasco sorride con comprensione. «No, stai tranquilla. Non so molto, mi ha solo fatto un accenno, ma sono sicuro che non vuole strigliarti.»

«È una sua amica, prof?»

«Non direi proprio amica, ma qui ci si conosce tutti.»

«Posso andare già questo pomeriggio?»

Lui annuisce. «Ti aspetta. Vedrai che non sarà niente di stressante. Non ti avrei lasciata andare, altrimenti.»

D'altra parte, pur tra le spire dell'ansia, mi rendo conto di avvertire una certa curiosità nei confronti di Anastasia Barbarani, una sorta di attrazione per la sua allure da donna del bel mondo. Mi faccio dare l'indirizzo della villa e aspetto che arrivi un orario da persona beneducata prima di suonare al campanello.

La villa si trova in quella che le agenzie immobiliari definirebbero una posizione dominante e soleggiata in un posto che si chiama Borgata Asparedo. Tutto intorno c'è un vasto giardino con magnolie secolari, ed è qui che immagino sia precipitato e morto il povero Arsen. La porta mi viene aperta da una sudamericana con il grembiulino che mi fa accomodare nella sala, dove c'è un intenso odore di cera per parquet. Le pareti sono rivestite da una carta da parati che o è antica o vuol sembrare tale e numerose porte a vetri ad arco si affacciano sul parco e sulla fontana in pietra. Impettita in un tailleur color cielo, l'aspetto liftato, un impercettibile impaccio nel parlare per via delle suddette pratiche estetiche su cui non deve aver lesinato nella regione periorale, Anastasia senior mi esorta a sedermi su un divano tappezzato di un tessuto floreale di chintz.

Chiede alla colf di portare del tè e quella arriva pochi minuti dopo, con un vassoio d'argento e un piattino con dei baci di dama.

Anastasia è molto giovanile. Sessant'anni non glieli darebbe nessuno, un po' come a nessuno verrebbe in mente di darli a Sharon Stone, pur con le dovute proporzioni.

È una persona molto semplice, mi è chiaro sin dai primi scambi in cui mi chiede come affronto il passaggio da una realtà come quella romana alla provincia che più provincia non si può.

«Be', non so ancora se sarà un trasferimento definitivo, perciò quando va proprio male mi dico che manca poco e tornerò a casa.»

«Facevo lo stesso, però nel mio caso era diverso: sapevo che per via dell'azienda di Luigi non ci saremmo mai più mossi da qui. Roma mi è sempre mancata moltissimo. E sto pensando di tornarci, alla fine dell'anno. Quando avrò sistemato le cose qui» conclude, ritenendo forse implicito che io sappia quali siano quelle cose. Faccende legate alle pratiche di successione e all'azienda, presumo.

Esaurito l'argomento Roma mi sento incerta se tirar fuori l'argomento Beloved Beryl, ma lei mi precede.

«Le chiedo scusa per averla fatta venire fin qui... Ho approfittato della mia amicizia con Francesco per avere i dettagli ma poi ho pensato che fosse meglio attingere alla fonte.» Attorno agli occhi si formano delle zampe di gallina che finalmente rivelano la sua vera età.

«Si riferisce al diamante, giusto?» le chiedo, molto seria. Che non pensi che di quel mio errore ho una visione garantista.

Anastasia annuisce, ma sembra tutto fuorché severa. Si accende una sigaretta, una Davidoff Gold, e mi chiede se fumo anche io. Una volta sì, poi ho smesso perché ho capito che la donna che desidera trovare marito non dovrebbe puzzare di morto *e* di sigarette.

«Era una pietra bellissima... Il suo colore sembrava uscito da un libro di fiabe. Era unica al mondo.»

Tutto questo giusto per farmi sentire meglio. «Mi dispiace moltissimo, signora Anastasia...» inizio a dirle, prima che un dignitoso silenzio abbia la meglio.

«Non è colpa sua» dice lei, asciutta ma senza rancore. Il promettente sole di oggi, che rischiarava la stanza, viene coperto da una nube. Nella sala si fa strada l'ombra, che scende anche sul suo viso. «Ero molto legata a quella spilla. Ha una lunga storia, sa? Viene dall'India. Mio nonno l'aveva acquistata in Inghilterra, apparteneva a una nobile famiglia che, per via dei debiti, aveva finito col vendere pezzo dopo pezzo i gioielli più preziosi. La mia famiglia è originaria di Milano, ma mio nonno si è trasferito a Roma quando ha sposato mia nonna in seconde nozze. Quando morì, il fratellastro di mio padre andò in tribunale con i migliori avvocati pur di portarci via la spilla. E non ci riuscì. Era accanito, sa? Ma il nonno voleva che la spilla l'avessimo io e mia sorella Agata. Purtroppo Agata è morta di parto. Incredibile. Nessuno moriva più di parto, già trent'anni fa. E invece è successo alla nostra Agata.» Anastasia si commuove, ma prosegue. «Quindi immagini che valore affettivo aveva per me quella spilla. Non mi importava il valore economico. Certo, non nego che mi gratificasse pensare a quanto fosse preziosa. Ma... non saprei come spiegarmi meglio... per me era preziosa a prescindere.»

«Certo, posso capirlo...» ribatto, ma sempre più a disagio.

«La spilla mi è stata rubata due anni fa e mi creda, io sono esterrefatta al pensiero che in realtà la pietra, smontata, sia sempre stata in questa casa. Davvero, è inspiegabile. Sono arrivata alle conclusioni più incredibili. Ho anche sospettato del mio povero, santo marito... ma certe cose non le dovrei dire. Mi scusi. So cos'è successo in obitorio e il motivo per cui le ho chiesto di incontrarci è perché vorrei che mi descrivesse la persona che l'ha presa.» Il suo quesito mi coglie di sorpresa e mi lascia ritenere che voglia un identikit da confrontare con qualcuno che conosce. Mi sento talmente in colpa che faccio del mio meglio per soddisfare la sua curiosità.

« Be', era un tipo piuttosto comune. Capelli scuri e occhi molto chiari... anche se adesso ho il sospetto che portasse delle lenti a contatto. Lì per lì però non l'ho pensato. È alto, ma proporzionato. Ha le gambe un po' arcuate, sa, come gli uomini che vanno a cavallo. Ha dei modi molto cordiali... ma è evidente che non è davvero una persona cordiale. »

Anastasia tace. « Non ha notato altro di particolare? » dice infine.

« Onestamente no » rispondo, dopo averci rifletuto un po'.

« Niente... alle mani? » insiste.

« Tipo? » le chiedo.

Lei sembra indecisa se sbilanciarsi. « Non ci faccia caso. Se l'avesse notato non ci sarebbe bisogno di specificarlo. »

« Ormai me lo dica... Così, se lo incontrerò di nuovo, la prossima volta ci farò attenzione. »

Anastasia si convince. « Un tatuaggio, qui » dice mostrando quella che in anatomia si chiama eminenza tenar ma che le chiromanti chiamano monte di Venere. « È una K con una picca, come il re di picche delle carte da gioco. »

E no che non ci ho fatto caso. Ma se vuoi fare il ladro un segno di riconoscimento non è una gran furbata. Quindi, ammesso e non concesso che il sospetto di Anastasia nei riguardi di una persona in particolare sia corretto, trovo più plausibile che prima di darsi al furto di lusso il tipo in questione abbia investito su un trattamento laser e si sia fatto togliere qualunque tipo di tatuaggio. Tutto questo però lo tengo per me e con gentilezza le dico: «Mi dispiace, non ho notato nulla ma è probabile che la superficie interna delle mani io non l'abbia proprio vista. E posso anche aggiungere, se le interessa, che Arsen Scherbakov non aveva nessun tatuaggio».

«Ma io infatti non intendo Arsen...» replica lei, quasi annoiata.

«A proposito... posso farle una domanda?» le dico, rendendomi conto improvvisamente che il tè dev'essersi raffreddato dato che me lo sono dimenticato sul tavolino.

«Certo.»

«Com'è arrivata ad Arsen... intendo dire... com'è che faceva il giardiniere qui da voi?»

«Oh, ci sarebbe da raccontare... vede, io e il mio compianto Luigi patrocinavamo una casa famiglia. Si chiama La Samaritana. Lì ho conosciuto quindici anni fa la fidanzata di Arsen.»

«Maria?»

«Sì, lei.»

«Ma io so che è di Pinerolo...»

«Sì, la famiglia era di lì ma poi è andata in affido a Novara e alla fine è arrivata qui. Mi scusi, ma come sa che è di Pinerolo?» conclude sospettosa.

«Ho avuto modo di parlarle» dico, vaga il più possibile, ritenendo che sia il momento opportuno di bere questa brodaglia ormai fredda.

«Una ragazza sfortunata, la povera Maria. La conosco da sempre, ho cercato di aiutarla anche se ha un carattere molto scontroso. Quando ha compiuto diciotto anni è uscita dalla casa famiglia e le ho trovato lavoro da Bertolozzi. Ha avuto fidanzati uno peggio dell'altro, ma se devo essere sincera, Arsen sembrava un tipo a posto. Così bello ed educato... Un po' malinconico, ma quelli dell'Est sono tutti un po' così, no?» Non aspetta neanche la mia risposta e riparte seguendo i propri pensieri. «Mai, mai avrei creduto che Arsen fosse un ladro.»

«Forse non lo era. Si è trovato nella situazione. Probabilmente era inesperto. Un povero disperato.» Anastasia mi guarda sospettosa. Forse il mio intervento suona come un'apologia del crimine. «Non voglio giustificarlo. Voglio solo dire che non credo avesse un passato da criminale in Ucraina.»

Intanto il tè è finito e non vedo altre ragioni per trattenermi. Così, dopo un sorriso formale mi alzo dal divano troppo morbido in cui mi sentivo sprofondare e saluto ringraziando per la merenda. Anastasia è cordiale e cerimoniosa e a sua volta mi ringrazia per la pronta disponibilità.

Arrivo a casa che è già quasi buio. Ascolto un po' di musica mentre mi scaldo la cena e poi mi deposito sul divano, come quasi tutte le sere. Ho un sonno incoercibile e mi sento in pace.

Fino a quando, dopo una rapida ricognizione temporale, mi assale un dubbio.

No, anzi: *IL* dubbio.

DUE GIORNI DI ALICE

Au milieu de l'hiver j'ai découvert en moi un invincible été

Albert Camus

Non mi viene il ciclo. L'unica cosa che nella mia vita è sempre stata affidabile e puntuale. È in ritardo di quattro giorni e me ne sono accorta solo perché ho guardato il calendario.

Ho il ricordo un po' sfocato di una volta in cui siamo stati poco attenti. In quel momento lui, totalmente annebbiato, ha detto qualcosa del tipo «Se capita non ne faremo un dramma». Non posso definirla un'uscita romantica, ma per quella che è la materia prima è quanto più ci somiglia. Vero è che in certi frangenti non si è lucidi. In quel frammento di eternità ogni paura frena la corsa. Tutto si ferma, tranne la vita.

Mi sento in imbarazzo a dirglielo. Claudio non è il tipo di compagno con cui puoi parlare di tutto.

Devo vedermela da sola.

E per fare le cose per bene, prima di andare in Regione Siberia sono stata in un laboratorio di analisi. È una benedizione che aprano alle sette. Ero sveglia da due ore, preda di un'ansia vorticosa. Ho le mani fredde e il cervello in panne.

«Il risultato dopo mezzogiorno» mi dice la tipa all'accettazione. Sono già pentita di non aver comprato un bel test plasticoso: me la sarei cavata con un po' di pipì e sessanta secondi di attesa, ma avevo paura di entrare in confusione peggio di una sedicenne.

Arrivo al lavoro in uno stato di stordimento e a ogni input di tipo medico-legale reagisco come un teenager che sta giocando alla PlayStation e cui la mamma chiede di fare i compiti. Lo sforzo di non pensare a quel risultato è un vero esercizio di autocontrollo.

Guardo l'orologio. Sono ancora le undici. Vorrei un caffè, ma non si sa mai che sia incinta davvero...

Getto la spugna: a lavorare non riesco. Do corda ad Alberta e pur di distrarmi mi sorbisco i dettagli del suo appuntamento con quel tipo di Beura-Cardezza che potrebbe essere quello giusto... e sul più bello del resoconto del primo bacio mi accorgo che è mezzogiorno meno cinque.

«Scusami, devo fare una telefonata urgente» le dico, piantandola in asso e scappando verso il bagno, dove mi chiudo a chiave e parlo a bassa voce e in codice come una spia dei servizi segreti bulgari.

E quando apprendo il responso, per poco non svengo.

La prima cosa da fare sarebbe dirlo a lui. E invece, dopo aver ritirato il risultato, mi perdo per le vie del centro, il viso incollato alle vetrine dei negozi per bambini.

Non posso fare a meno di chiedermi, sarà un ma-
schietto? Sarà una femminuccia? Una volta mi era
stato detto che avrei avuto una figlia. *Sei tu, una piccola Confortina? Mi piacerebbe chiamarti Ida.* Come
la bimba della fiaba *I fiori della piccola Ida.* Avevo
il libro da piccola ed era così carina quella bambina,
anche se la storia aveva un che di lugubre, come tutte
le favole di Andersen del resto...
   Vorrei poter annunciare alla nonna che sarà bi-
snonna. Ma non lo riesco a dire a me stessa, ecco perché non posso dirlo a nessuno. Prima devo crederci io.
   Piccoli fiocchi di neve si poggiano sui miei stivali.
Entro sera una trapunta bianca sarà stesa sui tetti.
   Tutto cambierà. Il mio corpo, la mia vita. Quello
che c'è con lui, per forza. Forse sarà contento. O forse
no. Tra non farne un dramma ed esultare, ne passa.
   Ho paura. Ma non di lui, perché sarebbe un padre
migliore di quello che crede. Io ne sono sicura. In assoluto, la cosa di cui ho più paura è questa felicità.

Di notte ho dormito pochissimo. I pensieri vagavano
senza sosta e senza ordine. Mi dicevo che dovrò tornare a Roma, dovrò smetterla di fare autopsie perché per
la nausea non è l'ideale. Pensavo, forse è per questo
che mi stanno stretti i pantaloni e ho sempre tanto
sonno. Ho immaginato questo bambino, il suo viso,
quanto sarà bello sentire il suo profumo di latte e tal-
co, riconoscere qualcosa di Claudio nei suoi sorrisi o
nelle sue sfuriate. Vorrei già che il tempo passasse, che

i prossimi duecentottanta giorni fossero brevi, per poterlo conoscere subito, perché tutto vada bene fino alla fine.

E naturalmente, fantastico sulla possibile reazione di Claudio. Si va dai sogni più irrealizzabili, tipo lui che mi prende in braccio e mi stringe forte dicendomi che l'ho reso l'uomo più felice del mondo, e poi mi porta da Tiffany (sono un po' influenzata dagli ultimi trascorsi) e mi regala un gioiello indimenticabile, un diamante rosa tutto mio. Contemplo però anche l'incubo: lui che la prende malissimo e mi dice «crescitelo da sola». Ma no che non lo farà. Nemmeno la parte più pessimista di me ci crede veramente. Lo immagino che lo tiene sul suo braccio, la testolina nella piega del gomito, la camicia di alta sartoria sporca di rigurgito. Sarà così bello che mi chiedo: come ho potuto essere tanto fortunata?

Assorta nelle mie fantasticherie, scivolo nel sonno più profondo solo alle cinque e due ore dopo la sveglia già suona.

Il chiodo fisso del mattino eredita i pensieri della notte: e adesso, come glielo dico, al papà, che sarà papà?

Non per telefono. *Tristessa.*

Mi presento quindi da Velasco. È così trasandato che ha l'aria di essere rimasto a dormire in Istituto; mi chiedo che lavoro così urgente e inderogabile avesse da sbrigare.

«Buongiorno, prof» esordisco. Lui si stropiccia gli occhi.

«Ho lavorato fino a tardi e mi sono coricato sul divanetto» dice indicandomelo. In effetti i libri che usualmente sono riposti sulla seduta adesso sono sul pavimento e sui cuscini c'è impressa la sua sagoma. A un uomo con un tale spirito di sacrificio è difficile chiedere due giorni di ferie. Ma, conoscendolo, quando potrò dirgli la ragione sono certa che gioirà per me. «Adesso però mi sento un rottame. Eh, non ho più l'età. Quante nottate quando ero a Roma, insieme a Valeria. Facevamo tutto il lavoro sporco. Ti confiderò un segreto. Chissenefrega, tanto ormai è in pensione. Ma Malcomess era uno che non si sporcava le mani. Si è sempre cercato allievi infaticabili da spremere come limoni. La cialtroneria passava per aplomb.»

Strabuzzo gli occhi. Che rivelazione. Faccio una risatina di circostanza, ma mi preme sapere come accoglierà la notizia che oggi dovrà stare da solo, dato che Alberta è in trasferta in Svizzera per un corso sulla virtopsy.

«Prof, ho bisogno di chiederle il permesso di assentarmi oggi e domani» gli dico.

«Ah. Ma Alberta non c'è. Dovreste cercare di darvi il cambio...»

«Lo so, prof, ma è urgente.»

«Che ti devo dire io, se è urgente... Non ti posso certo legare alla sedia.»

Ha gli occhi cerchiati e mi dispiace che se oggi dovesse accadere qualcosa dovrà fare tutto da sé. Ma io questo segreto non posso tenerlo più di cinque ore, ovvero il tempo necessario per il viaggio in treno a Roma, cambio incluso a Milano.

«Al mio ritorno le spiegherò, davvero.»

«Come vorrei averli di nuovo io trent'anni...» aggiunge, lamentoso. «Se vai in Istituto salutami Valeria. Ah, dimenticavo una cosa che volevo chiederti. Com'è andata con Anastasia Barbarani?»

«Secondo me, lei ha una vaga idea su chi potrebbe aver rubato il diamante, ma è come spaventata all'idea di dirlo. Io non ho potuto aiutarla, purtroppo.»

Velasco sembra non aver nulla da aggiungere. «Meglio prendermi un caffè doppio per sostenere la giornata. Tu vai, prima che ci ripensi.»

Facevo affidamento sul buon cuore del prof. In auto ho già la valigia nana. Ardo di emozione.

Farò io una sorpresa, stavolta.

E che sorpresa!

UN GIORNO DI CLAUDIO

I say the right things
But act the wrong way

The Strokes

La sveglia del cellulare si attivò. Era *Hard to Explain* degli Strokes.

Quella canzone gli ricordava il 2001, quando era studente di medicina. A vederlo non gli avresti dato due lire, ma era il migliore del suo corso: non aveva mai preso un voto sotto il trenta. Gli piaceva suonare la batteria e risparmiando se n'era comprata una molto, molto usata. La sera, con quattro amici del quartiere suonava cover dei Foo Fighters e dei Muse in posti lerci dove li ricompensavano, se andava bene, con una canna a fine serata. Divideva una stanza senza finestra con suo fratello Giacomo, che aveva due anni più di lui e studiava giurisprudenza. La camicia buona la usavano a turno per gli esami.

Quanto era lontano quel disagiato della Garbatella dallo sgargiante dottor Conforti con la Mercedes, la fulgida carriera, il conto in banca florido quanto nessun Conforti prima di lui da almeno cinque generazioni. L'agiatezza economica era una conquista e le code all'Opera Universitaria per il rimborso delle tasse d'iscrizione erano un ricordo su cui preferiva non soffermarsi. Come pure quando prendeva in prestito l'auto di suo padre, soprannominata «la scassona», e metteva cinquemila lire di benzina. Il benzinaio lo guardava con pietà e a lui prendeva l'imbarazzo. L'aspetto più pregnante, comunque, non era la gratificazione materiale. I soldi non rappresentavano che un traguardo della scalata. Piacevole, senza dubbio. Ma non sostanziale.

A volte tornava a pranzo dai suoi, ma in linea di massima preferiva sfoderare l'alibi del lavoro.

«A Cla'. C'avemo er *uairles*, te poi porta' er *compiute* pure qua» diceva suo padre.

«Sì, ma i morti no.» E li liquidava così. Si sentiva in colpa, ma non più di tanto.

Da ragazzo era un po' musone e un po' rabbioso, ma sotto sotto voleva diventare esattamente come quelli che lo trattavano come uno zero. Al liceo prima, all'università poi. Ci teneva. E quando poté permetterselo prese casa proprio lì, nel cuore del quartiere Parioli. Ognuno, del resto, ha le proprie ambizioni.

Quella canzone, ogni mattina, gli ricordava chi era e da dove veniva.

Ma soprattutto gli diceva che molto aveva fatto e ottenuto, ma che ad arrivare lì dove voleva, all'apice, non ce l'aveva ancora fatta.

Il Supremo lo aveva capito dal primo momento: quando Claudio si era laureato, con la zazzera e il completo di poliestere, era stato l'unico a portare a casa la lode. Conforti era un fuoriclasse. Non avvertiva la stanchezza, non aveva un limite fisico e tanto meno caratteriale. Come lui ne nasceva uno per generazione, a volte nemmeno.

Il Supremo non aveva paura che lo superasse. Anzi, lo sperava, perché Paul Malcomess non era uno di quei maestri gelosi della giovinezza, bensì vedeva in un buon allievo una gratificazione per sé. Passo dopo passo, aveva sostenuto Claudio nella sua carriera. E adesso, come e più di lui sperava che ottenesse il massimo.

Alla sua festa di compleanno un certo discorso era rimasto in sospeso, e per questo Malcomess lo aveva invitato a colazione, per parlarne con calma.

Se Claudio avesse potuto scegliere, quanto gli sarebbe piaciuto un padre come il Supremo. Era uno di quei pensieri inammissibili che faceva quando ancora non era laureato ma già era interno in medicina legale e aveva fatto di Paul Malcomess la sua personale divinità. Anche per questo Arthur Malcomess gli stava sull'anima: quello faceva l'idealista e il ribelle, mentre era chiaramente un privilegiato.

Il padre di Claudio era un gran lavoratore, ma lui non aveva memoria di una conversazione istruttiva con Conforti Senior. Ci aveva anche provato, a confidarsi, ma lo strato emotivo più profondo di Claudio generava sempre commenti del tipo «A Cla', non è che me stai a veni' su finocchio?» Quando era in disaccordo lo menava. Era una persona di cuore, ma era quel che era.

In ogni caso, con quel complesso era sceso a patti. Non gli importava che suo padre fosse una persona ignorante. Era onesto, cosa che nel loro ambiente non era neanche scontato, e tanto bastava. E poi, anche se i soldi erano pochi, non gli era di certo mancato il pane. E aveva potuto studiare, di questo sarebbe sempre stato grato a suo padre. E a volerla dire tutta, era grazie a quella smania di elevazione che lui aveva tirato fuori il meglio che poteva dalle sue potenzialità. Spesso chi viene dal basso deve impiegarci più tempo per arrivare in cima, ma in tenacia non lo batte nessuno.

Kate servì un caffè annacquato e amaro, ma Claudio non fece una piega. Il Supremo entrò nel vivo con la schiettezza che lo distingueva.

«Ho sondato il terreno per Milano ma non ho avuto buone notizie. Il tuo curriculum è eccellente e io non ho lesinato in garanzie. Ma c'è Fabbri, aspetta quest'opportunità da anni. Penso che sia inutile che tu ti presenti.»

Claudio non la prese neanche troppo male, agli intrighi di palazzo era abituato. Certo però che non esultò. In questi casi sentiva la voce del suo nemico interiore che gli diceva: «Sarai direttore a sessant'anni e dopo cinque andrai in pensione».

Sperava in prospettive migliori.

«Forse ti ci vorrebbe qualche nuovo studio. Dopo il risultato in America dello scorso anno hai mollato la presa.»

«Onestamente pensavo che quel risultato fosse abbastanza.»

«Questo è l'errore. Non è mai abbastanza. Anzi, è

quando ti fermi che inizia la china » rispose il Supremo, severo.

« Ci vuol tempo, professore. E ci vogliono le idee. »

« Capisco. Allora allenta con la Procura e l'attività privata e trovati un'area di ricerca inedita. »

Malcomess gli disse infine di prendere in considerazione l'estero. Claudio accettò il consiglio con grazia.

Si attardarono in chiacchiere più vacue per alleggerire la tensione e si salutarono con un abbraccio affettuoso.

Sulla sua SLK, poco più tardi, gli scappò un'imprecazione.

Per pranzo mangiò un panino e dovette finirlo di corsa.

Una chiamata dalla Procura.

Allentare un paio di... Il nervosismo risvegliava in lui il ragazzaccio che giocava a calcio in cortile.

« Dove vai? » gli chiese Beatrice, intercettandolo nel corridoio.

« Un sopralluogo a Torvaianica. Sono due cadaveri, non so altro. »

« Vengo con te, ti do una mano. »

Se la ritrovò in auto e non gli dispiacque. Per esperienza sapeva che, quand'era di umore nero, la solitudine era una pessima compagna di viaggio. E poi i nuovi specializzandi erano improponibili.

Niente a che vedere con *lei*...

Gli venne un sorriso, il primo della giornata. Per

154

dirla tutta, Alice era una frana, l'ultimo disastro che aveva combinato a Domodossola non era che un piccolo esempio di cosa era capace, ma aveva sempre avuto buona volontà e voglia d'imparare. Sembrava che le nuove generazioni non avessero fatto le elementari, figurarsi la facoltà di medicina. Gli facevano perdere tempo e quel giorno non aveva voglia di insegnare. A proposito: non l'aveva ancora sentita. Come mai non si era ancora fatta viva con messaggi WhatsApp pieni di emoticon com'era nel suo stile? Con Beatrice in auto preferiva non chiamarla. Al primo semaforo le mandò un messaggio.

Lei rispose con un tripudio di cuori rossi, faccina che sorride e che manda baci, altri cuori rossi.

Fu rassicurato ma anche sorpreso di sentire che lo scompiglio che Alice portava con sé gli mancava molto.

Non gli avevano detto che i cadaveri appartenevano a due ragazzi. Forse due adolescenti, due di quelli che sui giornali definiscono «minori non accompagnati». Né bambini, né adulti. Forse erano fratello e sorella, forse no. Erano stati in mare almeno una settimana, erano morti abbracciati e così erano rimasti. Probabilmente migranti, sbattuti dai flutti dal canale di Sicilia fino al Tirreno.

La loro vista era uno strazio, anche dopo anni di cadaveri.

Insegnava agli allievi la freddezza ma, davanti a

quello scempio, rimanere distanti non era soltanto impossibile, era proprio ingiusto.

Stavolta gli prese male.

All'improvviso, di fronte a quella gente che tanto palesemente non aveva nulla, quel suo ostinato volere di più dalla vita, sempre di più, gli sembrò offensivo.

Indossò una maschera d'impassibilità, come sempre. Fece esattamente tutto quello che doveva, ma con più cura e più amore.

Però pensò che fosse un bene che Alice non ci fosse. Non avrebbe retto.

Si era fatta sera.

In auto lui e Beatrice restarono in silenzio, finché non fu lei a scrollarlo.

«Ci vuole una bevuta, di quelle che ti dimentichi chi sei. Andiamo da me?»

Poiché l'alternativa era tormentarsi sul senso della vita nella solitudine del suo appartamento vuoto, Claudio accettò. Di certo sarebbe stato più gradevole passare la sera con Beatrice e Giò, suo marito. Era stato il loro testimone di nozze, non molto tempo prima. Si sarebbe distratto, se non altro.

Arrivarono in via dei Serpenti e per trovare parcheggio impiegò mezz'ora. Gli giravano sempre più.

Lei inserì il chiavino dell'antifurto e aprì la porta di casa. Per un attimo Claudio si pentì di non essere tornato a casa sua. Non desiderava altro che buttarsi sul divano e bere fino a perdere la coscienza di sé. E invece così non avrebbe neanche potuto esagerare con l'alcol, dovendo guidare.

«Bea, senti, mi basta una birretta e torno a casa mia.»

«Okay» disse lei, riemergendo dalla cucina con due bottiglie. Niente convenevoli tra loro, neanche un bicchiere. Si mise sul divano accanto a lui. «Altro che birretta ci vorrebbe, per me.» Lui non recepì. Era assente. «Altro che birretta» ripeté. «Con Giò va male» disse infine, dopo aver bevuto mezza bottiglia tutto d'un fiato. «Non l'ho detto a nessuno, nemmeno a mia sorella. Ci sto malissimo.»

Claudio si voltò. «Perché? Cosa c'è che non va?»

«Non so. Forse abbiamo fatto tutto troppo di corsa. Non ci conoscevamo bene. Io pensavo, ormai ho quasi quarant'anni, devo far presto. Il risultato è che non stiamo bene insieme.»

Lui guardò un punto nella libreria. «Sai come la penso.»

«Tu hai una visione disincantata all'eccesso.»

«Mi dispiace per te, però.»

«Troverò il modo per riprendermi.»

Quando sembra che il cuore non acceleri mai la sua corsa, abbandonarsi a ciò che è proibito diventa quel tipo di piacere istantaneo che almeno ti fa stare meglio per dieci minuti. I cocci si rimettono a posto dopo. Questo, diceva lo sguardo di Beatrice, traducendo i suoi pensieri.

Claudio, semplicemente, non pensò, perché quello era sempre stato il loro linguaggio comune. Tornò vivo con facilità, d'impulso, come la lingua madre in chi è stato obbligato a impararne una nuova. Come se lo avessero praticato fino al giorno prima, quando invece era trascorso molto tempo, e finì che in un battibaleno si avventarono l'uno sull'altra. In quell'istinto c'era il bisogno di dimenticare, e quello sembrava loro un modo né più giusto o più sbagliato di tanti altri.

La camicia di lui era già finita sul pavimento, la gonna di lei era già sollevata, quando lui fu colto da un senso di imperioso disprezzo di se stesso, ma la stava ancora baciando e smettere era difficile... Era così bella e familiare, Beatrice... Era così dolce quell'abbraccio, così consolatorio.

Tutto era svanito come con uno schioccare di dita, l'orrore, la carriera, l'ambizione, Malcomess, Alice.

Alice.

Alice sa come sono fatto. Alice capirebbe.

Non è vero.

Se vado fino in fondo dovrò dirglielo. E la perderò per sempre.

Alice.

Si sollevò con un senso di vertigine. Lei era paonazza.

«Non ci pensare» gli disse.

Tutto attorno a loro un silenzio grave, colpevole, che lui spezzò dicendole: «Beatrice... Meglio smetterla.»

Lei allora lo fissò delusa come non era mai successo

prima. «Non significa niente. Domani sarà tutto come prima.»

Si era già rivestito. Era spettinato e stressato dall'aver interrotto qualcosa prima della sua naturale conclusione.

Era un attimo. Andare o restare.

Lei gli prese la mano. «È solo per sentirci meglio. È sempre stato così. Anche prima degli esami» disse con un sorriso che presto si trasformò in una smorfia di nervosismo.

«Mi dispiace» fu tutto quello che lui seppe dire.

Soltanto dopo, in auto, controllò il cellulare.

Dieci chiamate perse di Alice. La richiamò subito. Era insolito che fosse così insistente, ebbe paura che le fosse successo qualcosa.

«Scusami, non ho controllato il telefono.»

«Oh. Dov'eri?»

Disse la prima cosa che gli venne in mente e che lei avrebbe capito. «In obitorio.»

Alice restò in silenzio per un momento di troppo, ma poi gli disse: «Sono sotto casa tua. Sono rimasta qui ad aspettarti. Era una sorpresa».

Stavolta fu lui a restare in silenzio. Sapeva che la stava ferendo a morte non mostrando esultanza. «Scusami. Ho avuto una giornataccia. Sono felice di rivederti.» Il paradosso era che felice lo era davvero, ma al contempo si sentiva stanco e soprattutto infame.

«Sono arrivata a Roma, volevo chiederti se potevi

passare a prendermi alla stazione, ma alla fine ho preso un taxi. Anche se non rispondevi sono venuta da te. Non sapevo dove altro andare.»

Aveva un tono strano.

«Tutto bene?»

«Sì, certo. Ti aspetto qui. Dall'obitorio non ci impiegherai molto ad arrivare» concluse. Gli sembrava di averla convinta.

Le cose appaiono più evidenti alla luce del sole, e se la
differenza è troppo violenta, può anche rovinare tutto

Tove Jansson

Ha mentito.

Non si dovrebbero mai fare sorprese di questo tipo. Men che meno a un uomo come lui.

Ho telefonato in obitorio perché dopo tutte quelle chiamate senza risposta era il posto più ovvio in cui trovarlo. Ha risposto Mezzasalma. «No che non c'è, dottoressa. E manco si è visto.»

Non mi sono inquietata. Avrebbe potuto essere ovunque. Ma dopo quasi un'ora di attesa in stazione mi sono detta che fosse meglio andare a casa sua.

Quando arriva, finalmente, mi trova seduta sulle scale. Qualcosa mi impedisce di abbracciarlo. Ma qualcosa lo impedisce anche a lui.

«Non eri in obitorio» gli dico.

Prende il mio bagaglio. «Andiamo a casa.»

«Non voglio pensare al peggio. Vorrei solo capire perché hai detto una bugia.»

«Te lo dirò. Ma andiamo a casa.»

Quella casa buia e fredda, improvvisamente inospitale. Entro, ma non mi tolgo nemmeno la giacca.

«Vieni, siediti» mi esorta avvicinandosi, ma mi ritraggo d'istinto.

«Alice. Cosa posso dire? È qualcosa che non so spiegare.»

«Vigliacco.»

«Io non sono andato fino in fondo.»

Stupida, stupida Alice. Che crede che la gente cambi. Sono sorpresa dalla mia stessa dignità, perché non piango. Perché non gli dico che aspetto un bambino, perché non faccio melodrammi. La verità è che sono talmente sconvolta che sto reagendo con il mutismo. Ma Dio lo protegga se mai dovessi dirgli quello che penso. Sono così sciocata che non voglio neanche sapere con chi è stato.

«Quello che è successo non ha nessun valore per me.»

«Un po' più di fantasia, Claudio.»

«Ma è vero!»

Non ho mai pensato che la fiducia fosse un sentimento così volatile. Un attimo c'è, quello dopo non c'è più. Magari funzionasse così anche l'amore.

Claudio sembra inerte e confuso. Ma certo, è strabiliato che un tipo scafato come lui sia stato colto in flagrante da una come me. Scommetto che tutte le altre volte è stato molto furbo. È una specie di miracolo che non mi sia presa una malattia venerea.

Eppure stavolta io ci credevo. Mi piomba addosso una delusione così forte da togliere il respiro.

Apro la porta. Dove me ne vado, adesso?

Chiederò a mio padre di venirmi a prendere e me ne starò a Sacrofano.

Piangerò tutto il tempo.

Come farò a eludere le domande?

Stabilisco che tornare a Sacrofano non è una buona idea e mi viene in mente mio fratello. Sì, chiamerò Marco.

«Alice, non andare via. Ti prego. »

« Piuttosto che restare qui mi corico su un pezzo di cartone alla stazione. »

« Cazzo, Alice. Ho avuto una giornata orribile. Ho perso il controllo. Non puoi fare lo sforzo di immaginare, o di capire? »

« Mi chiedi pure di immaginare? E cosa, te a letto con un'altra? »

Trascinandomi dietro la valigia mi precipito per le scale, lasciandomelo alle spalle. Lui mi segue, e pur di schivarlo finisco in mezzo alla strada, in mano il telefono per chiamare un altro taxi. Farà sicuramente prima di mio fratello. Claudio sta parlando ma è come se l'audio si azzerasse.

L'ultima cosa che sento la urla il tipo sulla moto che mi investe in pieno.

« A' fenomenoooo! »

Poi, il buio.

Mi sembra di aver dormito tanto, tanto a lungo. Al risveglio mi ritrovo sotto lenzuola ruvide che odorano di detersivo antisettico. Non ho nemmeno il tempo di aprire gli occhi che mi sento già accarezzare da mani soffici e amorevoli.

« Bella di nonna! »

Per schiodare nonna Amalia da Sacrofano devo aver preso una brutta botta. Ma niente può farmi male quanto il cuore.

«Stai già meglio, tesoro mio» mi dice, rassicurante. C'è l'adunata della famiglia, e sono tutti premurosi, tutti amorevoli più di quando mi sono laureata. Ho mal di testa, ma la memoria è intatta. Chiedo alla nonna, con la bocca impastata: «Il dottorino c'è?» È così che lei ha sempre chiamato Claudio.

«È stato qua tutta la notte, se n'è andato manco mezz'ora fa.»

«Mi chiamate un medico? Ci vorrei parlare da sola» riesco ad articolare, non senza difficoltà perché sento ogni muscolo rallentato.

I miei si prodigano, mentre nonna Amalia mi dice che mi poteva andare molto peggio. Io mi sento dentro un'impotenza tremenda, vorrei fare una sola domanda e la giusta destinataria non è certo la mia dolce nonnina.

Mio padre torna con un uomo in camice bianco dall'aria molto rassicurante. A un suo cenno, i miei familiari si dileguano.

«Sei una collega, vero?» mi chiede, con gentilezza. Annuisco. «La situazione è sotto controllo. Hai avuto un trauma cranico minore e un trauma addominale chiuso. Ma tu, collega, sapevi di essere incinta?» Gli rispondo con un cenno dimesso del capo. «Vuoi che ti metta in contatto con uno psicologo? Vuoi parlarne?»

«Ho abortito?»

Il collega annuisce, costernato. E mi torna in mente, in un momento così tremendo, la ragione per cui ho scelto un'altra faccia della medicina. Per non trovarmi nella sua posizione, per non dover raccogliere i pezzi di un cuore infranto. Per non dover fare quello che il medico si sta sforzando di fare: consolarmi, sciorinarmi statistiche incoraggianti, dirmi che l'utero è a posto, che ne arriveranno altri di bambini, che non è detto che sia stata colpa dell'incidente, che esiste una cosa che si chiama «aborto biochimico», del resto era una fase ancora molto recente...

Puoi provarci in ogni modo, ma con tutta l'empatia del mondo non saprai mai davvero come si sente l'altro; e le parole, nella migliore delle ipotesi, saranno soltanto semi che germoglieranno tra mesi, e nella peggiore ricadranno nel vuoto. Non posso rimproverargli niente, è gentile e ottimista, ma io vorrei solo essere inglobata da una bolla di silenzio.

Probabilmente il linguaggio del corpo fa la sua parte. Il medico comprende e mi dice che ho bisogno di riposo, che chiederà ai miei familiari di lasciarmi tranquilla un altro po'. Se tutti gli esami sono in ordine, sarebbe sua intenzione dimettermi domani. Se non altro potrò tornare a casa. Anche se non so più dove sia.

«Un'altra cosa» gli chiedo, prima che mi lasci da sola. «Ha avuto modo di parlare con l'uomo che era con me?»

«Con Claudio? Certo. Eravamo colleghi di corso. Non sapevo che avesse una compagna. È sempre stato uno sciupafemmine! Devi essere molto speciale per essere riuscita a farlo capitolare. Ieri era a pezzi. Mi dispiace davvero per il vostro bambino.»

Quando la gente è in dubbio se parlare o tacere, dovrebbe sempre optare per la seconda. Ma non ho la forza neppure di essere acida e di puntualizzare che il segreto professionale non andrebbe violato nemmeno tra amici. Voglio stare stesa su un fianco, ho male all'addome come se mi avessero preso a randellate. E in effetti è più o meno così.

«Mi ha detto di chiamarlo non appena ti fossi svegliata, vuoi farlo tu?»

«Sì, certo, lo faccio io.» Come no.

Mi sento la più derelitta tra le creature. La considerazione che l'alternativa a questa degenza avrebbe potuto essere finire stecchita sull'asfalto non riesce a darmi reale conforto. Non sono lucida, in questo momento anche l'autocombustione mi sembra preferibile a quanto sto male.

Forse la solitudine non mi fa bene.

Forse sentire le stronzate di mio fratello e gli svarioni linguistici di nonna Amalia mi potrebbe distrarre. O magari irritare.

No, meglio la solitudine.

Sono immobile da non so più quanto tempo quando sento un colpetto di nocche alla porta. Sarà l'infermiera che deve cambiare la flebo. È finita da mezz'ora, ormai, ma non avevo voglia di chiamare per avvisare. E invece, con somma indignazione, mi rendo conto che ha avuto il coraggio di presentarsi qui. Lui.

«Ehi» dice, a voce bassa, con un percettibile senso di vergogna anche solo a sollevare lo sguardo.

Non gli rispondo. Lui non esiste.

Si siede sul ciglio del letto. Continuo a non guardarlo.

«Eri venuta per dirmi...» Neanche lui riesce a pronunciare la parola «bambino», come se dirlo lo rendesse reale, cosa che ormai non è più. «Mi sento una persona orribile.»

«Lo sei.»

Non demorde. «Alice, io non potrò mai convincerti che mi dispiace da morire. Non mi credi.»

«No.»

«L'avrei tanto voluto questo bambino. Credi almeno a questo.»

Qualcosa si smuove dentro di me. La vita mi ha dato una cosa bellissima e un istante dopo ci ha ripensato e me l'ha tolta dicendo: Ho scherzato. «Alice, non lasciamoci. Non così, non per questo motivo. Io voglio passare tutta la mia vita con te.»

«Sai che spasso. Io no.»

Lui sospira pesantemente. «Devi perdonarmi, o almeno provarci...»

«Io non devo un bel niente.»

«Io ti amo.»

Quante volte ho desiderato sentirglielo dire? Mi amava anche quando è andato con un'altra? «Stanotte non abbiamo perso solo il nostro bambino» e la voce mi si spezza mentre lo menziono, «ma anche tutto il resto. Anche se potessi perdonarti un tradimento, non riuscirei mai a dimenticare quel che è successo dopo.»

«È stato un incidente. Una brutta giornata in cui sono successe troppe cose. Non avere fretta, ne riparleremo e ci spiegheremo ogni cosa. Non essere orgogliosa. Non rifiutarmi, ti prego.»

«Non è orgoglio. Sai che me ne frega del mio orgoglio, sono anni che te lo lascio calpestare. È solo che adesso ne ho abbastanza.»

Lui sembra incapace di ribattere. Ma più tace e più in me monta una furia inceneritrice, quella di cui in genere mi pento dopo dieci minuti ma che sul momento è incontenibile. «Vai, adesso. Vattene via. Il solo guardarti mi fa stare male.»

È cereo e ha gli occhi lucidi. Non l'ho mai visto in questo stato e non so dare un nome a quello che sembra provare. Senso di perdita? Dolore? Posso davvero crederci?

Sono confusa. Sarà il trauma cranico.

Prende la giacca, mi rivolge uno sguardo che probabilmente non dimenticherò mai e se ne va via davvero.

Mi butterai... e non cambierai

Betta Lemme

Alla dimissione, il cielo è gravido di alte nuvole grigie e brumose, eppure l'aria ha una luminosità nitidissima che si riflette sugli edifici e ne mette in risalto i contorni e i colori. Qualche gocciolina di pioggia si fa sentire di tanto in tanto.

Non è il tipo di clima che giova alla depressione.

I miei hanno insistito per portarmi con loro a Sacrofano, dove mi hanno trattato meglio che in un centro Mességué. Io però dopo due giorni mi sentivo oppressa dai miei pensieri e l'unica salvezza era tornare nella fredda Domo, mettermi a lavorare e aspettare la primavera.

In assenza di risorse interiori più originali, Claudio si è buttato sul banale e ha mandato un fascio di rose a casa dai miei. Sono andata personalmente con nonna Amalia a portarle alla Madonna della chiesa di San Biagio.

In stazione mi ha accompagnata mio papà, che ha avuto la grazia di non farmi raccomandazioni né ammonimenti. Le ore di viaggio le ho trascorse leggendo e mangiando ciambelline che non hanno l'olio di palma ma mille altre cose più tossiche su cui ancora non si fa clamore e quindi siamo salvi dall'ossessione.

Tornata a casa mi preparo una camomilla al brandy che ormai è il mio grande must. La signora O mi ha prestato la sua colf e mi ha fatto trovare l'appartamento profumato di Mastro Lindo, con un mazzo di calle, finte, sul tavolo al centro della sala. Tutto sommato è stato un buon rientro. Riesco persino a non sentirmi disperata.

Però continuo a perdere sangue, a ricordo di quell'altra perdita.

Oltre la finestra, dietro le case medievali, vedo le montagne innevate. Hanno qualcosa di rassicurante. È una fortuna che mi piacciano tanto, perché il lavoro prospettato da Velasco diventa adesso il mio salvagente. Domodossola mi sembra quasi non sufficientemente lontana, ma se non altro è un buon posto da cui ripartire.

Continuo a ricevere messaggi da Claudio. Leggo ed elimino con un automatismo che mi sorprende.

Sono monotematici. Il perdono, le spiegazioni, la crudeltà della sorte, e chi più ne ha più ne metta.

A piccoli passi rientro nella mia vita di sempre. Torno a essere la solita Alice dipendente dal caffè, da Netflix e dallo shopping online. Niente premure dietetiche, niente lezioni di yoga per imparare la tecnica di respirazione migliore per evitare lacerazioni in zone anatomiche che sarebbe meglio tenersi intatte.

Velasco è molto discreto ed evita di indugiare sui dettagli del mio incidente stradale.

«Se senti il bisogno di altri giorni di riposo, non crearti problemi» mi ha detto appena ho rimesso pie-

de al lavoro. Non potrebbe capire che altri giorni di
riposo mi farebbero finire dritta in manicomio.

Faccio tutto quello che ci si aspetta da me e nel
frattempo passano le settimane e arriva aprile. C'è
da essere grati per il sole, che ha sciolto la neve e portato il suo benefico calore ovunque, tranne che nei re-
cessi del mio dolore.

«Sei troppo dura. Hai eliminato il principio del con-
traddittorio.» Silvia, la mia amica storica dai tempi
della prima elementare, è venuta a trovarmi a Domo.
Se c'è qualcuno che può tirarmi su di morale è proprio lei. L'ho portata in un pub a bere qualcosa. Alle
pareti, ritratti in bianco e nero che celebrano perso-
naggi che vanno dal sacro al profano, da David Bo-
wie a Bud Spencer passando per Prince, con un filo
conduttore per me incomprensibile.

«Non ci voglio proprio pensare.»

«E poi, Alice... forse siamo troppo giovani per un
bambino.» La fulmino all'istante. «Certo che non è
male qui. Meno deprimente di quel che pensavo» si
affretta ad aggiungere.

Non capisco se sia seria o no. Il cambio di argomento, comunque, mi infonde profondo sollievo.
«Visto? Basta ridurre le aspettative. È un principio
che nella vita torna sempre utile.»

«Ma non vorrai veramente seppellirti qui, vero?»

«E che vuoi che faccia? Roma è fuori questione almeno finché ci sarà Claudio.»

171

«Ma tu stessa hai capito che forse anche lui sta cercando una nuova facoltà, che vuol dire una nuova città.»

«Silvia, credo di non aver mai capito niente di quell'uomo. Quindi, boh.»

«D'accordo. Ma non metterti paletti. Non sei tipo da un posto del genere, con il dovuto rispetto. Grazioso per un giorno o due, ma tu hai bisogno di movida.»

«Ma che movida...»

«Ci sono ragazze nate per la città e ragazze nate per la provincia. E, lasciatelo dire, tanti dubbi su di te non ce ne sono. Sei una ragazza di città, e qua ti prenderà la depressione.»

«Ce l'ho già.»

«Sì. Ma non solo per Conforti.»

«La smetti di mangiarti con gli occhi quel tipo?» la ammonisco dopo aver notato il gioco di seduzione tra lei e un volto che mi è sconosciuto. Attraente, non c'è dubbio. Del genere di sensuale mascolinità che Silvia classicamente apprezza. Biondo, sui trentacinque, una nuance metrosexual denotata dal taglio di capelli e della barba, outfit da modello della linea casual di Zegna, un anello all'anulare, ma non nuziale, piuttosto quelli con un sigillo di famiglia.

Lui replica agli sguardi eloquenti di Silvia con sapiente e calcolata intensità.

«Vabbè, Silvia. Se sei venuta a rimorchiare io me ne torno a casa, che non sono nello stato d'animo.»

172

L'avvenente sconosciuto però intanto prende l'iniziativa e si manifesta al nostro tavolo.

«Buonasera» esordisce con una voce profonda. Sarà che ho il cinismo allo zenit, ma mi verrebbe anche un po' da ridere. Se non fossi depressa, ovvio. Ma intanto mi scappa un sorrisetto acido.

Lui è spiazzato. Mi gela con lo sguardo, starà pensando *ma guarda 'sta sfigata.*

Silvia, che è abituata a farmi da avvocato, ha la risposta pronta. «Non farci caso. Ha avuto da poco un trauma cranico, si sta riprendendo. Molto lieta, mi chiamo Silvia, e lei è Alice.»

Lui porge la mano. «Piacere mio, Giulio.»

«Ciao, Giulio» gli risponde sognante. «Vuoi unirti a noi?» suggerisce Silvia, sempre propositiva quando davanti si ritrova un bel giovanotto.

«Con piacere.»

Ha l'accento romano, anche se contenuto. Roma Parioli, certamente non borgata.

«Anche tu, come noi, non sei di qui?» gli dice Silvia.

«No, e mi sa che veniamo dallo stesso posto. Come mai siete a Domodossola?»

Io continuo a essere loquace come un appendiabiti. «Alice lavora qui e io sono venuta a trovarla. Tu?»

«Anche io sono in visita. Di cosa ti occupi, Alice?» domanda, tirandomi a forza in questa conversazione per me del tutto priva di interesse.

«Medicina legale» rispondo, sperando di scoraggiarlo. In genere ha un effetto respingente.

« Oh, interessante. Come quella dei romanzi... come si chiama? Kay Scarpetta? »

« No. Come il dottor Pasquano di Montalbano. »

« E tu, Silvia? » chiede alla mia amica, forse pensando che le conseguenze del mio trauma cranico siano abbastanza imbarazzanti.

« Sono un avvocato. Tu? »

« Ma davvero? Anche io! Due avvocati romani a Domodossola. Neanche dandoci appuntamento ci saremmo trovati! »

Vabbè. Meglio che lasci a Silvia le chiavi di casa, inutile stare sveglia ad aspettarla. Garantito al limone che questi due concluderanno la serata con una celestiale fusione dello spirito.

« Perdonatemi, ma io sento il bisogno di rientrare a casa. Il mal di testa mi sta uccidendo. Silvia, tu resta pure, non crearti problemi. » Sul volto di Giulio gratitudine e ammirazione.

« Sicura, Ali? »

Annuisco e sorrido nella maniera più convincente possibile.

« No, dai, non è il caso. Vengo con te » dice, prendendo dalla borsa il portafogli per pagare. Giulio sente che sta per sfuggirgli il controllo. « Un momento, Silvia, perlomeno accetta che vi offra da bere. » E già che c'è, tira fuori dal portafogli un biglietto da visita. « Chiamami, ti prego » dice, una *gentilhommerie* d'altri tempi.

Ma la cosa che calamita la mia attenzione, di quel gesto, è la mano. Mentre estrae il biglietto da visita espone una macchia. Ma in realtà, guardando bene, è come un alone.

Sembra un tatuaggio rimosso con il laser. Fisso la sua mano a costo di apparire stramba, tanto ormai quella strada era già imboccata.

Potrei sbagliarmi, ma sembra che disegni una K e una picca. Nonostante le tecniche per la rimozione dei tatuaggi siano sempre più avanzate, quelli che arrivano più in profondità e che hanno maggiore quantità di pigmento sono più difficili da trattare. E Giulio ha la pelle chiara, cosa che potrebbe aver inciso sul risultato.

Sono senza parole. A questo punto non vorrei più andare via, ma non posso rimangiarmi il mal di testa.

«Per quanto ti tratterrai?» gli domando, usando un tono da persona normale.

«Sono appena arrivato. Ripartirò quando avrò sbrigato una faccenda» ribatte, mantenendosi vago.

Gli sorrido. Ho già in mente un piano che prevede il coinvolgimento della battona che è in Silvia, peraltro nemmeno tanto nascosta. Lei nel frattempo ha riposto il biglietto da visita nella borsa. Appena uscite, le chiedo di mostrarmelo.

Avv. Giulio Barbarani
Via degli Zingari 45 bis,
00184 Roma

«Domani lo chiami» le intimo, arrivate a casa.

«Alice, sì, l'ho capito e lo faccio con molto piacere. Hai visto che figo?»

«Non è il mio tipo.»

«Intanto se non ti fossi inventata il mal di testa eravamo ancora lì e potevi fare tutte le indagini che volevi. Che poi, vorrei sapere quando ti leverai questo vizio. Non ti fa bene.»

«Voglio il suo pedigree!»

Davanti al frigorifero aperto alla ricerca di qualcosa che neanche lei sa cos'è, ma che in ogni caso non troverebbe, Silvia sospira rassegnata. «Sì, Alice.»

They have stolen the heart from inside you
But this does not define you

Vaiana

L'avvocato l'ha portata al lago, naturalmente.

Per finalizzare l'obiettivo ha puntato sul romanticismo malinconico degli scenari lacustri, delle grevi acque verdi in cui le papere nuotano fieramente, sull'indimenticabile sapore della formaggella di Luino e sulla cremosità del lardo alle erbe di Macugnaga. Al suo rientro Silvia è inebriata dalla bellezza dei luoghi e obnubilata dal tasso alcolico e dai grassi insaturi. Vuole perfino fare la pennica, questa screanzata.

«Sai com'è, il formaggio, il vino... mi sento così rilassata. Non riposo mai di pomeriggio... a quest'ora sono sempre in tribunale. Dai.»

«E proprio qui lo devi fare?»

«Sarà l'aria di montagna» ribatte lei, tutta languida, stesa sul divano a piedi scalzi. Sono esterrefatta. La tiro dalla manica e lei si rassegna.

«È venuto a trovare la cugina. O mezza cugina. Credo che abbiano in comune solo un nonno. Mi ha accennato a problemi ereditari. Ogni volta che tornavo sull'argomento, svicolava e pure con un po' di fastidio. E mi dispiace, perché non è per niente male e vorrei rivederlo a Roma per scoprire che effetto mi fa lontano dal lago e dalle montagne.»

«In mezzo al pattume dilagante? Non potrà che migliorare.»

«Alice, sei diventata acida peggio di mia zia Semiramide e, credimi, non è un confronto lusinghiero. Torna in te, ti prego.»

Sembra facile. Sono come Te-Fiti in *Oceania*, un semidio mi ha rubato il cuore e mi sono trasformata in un mostro di rocce e lava. «Proprio non sai che tipo di questioni ereditarie?»

«No. Mi ha detto solo che la cugina è rimasta vedova da poco. Che è una persona con cui è difficile parlare e che dovrà chiamare a raccolta tutte le proprie capacità diplomatiche.»

Questo perché, per quanto ne so, forse Giulio vorrebbe riappropriarsi della gemma di famiglia. Allora evidentemente non sa del furto del Beloved Beryl di due anni fa. E nemmeno di quello più recente. Il che è plausibile, se è vero che, come già mi aveva raccontato Anastasia Barbarani, tra i due rami della famiglia non correva buon sangue. Magari ad Anastasia non andava giù che il cugino venisse a conoscenza dell'amaro destino di quel gioiello tanto conteso ed è stata sua premura tenergli nascosto il fattaccio. Anzi, ha addirittura ipotizzato che il ladro sia proprio lui. La traccia di quel tatuaggio è come un marchio a fuoco.

«Ha deciso quando ripartirà?»

«Domani.»

«Alloggia dalla sua parente?»

«Macché. Quella taccagna della cugina lo ha spedito in albergo, nonostante abiti in una grande villa. Giulio però lo ha capito, che è soltanto una scusa.»

Io so per certo che, per quanto Alessandro Manzoni possa essere un abile trasformista, non può essere Giulio travestito. Naturalmente niente può aver impedito a quest'ultimo di servirsi di qualcun altro per procurarsi quella gemma in modi illeciti, dato che il tribunale aveva dato torto al padre. Quando ci sono di mezzo i soldi, specie se parecchi, la gente si trasforma. Però la sua presenza qui resta apparentemente inspiegabile. Mi affido a Google per trovare qualcosa su Giulio. E scopro subito che risulta fidanzato, per la cronaca. Te pareva.

«Silvia, il tuo principe azzurro è già impegnato.»

«Sì, me lo ha detto. Ma sai che per me fa poca differenza. Se dovessi scartare quelli impegnati mi resterebbero solo i disperati. Alla nostra età, chi vuoi trovare libero?»

Mi viene in mente il figlio della signora O che insegna Storia dei movimenti eretici all'università e che in foto non sembrava nemmeno tanto male.

«Be', Silvia, abbiamo solo trent'anni... che visione catastrofica.»

Silvia si mette seduta sul divano. Si tocca la fronte come a volersi concentrare e dare coraggio. Infine, mi mette a parte del suo pensiero con la delicatezza che la contraddistingue. «Alice, pensa alla tua esperienza. Arthur era inaffidabile e alla fine si è trovato la donna geisha che lo segue nelle sue avventure perché, diciamocela tutta, era ammorbante con la fissazione sul

Medio Oriente. Claudio è un anaffettivo con tenden-
ze narcisistiche e con il romanticismo di un cinghiale,
il che spiega perché alle soglie dei quaranta non abbia
mai avuto una vera storia con una donna se si eccet-
tua questa specie di relazione abbastanza deludente
con te. Hai da ribattere?»

«No. Ma non perdo la speranza.»

Il suo telefono squilla. È un messaggino di Giulio.
Mentre la sua fidanzata è parcheggiata a Roma lui
spera di portare a compimento la seduzione di Silvia.

Continuo a frugare nel web per scovare tracce che
possano collegarlo al mio Alessandro Manzoni, fosse
pure una citazione del tipo *la sventurata rispose*. Non
ne trovo nessuna, perché magari fosse così semplice la
soluzione di un intrigo! Mentre Silvia chatta con
Giulio continuo la mia ricerca finché non trovo un
vecchio articolo risalente al 1987 tratto dagli archivi
di un quotidiano nazionale.

Il diamante leggendario dei Barbarani tra maledizioni e rivendicazioni

*A due anni dalla morte di Renato Barbarani si
scatena la lotta tra gli eredi. Un vero e proprio tesoro milionario, il lascito dell'industriale milanese
che per amore della bella attrice Candida Varani
si era trasferito a Roma negli anni Cinquanta.*

*A chiedere l'intervento delle autorità sono Gu-
glielmo e Gisella Barbarani, figli di primo letto di
Renato, schierati contro Edoardo, figlio di Candida,*

quindicenne all'epoca delle nozze tra i due ma rego-
larmente adottato da Renato, dal quale ha preso il
cognome. *Gli altri due Barbarani, orfani di madre
da qualche anno all'epoca dei fatti, furono trasferiti
a Roma con la nuova famiglia del padre. Edoardo
Barbarani chiama oggi a raccolta numerosi testimoni per provare che quella spilla fu un dono alla madre Candida, poi morta di cancro allo stomaco nel
1973, e promette di dar battaglia nelle aule di tribunale. La pietra, secondo la versione di Edoardo,
fu acquistata quando la madre era già gravemente
malata, in occasione di un'asta a Londra, da Renato, che intendeva fare un regalo indimenticabile al-
l'amata. Il Beloved Beryl, questo il nome ufficiale
della pietra, è un diamante rosa proveniente da Gol-
conda, in India, dove ornava la statua di Brahmā.
Lì fu rubato da un soldato inglese e, secondo la leg-
genda, Brahmā si vendicò scagliando una maledizione. Il ladro infatti non godette mai della fortuna
ottenuta dalla vendita illecita della pietra: perì in
un incendio che non aveva nemmeno trent'anni.
Non andò molto meglio al conte di Blarney, che ac-
quistò il diamante nel 1830. Il conte rimase ben
presto vedovo dell'amatissima moglie Beryl, di cui
la gemma porta il nome. La pietra fu tramandata
di generazione in generazione, attraverso anni di
pessima gestione del patrimonio familiare, e finì
con l'essere venduta a Londra al migliore offerente
che fu, per l'appunto, Renato Barbarani. Il valore
del Beloved Beryl non riguarda tanto le sue dimen-

*sioni quanto la sua colorazione, classificata come
IIa: è la più pura al mondo e assimila il Beloved
Beryl ai due diamanti più importanti della storia,
il Cullinan I e il Koh-i-noor. È inoltre uno dei ra-
rissimi diamanti a fluorescenza brillante arancione.
Se esposto a raggi ultravioletti, assume la colorazione
arancio trasparente, anziché rosso opaco.*
*« Non esiste ragione al mondo per cui il Beloved
Beryl debba andare ai miei fratellastri » ha dichiarato Edoardo Barbarani.*
*« Lo stabiliranno i legali » rilancia Guglielmo,
intenzionato a non perdere la partita. « Dimostre-
remo che il testamento autografo di mio padre indi-
cava mia sorella quale legittima erede della pietra. »*

Quindi Anastasia e Agata sono figlie di Edoardo,
mentre probabilmente Giulio è figlio di Guglielmo.
Mi sembra evidente che la battaglia in tribunale sia
stata vinta da Edoardo, visto che il diamante è rima-
sto in quel ramo della famiglia. Ma allora perché
Giulio è venuto qui a Domodossola? Non riesco a
trovare nessuna logica spiegazione.
«Giulio mi ha chiesto di rivederci stasera.»
«Non pensarci due volte e accetta!» ribatto con fin
troppa prontezza di spirito.
«A me però non sembra bello nei tuoi confronti.
Sono qui per tirarti su di morale, non per flirtare...»
«Scopri perché è venuto qui dalla cugina. Solo così
mi tirerai su di morale.»
Silvia sospira. «Se insisti...»

La conoscenza comporta due operazioni principali: l'intuizione e la deduzione

René Descartes

Da programmi, sabato dovevamo andare all'outlet. Ma posso pur rinunciare al mio tipico acquisto, l'abito scontato al 70% che di solito resta nell'armadio fino a che passa di moda. Nelle mie indagini amatoriali, il piacere è la ricerca e se ne ho una in ballo tanto vale concentrarmi su questa.

Silvia ha pensato di andare a pranzo tutti e tre insieme, seguirà poi la mia ritirata strategica.

Per questo indosso una maschera di buonumore, per non mettere Giulio a disagio nelle vesti di terzo incomodo. Non devo fare altro che fingermi una persona che non ha il cuore spezzato e un certo grado di svalvolamento. Una persona del tutto normale, lieta di trascorrere il tempo con gli amici in una bella giornata di sole primaverile, diversa dalla solita clausura con annesse pizza a domicilio e serie tv.

Per conto suo, Giulio Barbarani non sembra troppo deluso dalla mia presenza: forse mi vede come l'ostacolo che rende la caccia più intrigante. Il lato positivo della mia depressione subclinica è che mangio poco. Non ho gusto per le cose, non ho più curiosità. Ordino lo stesso piatto che ha scelto Silvia accorgendomi solo dopo che ci sono i gamberi crudi, che per me equivale a mangiare lo strato scivoloso di blob tipico degli ambienti equorei. E quindi alla fine avanzo tutto e, tristemente, il mio pranzo si riduce a un po' di pane, un grissino, due taralli e un po' di rucola scondita che guarniva la pietanza. Il bello però è che Silvia ha abilmente richiamato tra noi il ricordo dell'assente cugina, al che gli occhi sfavillanti di Giulio si sono colorati di collera.

«Non me la nominare.»

«Hai detto che è vedova da poco. Forse è in una fase difficile» insiste la mia amica.

Giulio non prende per buona l'idea nemmeno per un momento. «È sempre stata difficile. Ho voluto contarci, ma sono stato ingenuo.»

«Cosa sei venuto a chiederle?» domando quindi io, ansiosa che il pranzo assuma un senso.

Giulio fa palline con la mollica, un vizio infantile, mentre risponde: «Avevamo un gioiello, in famiglia... lo aveva comprato mio nonno... molto, molto prezioso. Lo possiede lei e io sono venuto a chiederle di prestarlo per una mostra organizzata dal Rotary club di cui sono tesoriere... per finalità di beneficenza, ovviamente. È un gioiello che ha una storia molto affascinante da raccontare. Il senso sarebbe questo» spiega, con la serenità di chi è del tutto convinto di essere dalla parte della ragione.

«Che bella iniziativa!» esclamo, con una esecrabile quanto credibile falsità.

«Infatti!» riconosce lui. «Ma lei ha rifiutato con una serie di scuse. Assurdo.»

Bisogna ammettere che però Giulio è un signore. Non una parola gli scappa sul fatto che il ramo della sua famiglia ha sempre reputato ingiusto che il gioiello fosse nelle mani della cugina.

«Forse temeva che il gioiello non fosse al sicuro» obietta Silvia.

«Ma se sono venuto apposta in questo posto dimenticato da Dio per prendermelo di persona?»

«Magari teme che tu non glielo ridia più!» dico, ridendo.

Lui mi fissa serio, come se non potessi insultarlo più gravemente.

Mi rimpicciolisco. «Perdonami. Il trauma cranico...» mi ritrovo a giustificarmi prima che lo faccia Silvia. È diventata la scusa ufficiale.

Ridacchia con un nervosismo appena percettibile, pronto a ridiventare il tipo gioviale e superiore che non si offende per le scemenze proferite da una *minus habens*. Poi, comprensibilmente, cambia discorso.

«Ho dovuto anticipare il mio rientro a stasera» dice poi diretto a Silvia. Al che intuisco che sarebbe appropriato lasciarli da soli, liberi di promettersi di rivedersi anche se poi non si sa se capiterà. Rifiuto il dolce e li saluto con la scusa di un inderogabile impegno di lavoro, che Giulio non potrà non comprendere e condividere.

«È stato un piacere, Alice! Buona permanenza qui

tra i monti. E un consiglio. Se ti imbatti in Anastasia Barbarani, cambia strada! »

Ma c'è un'altra Anastasia che si sta radicando sempre di più a Domodossola.

La nipote della signora Megretti Savi ha trovato lavoro da Pertini. Se c'è un negozio figo, è Pertini. Farebbe invidia a qualunque boutique della capitale. Espone capi di Vanessa Bruno a cifre da capogiro, tanto per capirsi, e non mette mai i saldi. Mi fermo ritualmente a guardare le vetrine ed è lì che vedo Anastasia, mentre ripone al suo posto un'incantevole camicia di seta color fenicottero. Poi si guarda attorno, come per sincerarsi che non ci sia nessuno nei paraggi, e prende il cellulare dalla tasca. Il viso si fa corrucciato. Sembra scrivere qualcosa di corsa, per poi rimettere di nuovo via il telefono, di malumore.

« Dottoressa, vuol fare shopping? »

Malara è arrivato alle mie spalle con il tempismo di un temporale estivo.

« Signor giudice, saprà che è la passione di ogni ragazza che si rispetti. »

« In effetti devo ancora conoscerne una cui non piaccia. »

Scivoliamo nel silenzio, finiti i convenevoli. « Be', io continuo i miei acquisti » gli dico sorridendo. In realtà sono alla canna del gas e anzi spero che liquidi al più presto i miei compensi o verrò iscritta nel registro dei morosi dalla signora O.

«Adesso anche io devo salutarla» dice con un tono sbrigativo. Entra nella boutique e va dritto da Anastasia jr. Magari vuol comprare un regalo alla madre o alla fidanzata.

O magari vuol farle qualche domanda.

Chissà. Mi attardo alla vetrina. Lui si volta, forse sentendosi osservato. Anastasia segue il suo esempio. Lo sguardo del PM è fugace, ma sufficiente a farmi venire voglia di sospendere il mio spionaggio. Quindi non mi resta che tornarmene mestamente nel mio appartamento, a guardare la tv.

Sempre ammesso che trovi qualcosa che non evochi brutti pensieri. Sono messa talmente male che anche guardando un documentario sui giaguari mi angustio pensando a CC. «I giaguari si separano subito dopo il coito» spiega la voce del programma su National Geographic, e nella mente mi si materializza lui, peggio del più ferale giaguaro del Mato Grosso. Cambio canale e, d'istinto, guardo il cellulare. Ma lui ha smesso di scrivermi. Lo faceva ogni giorno, la mattina e la sera. Aveva un che di rituale. L'ultima volta chiedeva di potermi chiamare e gli ho risposto di no.

Se me ne pentirò lo saprò tra molti anni, quando riuscirò a giudicare tutto ciò che è successo senza il peso del rancore. Quando mi ritroverò a parlare da sola su una panchina, un po' tocca come la vecchia del video in bianco e nero di *Englishman in New York*. Forse però non parlerò da sola, bensì con lui e gli dirò «ti perdono».

Ma a quel punto sarà troppo tardi.

Celano insidie le moine di una persona cattiva

Fedro

Quando sento quella voce da fumatrice irriducibile penso di avere le allucinazioni, ma Velasco sgomina ogni speranza.

« Ed ecco qui la stanza della tua Alice, che tu di certo rimpiangi, perché non potrebbe essere diversamente. »

La porta si apre e la Wally entra in tutto il suo splendore.

In verità ha un aspetto diverso dal solito. Veste del suo colore preferito, il giallo nella tonalità mostarda, ma ha perso peso, ha tolto dal mento il neo con il pelo e ha un nuovo taglio di capelli.

Sono esterrefatta. Non dico che sia gradevole, perché quello è impossibile, ma non è più ributtante.

Con il sarcasmo che le è proprio, sorride senza grazia e replica: « Un rimpianto che rende insopportabili le mie giornate. Come sta, Allevi? »

Sono talmente sgomenta che ho difficoltà a dire quello che penso. Credo di dover rispondere come ci si aspetta, anche se in maniera distante dalla verità. Sono le regole del vivere civile. « Benissimo! »

La Wally aggrotta la fronte, come se non se lo aspettasse.

«Com'è stato il convegno a Locarno?» chiede Velasco, distraendola.

«Oh, esaltante!» ribatte, il solito fuoco vivo si accende in lei quando si tratta di lavoro.

«Quanto mi dispiace essermelo perso. Ma conosci la situazione... Per fortuna sarà così ancora per poco. Non è vero, Alice?» dice, con un sorriso pieno di fiducia.

«Io ti ho dato un salvagente, Francesco, ma occhio che non perda da qualche parte» chiosa la Wally.

Velasco ride, di quella sua risata argentina e affettuosa. «Valeria, hai sempre avuto un senso dell'umorismo portentoso.»

«Non era una battuta» lo gela lei.

Sin da subito mi è chiaro chi in questo loro rapporto abbia il ruolo dominante. E soprattutto mi sorprende l'ammirazione con cui il prof si rivolge a lei, quasi si trovasse davanti a Catherine Zeta Jones, cui peraltro una volta mi ha detto che la Wally somigliava da giovane. Credo che per la Wally valga lo stesso concetto di bellezza che si può applicare per alcune opere d'arte moderna molto estreme, il cui gradimento dipende strettamente dalla sensibilità individuale e da ciò che quell'immagine ti genera dentro. A me la Wally ha sempre generato il più puro terrore, sarebbe come trovare attraente una ghigliottina.

Velasco mi chiede di unirmi alla visita guidata alle quattro stanze che compongono l'Istituto, ma di cui lui è immensamente fiero. Nel giro di dieci minuti abbiamo già finito e forse per crearsi un'ulteriore op-

portunità di passare del tempo con lei Velasco pensa
bene di organizzare un pranzo informale.

« Dai, Valeria, non puoi rifiutare. Ci tengo moltissimo. »

La Boschi gongola, non dev'essere abituata a tante
lusinghe. « Be', in fondo, ora più, ora meno... »

« Esatto! » esclama Velasco. « Vieni anche tu, Alice. »

Accampo la prima scusa che mi viene in mente e
che possa far presa sullo zelo della Wally. « Ehm...
grazie, ma ho del lavoro da sbrigare. »

La Wally si fa sorniona. « Allevi, dev'essere il clima,
non c'è altra spiegazione, stento a riconoscerla! Il dottor Conforti mi aveva accennato alla sua redenzione
dal lassismo assoluto, ma pensavo esagerasse. Su di lei
non è mai stato molto obiettivo. »

La Boschi è maestra di colpi bassi. E dimostra di
avere un polso quantomeno parziale anche della
mia vita amorosa quando a pranzo – Velasco ha insistito e alla fine ci sono andata –, dopo aver disossato
un polletto alla salvia con la foga di chi si concede
l'eccezione alla dieta, la Perfida tira fuori di nuovo
l'argomento in maniera soft.

« Hai saputo che alla fine a Milano è diventato ordinario Fabbri? Me lo aspettavo. Peccato, un'altra occasione persa per Conforti. Ma è solo questione di
tempo. »

« A parte te, probabilmente è stato il miglior allievo
di Malcomess » chiosa Velasco.

Alla Wally non è mai pesato riconoscere il valore
di Claudio. Anzi, ne è sempre stata una fervente so-

stenitrice. Del resto, da un punto di vista accademico, è difficile non esserlo.

«Senza dubbio. Una perla rara. Mi dispiacerebbe molto perdere un elemento come lui. Su Anceschi non posso fare largo affidamento in termini di ricerca, mentre lui è un vero talento. Ma presto o tardi...» conclude l'infingarda, lanciandomi un'esca avvelenata.

Faccio finta di niente, rimestando le foglie della valeriana che ho nel piatto.

«Se ne andrà» conclude la frase Velasco, rivolgendomi un'occhiata solidale. Gli ho accennato qualcosa sul fatto che la mia relazione attraversa una fase difficile. Molto difficile.

«Lui sa cosa vuol dire la parola ambizione. Forse è il suo unico limite. Quando se ne ha troppa, non si è lucidi» aggiunge la Wally, quasi con dolcezza. «Per esempio... e non credo sia una buona idea... so che ha preso contatti con Washington.»

Ed eccola, alla fine, la coltellata. Alzo lo sguardo addolorata. Be', non potevo aspettarmi niente di diverso. Sono io che ho smesso di rispondergli, sono io che gli ho chiesto, nel modo più brutale possibile, di chiudere la nostra relazione. «Certamente lei lo saprà già, Allevi» dice, con sufficienza, per poi rivolgersi a Velasco come se la spiegazione fosse destinata a lui soltanto. «L'ultima volta, quando ha vinto il premio all'AAFS, è stato notato dal professor Shelman e avevano avviato anche un progetto in comune... e adesso pare che Shelman gli abbia offerto un'opportunità più grossa di un lavoro scientifico.»

Mi prende una tristezza cosmica, inizio a produrre visioni di una nostra vita alternativa, immaginando che forse oggi avremmo fatto l'ecografia morfologica del nostro bambino e invece siamo lontani, in ogni senso. Quell'amore si è spezzato e adesso lui se ne andrà. Non condivideremo più nemmeno lo stesso fuso orario. Velasco sembra a disagio. Deve aver capito che sto per collassare. Che poi, perché? Se la nostra storia è finita, che lui sia a Roma o a Washington, cosa cambia per me?

«Lei che ne pensa, Allevi?»

E che ne devo pensare?

Se fossi esperta di psicologia avrei la tentazione di azzardare un processo di immedesimazione con la Wally, il che forse, pur non attutendo l'effetto delle sue angherie, perlomeno le giustificherebbe. Banalmente, la Wally sembra godere del fatto che, sulla scorta dell'infelice epilogo della sua vita amorosa di giovane medico legale innamorata del capo, a me toccherà identica sorte.

Più contegnosa di un portavoce ufficiale, rispondo: «Penso che sia una magnifica opportunità per lui».

La Wally ha una specie di singulto, come se dopo aver mangiato con troppa foga dovesse reprimere un ruttino. «Quanto mi fa rodere la solita storia della fuga dei cervelli. Francesco, credi di poter chiedere al maître se hanno un digestivo?»

Ci vorrebbe per me, un digestivo. Ma bello forte!

Il resto del pranzo è un rivangare situazioni e persone a me sconosciute. Al termine, giunto dopo mez-z'ora insopportabile di bla-bla, Velasco paga per tutti e si offre di accompagnare la Wally alla stazione. Io ringrazio il cielo che sia finita.

Me ne torno in Istituto mogia. Mi sento vittima di forze cosmiche avverse, le stesse che hanno riportato in auge i pantaloni a vita alta. Mi metto a riguardare le foto che avevo scattato a Washington del National Mall, di Georgetown, e poi quelle alla sede del congresso in cui lui ha ricevuto il premio dell'AAFS. Raramente l'ho visto così felice come quel giorno. Che fosse scritto nel nostro destino, che Washington sarebbe stato l'epilogo di tutto? In effetti quel ricordo che ho idealizzato, che mi sembrava così bello, era anche venato di malinconia. Ma dopotutto secondo Victor Hugo la malinconia è la felicità di essere tristi, e questo è particolarmente vero nel caso della retroattività dei ricordi.

Ho il telefono in mano. Adesso lo chiamo e gli dico di non partire.

Ma a che titolo?

Sono le quattro quando decido che la giornata di lavoro – o pseudotale – è finita. Devo cercarmi un'attività o morirò di noia. Un corso di cucina, o di lingue, o di ricamo. Dovrei fare volontariato. Qualunque cosa – esclusa l'attività fisica cui sono pertinacemente avversa.

Prima di chiudere il portone mi sento chiamare. È

il prof. Evidentemente è rientrato nel suo studio dopo aver portato la Wally alla stazione.

«Tutto bene?» mi chiede, premuroso.

«Sì. O meglio no. Mi sento come se mi fosse passato sopra un tram.»

«Valeria può fare quest'effetto» conviene, con un sorriso complice.

«Eppure, prof, si vede che lei la stima profondamente» gli dico, come mera constatazione.

«Ma anche più che stima. Alla tua età ero pazzo di lei. Me ne sono andato, pur di non vederla tutti i giorni fare gli occhi dolci a Malcomess.»

Questi accenni mi lasciano sempre incredula. Con un effetto sliding doors, quanto diversa sarebbe stata la vita della Wally se avesse corrisposto il suo collega! E di conseguenza anche la mia. Quella di tutti. Un po' come nella teoria dei quanti, per cui una determinata configurazione della realtà scaturisce dall'interazione tra le particelle elementari. L'interazione tra le particelle della Wally e quelle del resto del mondo finora ha prodotto effetti sconquassanti. Come se mi leggesse nel pensiero, Velasco aggiunge: «Pensa, una cosa così banale, come diventa cruciale nella vita di tante altre persone. Se non me ne fossi andato, tu non saresti qui adesso. Forse Conforti non avrebbe fatto carriera e sarebbe stato lui a dover andare via, e molto tempo prima. Forse la sua vita, quella di Valeria, intendo, sarebbe stata più felice. Ha deciso di restare all'ombra di Paul, lo ha visto cambiare compagne, prosperare, proliferare. Struggendosi in un angolo. Provo pena per lei».

«Magari lei sta bene così.»

«Ti sembra una che sta bene?» chiede lui a tradimento.

«A modo suo...» mi viene da dire. In fin dei conti, ha deciso lei il proprio destino. Nessuno l'ha obbligata. A quanto pare è voluta rimanere per sempre al fianco di un uomo che non l'amava, sacrificandogli tutto, identificandolo con la sua professione e facendo di quest'ultima lo scopo della sua stessa vita. Una scelta come un'altra, cui del resto io stessa sono stata pericolosamente vicina. Anzi, sono ancora lì, con il piedino sullo stesso ciglio del burrone.

«Alice, senti. Domani Filippello rientrerà, me l'ha promesso, per coprire i prossimi giorni. Io parto venerdì.»

«E dove andrà stavolta?»

«In Uzbekistan.»

«Dove?»

«Lo vedi perché mi piace andare in posti del genere? Per vedere questo tipo di reazioni!» risponde, orgogliosamente. «Per la cronaca, in Uzbekistan c'è Samarcanda. Sogno di andarci da quando ascoltavo Vecchioni.» Ha la gioia di un bambino mentre sistema alcuni faldoni nel caos sulla sua scrivania.

«Cercate di farmi stare tranquillo mentre sarò via.»

«Certo, prof.»

«Sei una brava ragazza» mi dice, senza nemmeno guardarmi in viso. Con la testa, è già a Samarcanda.

Ecco come sappiamo di essere vivi: sbagliando

Philip Roth

Alla fine mi sono iscritta a un corso online di russo. Il francese è troppo romantico e mi fa star male, lo spagnolo troppo semplice, il cinese troppo difficile e l'inglese lo conosco già almeno un po', sai che input verso il nuovo! Il russo è la mia nuova frontiera.

Ho comprato un pacchetto di venticinque lezioni, ma alla quarta sono già allo stremo. Esco dalla schermata. «*Do skorogo!*» mi dice Arina, l'assistente virtuale. In base a quanto ho imparato finora dovrebbe significare: «A dopo».

Col cavolo.

Esco per una passeggiata. C'è un bel sole, questo pomeriggio, il mio corpo reclama vitamina D. Finalmente si può lasciare a casa il cappotto. Il cielo è gaudente, l'inverno sembra alle spalle.

Faccio il solito giro, un po' claustrofobico ma al contempo rassicurante. Prendendo le misure, circoscrivendo i propri spazi e le proprie emozioni in nuove abitudini, Domodossola non è niente male. Un dolcetto da Bertolozzi, un salto in libreria per vedere cos'è uscito di nuovo e un altro da Pertini per sbavare davanti alle vetrine.

Un cartello rosa invita a entrare. Vendite promozionali all'interno.

Sono ai limiti dello sconcerto. Pertini qui è famoso perché non fa mai sconti, è una questione di stile, ma evidentemente la crisi è crisi.

Entro senza nemmeno pensarci due volte e trovo una commessa che però non è Anastasia Radieli. Scopro, con un po' di delusione, che la vendita promozionale riguarda soltanto alcuni foulard di seta che in realtà hanno le dimensioni di fazzoletti per il naso. La cifra è vantaggiosa ma l'oggetto è inutile a meno che non voglia darmi un tono da snob e usarlo a quello scopo ora che in aprile mi parte la rinite allergica. Noto però una T-shirt bianca con un ricamo in corsivo blu in alto a sinistra: CHÉRIE. Quintessenziale. Madonnina, quanto la vorrei.

Quando ero più piccola ero una maga dell'antenna e tipicamente mia nonna mi chiamava per farsela aggiustare. Guai se si perdeva *Cuore selvaggio*. Alla fine restavo da lei e lo guardavamo insieme e quando poi scorrevano i titoli di coda lei prendeva diecimila lire dalla borsetta e mi diceva: «Facci cose buone!» Al che partiva il dilemma. Libri o vestiti?

Dopo tutti questi anni, una laurea e una specializzazione, sono condannata alla stessa scelta.

«Indecisa?» mi chiede la commessa.

Sapesse. «No, no. La prendo» dico, avvicinando la maglietta alla cassa.

«È da sola a gestire un negozio così impegnativo?» le domando, mentre fremo in attesa che la carta passi.

«Siamo in due, ma la mia collega è in ferie. Ecco fatto» dice, estraendo lo scontrino dall'apparecchio del bancomat. «Alla prossima, buona giornata!» conclude consegnandomi la borsa di cartone écru di alta qualità.

Esco dal negozio e già mi chiedo che me ne farò di questa maglietta, dato che sono sempre sola e non vado da nessuna parte. A meno che non riprenda il mio corso di russo e decida di partire per Mosca. Solo che per poterla indossare dovrei andarci a Ferragosto.

Sì, sono decisamente depressa. Devo attivarmi. Solo il volontariato mi può salvare. Potrei farlo in un canile. Dicono che la pet therapy faccia miracoli. E mentre rifletto sul mio amaro destino intravedo una sagoma sul marciapiede. Di spalle, le mani nelle tasche di un giubbotto di pelle di cinghiale. Di statura che non passa inosservata. Le gambe leggermente arcuate. Accelero il passo. I capelli sono diversi, ancora una volta. Stavolta con una riga di lato e un po' di gel. Ha la barba. Gli occhiali da sole mi impediscono di vedere i suoi occhi.

È lui o no?

È colpa del trauma cranico, ho le visioni? Lo raggiungo con slancio, correndo con il mio sacchettino. Lui è di fianco a una Jeep. Apre lo sportello e si accorge di me, che gli sto parata davanti come la pazza del villaggio.

È imperturbabile. Io ho il cuore a mille. Non so nemmeno se sia veramente lui. Se lo fosse, ora ha di nuovo cambiato look.

« Prego? » dice.

« Alessandro Manzoni » ribatto, tenendo stretto il telefono nella tasca della giacca.

« No. Giacomo Leopardi » replica con una smorfia.

« Si sbaglia » dice infine, salendo sul sedile del conducente.

La sua voce, anche quella, non mi sembra di ricordarla. L'ho sentita troppo poco. L'accento però è diverso, non è del Nord Italia. Se solo si togliesse gli occhiali...

Vedendo che non mi sposto, si riaffaccia dall'abitacolo.

« Signorina, c'è qualche problema? » L'accento sembra più dell'Italia centrale, vagamente toscano. Lo fisso per cercare dettagli, qualcosa di riconoscibile, qualcosa da poter ricordare se mai lo rivedrò.

« Sì. Non mi sento bene. Potrebbe accompagnarmi in ospedale? »

Se anche ha sgranato gli occhi, dietro le lenti scure, non posso vederlo. Però ha tempismo nel rispondere, questo è certo. « Non sono del posto, non so neanche dove sia l'ospedale. E purtroppo vado di fretta » risponde, mettendo in moto l'auto. « Ma se può consolarla, dal suo aspetto non mi sembra che lei stia male. Buona fortuna. »

Chiude lo sportello e mi lascia lì impalata nello stallo vuoto del parcheggio, preda di dubbi sulla sua reale identità e, soprattutto, del dubbio di sempre: se ho fatto un'azione eroica anche se del tutto inutile, o molto più semplicemente, come il più delle volte, una stronzata.

Velasco è partito da due giorni e l'Istituto è un mortorio peggio che mai. Svolgo il lavoro in una condizione di appiattimento mentale e Alberta non è d'aiuto: volatile nell'essenza, se c'è con il corpo più probabilmente non c'è con la mente. Il clima è di disordine e io mi sento piuttosto avvilita perché non ho nessuna voglia di star qui e al contempo nessuna voglia di tornare a Roma. Pertanto non esiste luogo al mondo, in questo momento, che io riconosca come casa. In assenza di prospettive lascio ai giorni il compito di passare, senza che io davvero li viva.

Con questo stato d'animo accolgo Malara, che mi guarda perplesso. Deve aver notato le mie occhiaie modello zio Fester.

«Dottoressa, non è che ha un po' d'anemia?» domanda, poggiando la borsa da lavoro su una sedia.

«No, signor giudice. È solo sconforto.»

S'illumina di pietà. «È perché sono mesi che ormai è lontana da casa. I primi tempi sono i più esaltanti, sa, la novità. Poi si capisce che in questo nuovo posto si è intrappolati e ci si sente morire. Lo so. Coraggio. Se le manca il lavoro, venga in tribunale che un collega giudice di pace ha un certo numero di cause per traumi al rachide cervicale che potrebbero fare per lei.»

Il mio sconforto aumenta. «Sa quando arriverà

Velasco?» chiede poi, già giustamente dimentico delle mie pene.

«Tra una settimana, più o meno. È a Samarcanda.»

«Beato lui. E allora per un incarico di laboratorio a chi devo rivolgermi?»

«A Filippello. O a me.»

Malara inorridisce. Un'alternativa gli sembra peggio dell'altra.

Il mio sconforto aumenta ancora. «Sa, dottoressa, che sto seguendo le tracce del Beloved Beryl?» dice, cambiando signorilmente argomento.

«Ah sì? Ce ne sono?»

Esito a dirgli che potrei aver rivisto Alessandro Manzoni. Oggi non sono proprio dell'umore per farmi sfottere. «Forse. Anastasia Barbarani ha segnalato che nel catalogo di una prestigiosa casa d'aste internazionale è apparso un diamante rosa che sembra somigliare alla pietra rubata. Ho mandato un perito a esaminarla a Londra con una persona fidata che accerti la provenienza del diamante.»

«Ma secondo lei il nostro ladro, per quanto gentiluomo, potrebbe mai esporsi prendendo contatti direttamente con una casa d'aste tipo Sotheby's o Christie's?»

«No. La mia teoria, infatti, è che se mai si dimostrerà che si tratta della stessa pietra, scopriremo che è arrivata almeno di terza mano. Fonti informali hanno fatto sapere che il venditore ha garantito che si tratti di un lascito per parte materna. Vedremo.»

«Che strana storia. E come ha fatto Anastasia Barbarani a sapere di quel catalogo?»

«Ma questi non sono affari nostri, dottoressa.»

«Be', un po' sì» ribatto ringalluzzita nell'umore.

«Perché delle due è l'una: o ha soldi da spendere in aste milionarie o sta cercando per conto suo la pietra perduta.»

«Confermo che non ci interessa, in entrambi i casi. Ma per pura speculazione formulo un'altra ipotesi: magari qualcuno glielo ha riferito, così, per onor di cronaca. Forse un conoscente che si ricorda bene della pietra che nel 2016 è stata rubata alla signora Barbarani e che ha ritenuto opportuno segnalarle la messa all'asta di un diamante molto simile. Non ci trovo niente di strano.»

«Sì, ha ragione» mormoro, poco convinta.

«Senta, dottoressa, ci ho pensato. L'incarico che dovevo conferire a Velasco lo darò a lei, è evidente che ha bisogno di lavorare. Sono sicuro che Francesco potrà essere soltanto contento di vedersi alleggerito da un po' di lavoro. E poi dubito che lei potrà combinare un guaio più grosso di smarrire una pietra preziosa.»

«La ringrazio, signor giudice» ribatto placidamente.

«Si tratta di un esame genetico. Si sente all'altezza?»

«In linea di massima...»

«Dottoressa, non la riconosco!» Neanche io mi riconosco, vorrei tanto dirgli. Accadono cose che ci cambiano al punto che indietro non si può più tornare. «L'esame riguarda una traccia isolata nella villa di Megretti Savi, durante il sopralluogo per la morte di Arsen Scherbakov. È l'unica che non appartiene a nessuno dei residenti e dei frequentatori della casa, come Francesco Velasco ha già verificato.»

«E allora... cosa devo farci io?»

Malara fa una smorfia beffarda. «Un po' di pazienza!» Estrae dalla sua borsa una chiavetta USB. «Qui troverà il profilo genetico di uno dei due ladri che qualche tempo fa ha rubato un diamante rosa da Tiffany, a Roma, ricostruito a partire da una traccia di sudore rinvenuta sul banco della gioielleria. I riscaldamenti fanno brutti scherzi anche ai ladri. Capisce bene, dottoressa, che se le tracce combaciassero avremmo la certezza assoluta che Arsen Scherbakov non ha agito da solo, e che molto probabilmente era solo il complice di Alessandro Manzoni, il quale, bontà sua, spazia impunemente tra Roma e Domodossola.»

Mi sento già meglio. Chiedere a me di comparare due tracce di DNA è come regalare *World War Z* a un patito di videogiochi.

«Solo per curiosità, signor giudice, immagino esista un database dei pregiudicati... la traccia trovata dai Megretti Savi non corrisponde a nessuno?»

«Evidentemente, no.»

«E nemmeno quella trovata a Roma.»

«Neppure.»

«Quindi, o il nostro ladro gentiluomo è molto bravo o, al contrario, molto inesperto.»

«Giusta considerazione. Aspetto il risultato in un paio di giorni, dottoressa. Francesco saprebbe dirmelo informalmente già stasera, ma a lei concedo più tempo» dice, con espressione gentile. «Per riguardo alla sua giovane età» sente di dover specificare, magnanimo.

Tutto viene dal niente
Niente rimane, senza di te

Nada

Caro giudice Malara, ti sorprenderò.

Non aspettavo altro che un bel lavoretto di questo tipo per spazzare via dalla mia mente la polvere della noia. Faccio partire una bella soundtrack adatta, la colonna sonora di *Via col vento*, sperando che anche per me, come per Rossella, domani sia un altro giorno.

Comparare due profili e trovare una compatibilità genetica (il cosiddetto *match*) richiede una vera e propria valutazione statistica con modelli matematici basati sulla conoscenza di genetica delle popolazioni e delle leggi della probabilità. Per anni, quando ero la sua allieva, Claudio mi ha insegnato queste cose. Mi sembra di sentire ancora le sue lezioni, come quando al primo anno provò a spiegarmi la *likelihood ratio*. Se ci è riuscito con una zucca vuota come me, significa che è stato davvero bravissimo. Ma lui *è* bravissimo. Gli americani non se lo meritano.

Ecco. Anche la statistica mi stende, peggio dei giaguari. Torno alla frequenza di un profilo genetico e alla legge di Hardy-Weinberg, ma ciò che lui mi ha insegnato a comprendere innesca pure tanto rimpianto. Tutto quello che sono diventata è talmente intrecciato al ricordo di Claudio che non so più distinguere dove finisce il passato insieme, come maestro e allieva, come amante e amante, e dove inizio io da sola, senza di lui.

Sgombero la mente dai ricordi, che fanno solo male, e mi concentro sulla statistica, su ogni singolo valore numerico. Chi l'avrebbe mai detto, quando al liceo faticavo per la sufficienza in matematica, che la statistica sarebbe stata la mia risorsa contro lo stress. Be', ho imparato che la matematica vive in noi molto più di quanto certi insegnanti a scuola siano capaci di farci intuire.

Comunque, non è un lavoro così difficile. Il match è altamente probabile. La persona che ha rubato un diamante rosa in quella gioielleria a Roma è la stessa che lo ha rubato in villa Megretti Savi insieme ad Arsen. E con elevatissima probabilità i loci STRs che sto contemplando sono quelli che compongono il profilo di Alessandro Manzoni, il ladro di diamanti della val d'Ossola, più spregiudicato e gentiluomo di sir Charles Lytton e di Arsenio Lupin messi insieme. E, in tutta onestà, anche più bello.

Ritemprato dall'esperienza di un lungo viaggio, Velasco torna al lavoro di umore magnifico.

«Questo è per te» mi dice, porgendomi un regalo. È una collana che ha comprato nel bazar di Chorsu. Ne ha portata una anche per Alberta, ma di colore diverso. È davvero il boss migliore della storia. E mentre la annodo dietro il collo lo metto al corrente del compito che ho eseguito per conto di Malara.

«Lui avrebbe voluto dare l'incarico a lei, prof, ma...»

«Nessun problema, anzi meglio così. È bene che Malara si abitui a far pieno affidamento su di te, Alice.» L'allusione ha sempre lo stesso effetto su di me. Rassicurante, da un lato, ansiogeno, dall'altro.

«E qual è il risultato?» si informa.

«Il profilo coincide. Il ladro è lo stesso che ha commesso il furto a Roma.»

«Hanno un certo fascino, i diamanti rosa» commenta, mentre appende alla parete un piccolo arazzo che ha comprato a Samarcanda.

«E molti compratori, evidentemente.»

«A te non piacerebbe?»

«Magari non rubato...»

«Be', ma non lo sapresti mai.»

«Insomma, prof, in un certo cofanetto verde acqua dubito che troverei un diamante rubato. Ma il problema non si pone, sicché...»

«Ma davvero il rampante Conforti se ne andrà a Washington?» domanda, facendosi serio.

«E chi lo sa...»

Il prof si volta, dopo avermi dato le spalle tutto il tempo per rimirare l'arazzo uzbeco.

«È la vita, Alice» mi dice, serio in volto. «Ho saputo che sulla Gazzetta Ufficiale della prossima settimana uscirà il bando per il posto qui. L'impegno di un lavoro a tempo pieno potrebbe aiutarti. Le delusioni si superano sempre con il lavoro.» Visione semplificata dei rapporti umani ma realistica, questo è certo. «A mia volta, è inutile che ti dica che ho bisogno di aiuto, qui, e che tu saresti la persona giusta. Ne ho parlato anche con Valeria, quando l'ho accompagnata in stazione.»

«Non è la persona giusta per darmi delle buone referenze...» considero, d'istinto.

«Ma io ormai non ho bisogno di referenze. E anzi, l'ho convinta a guardarti con occhi nuovi, a cercare del buono in te.»

«Non lo troverà mai.»

«È cocciuta, ma onesta.» Il telefono del prof inizia a squillare. Appare il nome Valeria Boschi. «Quando si dice *lupus in fabula*...»

Penso sia il caso di tornare nella mia stanza. Che ne so, magari ora che sono giunti alle soglie della maturità Velasco e la Boschi si stanno riavvicinando. Gli faccio un cenno con la mano. Lo sento che dice «Calmati, Valeria, calmati, ti prego» e, mentre percorro lo stretto e breve passaggio dalla sua alla mia stanza, mi accorgo che sta squillando anche il mio cellulare.

È Lara. L'annuncio è scarno. Del resto, certe cose non c'è proprio altro modo di dirle.

Il Supremo.

All'improvviso.

Non c'è più.

Lara mi ha spiegato che è successo all'ora di pranzo, senza nessuna avvisaglia. Il Supremo ha detto di non

208

riuscire a respirare bene e Kate non ha avuto nemmeno il tempo di chiamare il 118.

Velasco si è organizzato per partire in auto subito e, anche se mi sentivo molto confusa, ho deciso di andare con lui.

Non ci posso pensare che meno di due mesi fa ho partecipato alla sua festa di compleanno. Era così vitale, molto più di quanto non fosse mai stato in Istituto. La pensione lo aveva trasformato in una persona in grado di coltivare molti interessi. Lui e la tremenda Kate progettavano un viaggio in Cambogia per l'estate. E invece.

Mentre ero in auto ho mandato un messaggio a Claudio.

Arrivo con Velasco questa sera.

Lui non ha risposto. Il Supremo, il suo maestro, il suo idolo inarrivabile. E poi c'è Arthur. Per lui era un padre difficile e certamente non era il suo modello. Ognuno in maniera diversa, ma saranno sconvolti.

Il viaggio in auto sembra non finire mai. Arriviamo in via Pietralata che è sera. In casa c'è un'incredibile quantità di gente.

Arthur è terreo e ha l'aria orribilmente confusa, come se ancora non si fosse reso conto di quello che è successo. Ci abbracciamo, e sento il contatto con il suo corpo asciutto, conosciuto. Mi sembra talmente strano dopo tutto questo tempo, dopo un matrimonio sfumato, un bambino che nel frattempo è arrivato la settimana scorsa. «Si chiama Sami» mi dice. Lo avevo già saputo da Cordelia, e avrei anche voluto scrivergli per gli auguri, se non fosse che per me l'argomento bambini al momento è molto nocivo. «Saadia è a casa con lui.»

«Certo, lo capisco. Sono sicura che Sami ti aiuterà...»

Il suo sguardo chiaro è talmente triste che è un muro su cui ogni cosa rimbalza.

«Grazie di essere venuta» mi dice. «Cordelia è in camera di papà. Avrà molto bisogno di te.»

Faccio per raggiungerla, capendo che è fuori luogo attardarmi a parlare con lui ulteriormente, ed è voltandogli le spalle che mi ritrovo davanti Claudio.

Sembra appena arrivato. Restiamo imbambolati a guardarci dritto negli occhi ma poi lui li distoglie, dolorosamente, per un saluto formale come non mai nei confronti di Arthur. Sono composti, come ci si aspetta da due uomini adulti in simili circostanze.

Altra gente arriva per salutare Arthur, io invece rimango inchiodata accanto a Claudio quando la cosa più saggia sarebbe andare subito da Cordelia.

Ma non ci riesco.

Adesso siamo di nuovo l'uno di fronte all'altra e siamo di nuovo in silenzio.

«Sembri molto stanco» gli dico, alla fine.

«Sono uscito adesso dall'obitorio» risponde, con freddezza. «Lui è in camera. Devo andare» soggiunge, e sembra quasi la prima cosa che gli viene in mente pur di scappare da me.

«Mi dispiace, Claudio... So quanto lui era importante per te.»

«Grazie» risponde, quieto, già pronto a far strada quando viene raggiunto da Beatrice, che lo prende sottobraccio dopo avermi salutata in maniera frettolosa, precipitosa, quasi... con vergogna, direi.

E sarà il clima cupo in generale ma mi viene in mente un pensiero, un brutto pensiero, molto maligno, e cioè che Claudio fosse con Beatrice, in quella sera nefasta in cui ha sgretolato in un colpo tutto il nostro futuro. Non ne sarei sorpresa, per niente. Anzi, mi sembra molto più probabile lei che una qualunque svaporata rimediata all'ultimo momento. Vorrei avere il tempo per compiangermi ma me lo nego; è anche per Cordelia che sono qui. Per quanto grandi possano sembrarci i nostri problemi, purtroppo troveremo sempre qualcuno vicino a noi che ne ha di peggiori. È triste a dirsi, ma se non altro questo ci distoglierà dalla contemplazione del nostro ombelico e ci ricorderà che non siamo gli unici a cui, più o meno spesso, la vita va storta.

Non saprei immaginare un rapporto più distaccato di quello che il Supremo aveva con la morte. L'aveva avuta come compagna quotidiana per gran parte dei suoi giorni di lavoro. Per questo, ripeteva sempre, si attaccava con tanta passione alla vita. Diceva che quando fosse arrivata per lui, l'avrebbe trovato pronto.

È stato davvero così?

Scommetto di no. A quell'età è ingiusto. Aveva ritrovato la sua compagna relativamente da poco ed era appena diventato nonno. No che non ci credo, che era pronto.

Ma a dispetto dei miei convincimenti il suo viso è sereno, non esprime sofferenza. Un'anima pia gli ha messo un rosario che è rimasto serrato tra le dita ormai rigide, senza sapere che il Supremo era manifestamente e gloriosamente ateo. O forse proprio per questo.

Cordelia piange a dirotto, accanto al letto su cui lui giace con il vestito elegante. Il suo dolore è inavvicinabile. Mi sento soffocare, esco dalla stanza facendomi largo tra la moltitudine di amici e colleghi. Sto raggiungendo la porta senza salutare nessuno, tanto nessuno si accorgerà che me ne sono andata, ma Claudio sì. Mi segue e mi ferma davanti al portoncino.

« Stai bene? » chiede.

« Non proprio. »

« Sei pallida. Vieni » dice, aprendo la porta. « C'è troppa confusione. » Ci ritroviamo fuori dalla casa, l'uno di fronte all'altra. « Hai dove andare? » chiede, e non è nemmeno freddo, è che proprio non capiamo che tono usare.

« Sì, vado a dormire da Silvia. Passa a prendermi tra dieci minuti. »

« Ti trattieni fino ai funerali? Saranno dopodomani, due figli devono arrivare dall'Inghilterra. »

« Sì, ne abbiamo parlato con Velasco, ci fermiamo entrambi. »

« Se vuoi... possiamo andarci insieme. Ai funerali, intendo. »

Esistono momenti nella vita in cui ci si sente stanchi, di una stanchezza feroce, complessiva, senza speranza. In quei momenti, se l'orgoglio giunge è del tutto a sproposito.

«Sì, grazie.»

Sembra sorpreso, si aspettava l'ennesimo diniego.

«Okay. Aspetto con te finché arriva Silvia... se vuoi.»

«Non serve... Anche tu hai l'aria stanca.»

«Dieci minuti non fanno la differenza» obietta. Ma per dirla tutta il traffico di Roma mi sorprende e Silvia, in arrivo sulla sua Smart da viale delle Milizie, ci mette meno del previsto.

«Vedi, nemmeno dieci minuti. A dopodomani, Alice, dormi bene.»

«Anche tu» gli dico. Lui è di spalle, si volta per un momento e annuisce. Indeciso se dire qualcosa, cosa che alla fine non fa, si limita a un sorriso un po' asimmetrico, distante e molto amaro.

Il funerale è stato celebrato con un rito laico nella Sala del Commiato del comune.

Il tragitto si è svolto in un silenzio irreale, che né io né Claudio abbiamo provato a interrompere. Ognuno di noi era come smarrito nei cunicoli dei propri pensieri.

C'era la musica di Vashti Bunyan, tante candele, qualche fiore. Cordelia ha scritto una lettera al padre e l'ha letta ad alta voce. Era molto commovente. Lara ha letto un biglietto da parte di tutti noi ex allievi. Ar-

thur, accompagnato da Saadia. Kate è sfatta, ma chi
davvero sembra aver perso una parte di sé è la Wally,
che ha gli occhi gonfi e fa lo sforzo di darsi un conte-
gno perché sa che non è il suo posto, né il suo momento. Per la prima volta in tutti questi anni, ho pena per lei.

Si dice che le esequie siano più utili per chi resta
anziché per chi se ne va. Il che in un'ottica razionale
è certamente vero. Lo sguardo di Claudio è cupo, rosso di perdita, tristezza e sfiducia. Sicché, quando al
momento del commiato mi chiede: «Andiamo a casa
mia? Penso che anche se ci sentiamo di merda, dovremmo parlare» io annuisco, nonostante sia convinta che se non ci siamo riusciti in auto non ci riuscire-
mo nemmeno dopo.

Velasco però vorrebbe già mettersi in viaggio, mi
dice, gli occhi coperti da occhiali da sole nonostante
il cielo sia grigio. Claudio interviene con il piglio de-
cisionale che gli è proprio.

«Mi occuperò io di Alice.»

In quel momento, quando a fronte di uno stato
d'animo privo di contorni lui improvvisamente rimarca dei confini, sento per un attimo il sussulto
di quel sentimento che non riesco a smettere di provare.

«Sicura, Alice?» domanda Velasco, e Claudio lo
guarda storto.

«Sì, prof, la ringrazio.»

Non so cosa trarrò dalla giornata di oggi, quando

mi infilerò sotto le coperte stasera. Non so nemmeno se dormirò a Roma o tornerò a Domodossola. Sento solo che ha ragione, che dobbiamo fare lo sforzo di parlare di quello che è successo, o non riuscirò mai a dare un senso a tutto quello che ho perso.

Vincit qui se vincit

La casa in via Buozzi è immersa nella penombra del pomeriggio. Ero convinta che mai più ci avrei rimesso piede, ma considerato quanto poco riesco a essere fedele a me stessa, *mai* è una parola che dovrebbe sparire dal mio vocabolario.

Dopo essersi levato la giacca e il gilet che aveva sotto, si sgranchisce il collo e si versa dello scotch. Non me ne offre, sa che trovo i superalcolici amari e inutili.

«Dovremmo andare con ordine. Dovrei spiegarti cosa è successo quella sera.»

L'approccio ha una sua logica, ma non è in questo tipo di circostanze e soprattutto in sua presenza che il mio buonsenso esce al meglio.

«Io non so se voglio saperlo. Anzi, se tu me lo racconti finirò con il vedere le cose che mi dici. E sarebbe peggio. Anche perché, tra l'altro, penso di aver capito con chi eri.»

Lui solleva lo sguardo, sospettoso. «Però è peggio se immagini le cose per conto tuo.»

«Non le immagino, infatti. Non ci penso più. Penso solo al bambino che non c'è più.»

«L'abbiamo perso in due» ci tiene a rimarcare, e la cosa anziché commuovermi mi manda in bestia.

«Ma cos'è che avresti perso tu, che nel frattempo te la stavi spassando?»

Resta impassibile, come se si fosse prefissato di non abboccare alle mie provocazioni. «Ho perso un bambino. E ho perso te. Che tu voglia crederci o no, a me dispiace. Tanto. Se solo tu mi avessi ascoltato...»

Esplodo come quello che sono, una miscela assolutamente instabile.

«Non ti azzardare a farmi sentire in colpa!»

A dispetto delle sue intenzioni, le guance gli si infuocano. «Non mi lasci nemmeno finire!»

«Lo vedi perché è del tutto inutile riparlarne? È una ferita che non può guarire.»

«No di certo, se tu non fai niente per farla guarire.»

«E tu non capisci la voragine che l'aborto mi ha scavato dentro. Non ci capiremo mai. Ho cercato di non pensarci. Mi sono messa a lavorare, a fare le mie solite cose e persino a studiare il russo. Ma niente mi fa stare meglio. Niente.»

Claudio sembra intenerito, mi sfiora una guancia con la punta delle dita e dice: «Lascia che ci provi io».

«E come? Mentre sei a Washington?» gli dico, accigliata.

Sbigottito, Claudio ritira la mano come se avesse preso la scossa. «Come lo sai?»

«La Wally non è una che sa tenere un segreto, specie quando vuole far male.»

«Ho provato a parlartene.»

Devo riconoscere che è vero. E così gli lascio l'opportunità di spiegarmi che anche il Supremo sapeva di Washington, e che lui stesso fino all'ultima volta in cui si sono visti è stato chiaro: se vuole tornare in Italia da professore ordinario è una tappa pressoché obbligata.

«Shelman sta lavorando a nuovi marcatori immunoistochimici sulla datazione delle ferite e mi ha offerto la possibilità di lavorare al suo fianco per un anno. E un anno non vuol dire per sempre.»

«Sono contenta per te.»

Lui sembra doverci pensare un po', ma aggiunge, serio: «Potresti venire con me. Devi ancora finire il dottorato e Washington è meglio di Domodossola... Abbiamo dei bei ricordi lì, l'hai detto tu» aggiunge, con sorrisetto nervoso, cercando di far leva su qualcosa che possa colpirmi.

In America con lui. L'inferno o il paradiso?

Resisti alle lusinghe, Alice, resisti. Ti ferirà di nuovo, è più forte di lui.

Non è malafede, è proprio la sua natura.

Intanto me lo ritrovo molto vicino, troppo vicino, con la sua solita arma segreta e micidiale, quel modo di guardare che si farebbe perdonare un genocidio, quello sguardo sincero e anche un po' fragile che esprime al contempo resa e controllo.

Inizia baciandomi sul collo, poi scioglie i capelli dicendo cose come *mi sei mancata moltissimo, io ti amo*.

Mi gira la testa al sentirglielo dire, in quel momento gli perdonerei qualunque cosa, anche che se lo sia

scordato, o che alla resa dei conti, quando doveva scegliere, non gli sia importato, oppure anche che dopotutto forse non è amore. Non c'è dolcezza, non ne ha
mai avuta in certi momenti, lui si lascia consumare
dalla voglia e va d'istinto. Sottrarmi mi è pressoché
impossibile perché la memoria della pelle mi inchioda
al desiderio, ma c'è un confine tutto cerebrale. Il ricordo di com'è finita. L'immaginazione. Lui con Beatrice. O chi per lei. Forse le faceva le stesse cose, le ha
tolto i vestiti come sta facendo con me, ha infilato le
dita tra i suoi capelli, l'ha baciata come se volesse di-
vorarsela, proprio come sta facendo con me, senza dare scampo, senza forzare ma trascinandomi in qualcosa di primitivo e inevitabile. Ma se la mente non si abbandona, il corpo sì. Perché se è vero che tutto è andato perso, almeno quei brividi, per un'ultima volta,
non vuole perderseli.

Alla fine, per lui è come se il tempo non fosse passato
e certe cose non fossero mai successe. Per me non è
così. Lo guardo di sottecchi. Quello che è appena
successo lo rifarei altre mille volte, ma i problemi
tra noi restano e sono pure grandi. Non è il sesso a
risolverli. Anche se mentre succede, lì per lì, è facile
pensare che basta così poco a superarli.

Lui è rilassato, sta controllando al telefono la mail
dell'università. È compulsivo, lo fa più o meno ogni
cinque minuti.

È quasi sera e io mi rivesto. Non so dove andare. A

Silvia avevo detto che sarei tornata a Domodossola e lei si è organizzata la serata con Giulio Barbarani. Potrei noleggiare un'auto e andare a Sacrofano. O tornare direttamente a Domodossola. Come se mi avesse letto nel pensiero, Claudio mi dice: «Resti a dormire?»

Non se ne parla nemmeno. Lui è la più dolce delle droghe ed è ugualmente tossico.

Scuoto il capo, gli occhi bassi.

Lui è basito. Mette via il telefono. «Ma perché?»

«Perché non voglio ricominciare. Non si può. È meglio così.»

«Ma meglio per chi?» domanda, facendosi cupo in volto.

«Per me. Tu lo rifarai... È più forte di te, lo so che non è cattiveria. È che diamo valore a cose diverse. È sempre stato così. Ma io non ci voglio più riprovare, non voglio scoprire cosa succederà la prossima volta.»

Si avvicina, sembra deluso, stanco. «Io lo so, che non ho giustificazioni. Ma siamo stati anche molto sfortunati, te lo posso garantire, è che tu non hai mai voluto ascoltare la mia versione.»

«Perché? Perché stavolta ti ho scoperto? Facile parlare di sfortuna. Che smacco, vero? Per uno scaltro come te.»

Il suo sguardo si fa vitreo, cupo e inaccessibile come il fondale del mare. Nel frattempo continuo a rivestirmi. Non mi sono nemmeno lavata, porto il segno di quello che abbiamo appena fatto impresso sulla pelle.

«Dobbiamo prendere ognuno la propria strada. Non era destino.» E la prima a sentirsi sconfitta e incazzata sono io.

Lui è sorpreso. Nemmeno io mi credevo capace di parlargli così, soprattutto perché fino a poco fa quell'intimità era così profonda e perfetta da sembrare fatta per durare in eterno. E questo non cambia e non cambierà mai, non esisterà il giorno in cui lo vedrò e non sentirò il desiderio di abbandonarmi a lui e dimenticare chi sono. Ma dopo anni di tira e molla in cui mi sono rimessa alle scelte degli altri, oggi mi sono trasformata nella vendicatrice solitaria delle sedotte e abbandonate. È un po' come quando fai la cosa giusta ma siccome la fai a sproposito sembra una stronzata. Però io resto salda, so che non lo è.

«Alice, davvero... io non so più cosa dirti.»

«Non dire niente» rispondo, chiudendo la giacca, risucchiata da un vortice oscuro.

Dopotutto, domani è un altro giorno!

Scarlett O'Hara

L'indomani ho preso il primo treno e sono tornata a Domodossoland, dove spero di trovare la pace interiore. Ma se non la pace, trovo Malara, che non è certo la persona più idonea a trasmettere serenità. Anzi porta sempre con sé una componente ansiogena che è abilissimo a diffondere.

«Aspettavo lei, dottoressa. Sono passato già ieri, ma Velasco mi ha detto che si è trattenuta a Roma... i giorni extra, il suo capo non li prende benissimo.»

Lo avevo già capito da un messaggino lapidario del boss. E pazienza. È una cara persona ma resta sempre un capo. In questi giorni si sarà fatto iniezioni di Wally che ne condizionano carattere e reazioni. Gli passerà.

«Possiamo parlare?» chiede poi Malara, uno sguardo verso la porta della mia stanza che è a un metro dall'ingresso.

«Sì, naturalmente.»

Alberta non è ancora arrivata e abbiamo tutta la privacy necessaria. Dalla sua borsa di pelle il PM estrae un foglio, ma esita prima di porgermelo.

«Dottoressa, lei è proprio assolutamente sicura che

Luigi Megretti Savi sia morto per cause naturali, vero?»

Se mi avesse dato una padellata in faccia ci sarei rimasta meno male.

«Perché?»

Malara sospira. «Fermo restando che anche dal punto di vista dei dati circostanziali non ho motivo di ritenere che si tratti di omicidio, non posso non tenere conto di questa lettera.»

Finalmente, me la porge.

È scritta al computer con il font Times New Roman.

Gentile signor giudice Malara,

poiché penso che tra gentiluomini sia auspicabile e necessaria l'assoluta chiarezza, ritengo mio dovere renderle noto che la gemma denominata Beloved Beryl non si trova più in mio possesso.

Immagino che lei trovi quanto meno azzardato che io, un delinquente, mi equipari a lei, un rappresentante della Giustizia. Eppure un filo rosso ci lega e le garantisco che il mio modus operandi è sempre improntato alla correttezza. Nei limiti di quella che è la mia occupazione, s'intende.

Non sono in condizioni di dirle chi adesso detenga la gemma. Sia pur certo che, se lo sapessi, andrei a riprendermela.

Per l'intanto, a dimostrazione che sono una persona di cui può fidarsi, voglio svelarle una cosa che ho scoperto: Luigi Megretti Savi è stato ucciso.

Con grande astuzia, aggiungo, ma non ne so di più. La esorto pertanto ad approfondire la questione.

Cordialmente suo,

Alessandro Manzoni

Alzo lo sguardo dalla lettera e lo punto su Malara, che si aspettava una reazione di puro sbalordimento e non resta di certo deluso.

Siamo di fronte a un narcisista.

«So già cosa sta per chiedermi. Le impronte digitali sulla lettera.» In verità no. Stavo per chiedere a voce alta, a lui come a me stessa, quale collegamento esiste tra Alessandro Manzoni e la morte di Megretti Savi. Perché gli preme indicarci una strada? E ancora, come ha fatto uno scafato come lui a perdere la gemma?

Comunque mi interessa anche la questione delle impronte e tanto vale che lui mi spieghi. «È discretamente furbo, il signor ladro. Ha inviato una raccomandata senza busta da Roma. Senza busta significa che ha ripiegato il foglio, lo ha chiuso sui lati e lo ha spedito. La superficie della carta si è così contaminata con le impronte digitali di più persone che l'hanno maneggiata.»

«Sono davvero senza parole. Per conto mio posso dirle in piena coscienza che quella di Megretti Savi è stata una morte causata dalla cardiopatia da cui era affetto.»

«Giusto. Però... Manzoni ci dice che l'omicidio di Luigi Megretti Savi è stato commesso 'con grande astuzia'. E questo mi fa venire in mente l'articolo 577 del Codice penale. Se lo ricorda, dottoressa?»

E come potrei scordarmelo? Claudio mi dava il tormento se sbagliavo anche solo una congiunzione.

«Parla delle aggravanti.»

«Esatto. Ma nel circoscrivere le condizioni aggravanti ci dà un'idea.»

«'Col mezzo di sostanze venefiche ovvero con altro mezzo insidioso'» recito diligentemente.

«Proprio quello che intendo.»

«Però l'indagine tossicologica era negativa» ribatto istintivamente, anche se poi mi metto a riflettere.

Il tossicologo ticinese che mi ha indicato Velasco, il dottor Meier, ha eseguito il test utilizzando la batteria standard di sostanze tossiche. L'esame è stato effettuato a partire da campioni di bile, sangue femorale, urine e umor vitreo. È risultato positivo a caffeina e teobromina (comunemente conosciuta come cacao) in dosi non significative o comunque ricollegate a un uso comune di caffè o cioccolata. Poi c'era la digitale, a dosi terapeutiche e non tossiche, che usava per curare l'aritmia conseguente alla cardiopatia dilatativa. Nessuna sostanza psicoattiva, niente droghe d'abuso, sostanze volatili liposolubili, metalli pesanti. Glielo spiego, ma non posso tacere a me stessa e soprattutto a lui che esiste la possibilità, ancorché remota, che un eventuale veleno non fosse presente nel protocollo d'indagine. O che fosse stato già smaltito al momento della morte (questa però è un'evenienza poco probabile).

Mi si insinua come un tarlo nel cervello l'ipotesi
che Megretti Savi possa aver assunto una sostanza ve-
nefica che ha aggravato la sua cardiopatia determi-
nando il decesso. Del resto, il protocollo di analisi
è stilato in base a criteri epidemiologici e casistici.
Un veleno più raro e inconsueto potrebbe essere sfuggito all'esame. È una folgorazione tanto improvvisa
quanto deprimente. La spiego a Malara nella maniera
più comprensibile che posso.
«Vuol dirmi quindi che è teoricamente plausibile?» conclude lui, rinforzato nel suo convincimento.
«Sì, lo è» mi tocca ammettere. «I campioni dei liquidi biologici e del contenuto gastrico sono ancora
disponibili. Se lo ritiene opportuno posso chiedere al
dottor Meier, il tossicologo, esami straordinari.»
Malara argomenta come un politico in campagna
elettorale. «Questa segnalazione ha un suo valore.
Perché se è ovvio che Alessandro Manzoni è un nome
falso, è però anche certo che questa lettera è farina del
suo sacco. Sa benissimo di essersi presentato a lei con
questo nome, che però non devono essere in tanti ad
associare a lui. Per qualche oscura ragione vuole ria-
prire la partita sulla morte di Megretti Savi e, se vogliamo la verità, non dobbiamo lasciare niente di in-
tentato.»
«Nel frattempo io farò una ricerca per capire quale
tipo di sostanza tossica può mimare una morte per
aritmia.»
Malara annuisce. «E dopo ci aggiorniamo. Nel

frattempo le preparo l'ordinanza. Le raccomando il più assoluto riserbo. È un'operazione molto delicata.»

Io capisco che da queste parti per un tipo con il temperamento più avventuroso si batta la fiacca, ma è pur vero che non siamo in una puntata di *Homeland*. Tuttavia...

«Certamente, signor giudice.»

«Non deve parlarne con nessuno. E per nessuno intendo *nessuno*.»

Tranquillo. L'unico con cui avrei voglia di parlarne è fuori questione. Claudio è una banca dati di informazioni meglio di Google, ma dopo gli ultimi sviluppi è impossibile anche solo pensarci.

Farò da me. Ormai mi sento pronta.

Sono rimasta in Istituto a studiare fino a sera.

Le sostanze velenose cardioattive sono molte più di quanto pensassi.

Farmaci antimalarici. Megretti Savi con la malaria non riesco proprio a immaginarlo.

Chemioterapici tipo le antracicline. Questa è da scartare: se avesse avuto in corso questo tipo di cure lo avremmo saputo. E non aveva reperti fisici né alterazioni tipiche di chi utilizza queste sostanze.

Antidepressivi e antipsicotici. Già cercati, negativi.

Potassio. Ma secondo gli esami era nella norma.

Il bicarbonato di sodio. Ci manca solo Totò.

Digitale. Sappiamo già che Megretti Savi la assumeva per curare la sua patologia, ma sovradosata può dare l'effetto opposto al suo utilizzo. Vero è altresì che tutti gli esami escludevano il sovradosaggio.

Ci sono però altre famiglie di sostanze cardioattive, con effetto simile a quello della digitale, pur trattandosi di molecole chimicamente differenti: il veleno dell'oleandro, del biancospino, del giglio della valle, del rododendro.

E poi ci sono le sostanze tossiche ai limiti dell'assurdo tipo la batracotossina, presente sulla pelle della rana colombiana. Ora, si può sempre verificare ma dubito che il presunto assassino, anche ammesso che possa essersi trovato nelle foreste pluviali delle Ande occidentali colombiane, si sia portato dietro la ranocchia velenosa altrimenti nota come *Phyllobates terribilis*.

Per conto suo, Meier mi ha già anticipato che indagini di questo tipo richiederanno tempo. Molto tempo. Anche mesi.

Be', fretta non ce n'è. Nella peggiore delle ipotesi, se sarà deluso dalla mancanza di clamorosi titoli sui giornali, magari Alessandro Manzoni si rifarà vivo e ci illustrerà dettagliatamente natura ed effetti della sostanza che ha ucciso Megretti Savi, sempre ammesso che non ci stia solo facendo perdere tempo.

Questo screanzato. Se non lo detestassi per avermi gabbata, quasi quasi mi starebbe simpatico.

Sono rimasta da sola in Istituto. L'ombra della sera sta già avanzando dalle finestre. Chiudo tutto per rientrare a casa, ma una telefonata di Silvia mi inchioda sul ciglio della porta.

«Ho una di quelle notizie che per te è più ghiotta di un marshmallow per un bambino.»

«Sentiamo.»

«Un gossip che mi arriva da Giulio.»

«Continuate a vedervi? È indecente.»

«Lui vorrebbe lasciare la sua compagna, ma io lo sto dissuadendo. Non ne voglio proprio sapere.»

«Tanto meglio per lui. Ma dimmi il gossip.»

«Riguarda sua cugina Anastasia.»

Non ha tutti i torti. Una notizia su Anastasia, visto il nuovo fronte di indagini, è particolarmente prelibata.

«Giulio ha scoperto che la pietra che era andato a chiedere in prestito in realtà è stata rubata.»

«Sai che novità...»

«Sì. Ma non è questo il punto. Credo che Anastasia gli abbia confessato che è stata rubata tempo fa e che adesso è misteriosamente riapparsa in un catalogo di una casa d'aste. Gli ha chiesto aiuto legale e gli ha anche offerto una lauta ricompensa se riuscirà a recuperarla. Intanto Giulio le sta fornendo assistenza e ha diffidato la casa d'aste dal venderla. Ha anche saputo che gli inquirenti hanno inviato un perito che ha concluso che la pietra, assai probabilmente, è la stessa che risulta descritta nel certificato in possesso dell'assicurazione che ha risarcito la cugina due anni fa. Dalla casa d'aste a loro volta hanno fatto sapere di aver avuto la pietra da un intermediario, ma per risalire all'identità di chi c'è dietro dovrà essere avviata una rogatoria internazionale, e i tempi sono lunghi.»

«E sin qui, Silvia... nulla di sconvolgente.»

«Certo. Perché ti ho lasciato l'asso per la fine. Giulio mi ha detto confidenzialmente che suo padre gli aveva raccontato molto tempo fa che Anastasia tradiva il marito con un barone viennese. E che a suo padre era giunta anche voce che durante una lite con il marito Anastasia lo avesse colpito con un coltello. Il marito si è salvato per miracolo, dando poi la colpa a un presunto ladro. Questo accadeva almeno trent'anni fa. Giulio era un bambino e la cugina Anastasia ancora molto giovane.»

Mi torna in mente quella cicatrice sull'addome di Luigi. Per quel che ricordo è compatibile con l'esito di una ferita da taglio. Ma sono basita all'idea che possa essere stata Anastasia senior. Magari è un pettegolezzo nato nel ramo della famiglia avverso a quello di Anastasia. Si sa come funziona. Le maldicenze nascono dal rancore e dalle incomprensioni. Denigrare, a volte, dà sollievo a chi perde la partita.

Però, se fosse vero...

Se già ci avesse provato una volta... Potrebbe averci provato una seconda.

E allora dimmi che cosa mi manchi a fare

Calcutta

Nel fine settimana faccio il pieno alla Felicia per un bel giro nel circondario di Verbania Pallanza. Nel porticciolo mi soffermo a osservare un ragazzo e una ragazza che stanno litigando con animosità. Non riesco a cogliere il nocciolo della questione, ma fatto sta che al culmine delle discussioni lei lo pianta in asso e se ne va. Lui si ritrova immobile, paonazzo, costernato, con due biglietti in mano. Li lascia cadere per terra e se ne va nella direzione opposta rispetto alla ragazza.

Vado a raccoglierli. Sono biglietti per visitare l'Isola Bella. Bisogna prenotare, non ci si può andare last minute.

Che non si dica che Alice Allevi ha consentito un siffatto spreco e dileggio del denaro e della bellezza. I biglietti me li intasco io e dopo un po' di coda, non senza il timore che i due litiganti si rimanifestino rinnovati nelle promesse d'amore, prendo il battello per l'isola.

Vorrei tanto riuscire ad applicare ai miei pensieri la simmetria che regna in questo luogo fermo nel tempo. Non si ha diritto alla tristezza in un posto così. Non ci si può sentire avviliti né dai ricordi, né dalle paure del futuro. Ma è anche vero che sembra un posto irreale.

Compiango i due spreconi per quello che si sono persi.

Non vale proprio la pena litigare così.

E allora io e Claudio?

È una nostalgia inutile. Tanto per rovinarmi la giornata. Sulla strada di ritorno verso Domo la solitudine torna a tormentarmi, complice il sublime languore del lago e Claudia Mori che canta *Non succederà più se averti vuol dire star solaaaaa.*

Incrocio la signora O sulle scale. Tra le mani ha una crostata alle more di rovo fatta con le sue manine.

«Oh, Alice. Ero passata da lei per portargliene un pezzo. Mi è venuta strepitosa.»

Non farà bene alla glicemia ma alle ferite del cuore sì. Dio la benedica. «Venga, le offro un caffè.»

«Mia cara, io sono tipo da tè. Dov'è stata tutto il giorno?» chiede, mentre apro il portoncino.

«Sull'Isola Bella.»

«Ma che brava! È andata con il suo fidanzato? Sa che organizzano anche i matrimoni lì?»

Ora come glielo dico che il mio fidanzato, che le aveva fatto una così buona impressione, è in realtà l'Houdini dell'escapologia sentimentale? Sì, okay, tecnicamente l'ultima volta me ne sono andata io. Ma del resto, ho avuto un grande maestro.

«Sa, signora, a dire il vero ci siamo lasciati.»

Madame O si porta una mano al petto come se la

notizia le avesse determinato un'ischemia fulminante.

« Ma come? »

« Sì, già da un po'... »

Si affloscia sulla poltrona tappezzata di tessuto con foglie di palma, uno degli oggetti della casa che mi ha affittato cui è più legata.

« Ma dico io. Uno così... »

Nemmeno nonna Amalia l'ha presa così male. Forse perché il dottorino lo conosce da quel dì e in cuor suo riteneva quest'esito altamente prevedibile.

« Eh, che vuol farci. »

« Forse c'è stato un momento di debolezza? » chiede, piena di tatto.

« A volte, semplicemente non è destino » le rispondo, evasiva. Quello che mi è successo è degno della peggiore soap da pomeriggio estivo, non mi va di stare a spiegarlo. « Ha presente quando a un certo punto si assommano dei fatti e non si sa qual è il più grave? »

« Come no. In questi casi mi torna in mente mia zia Bianca. Aveva un caratteraccio. Era fidanzata con un certo Duilio. Un tipo bello, atletico, con una bella barba che alla zia piaceva tanto, che aveva un ristorante a un'ora da qui. Un'ora d'auto con le strade di oggi, s'intende. Avevano deciso di incontrarsi in un paese a metà strada. Erano gli anni Cinquanta, eh, mica aveva l'auto la zia. Così ci è andata in bici impiegando mezza giornata. Si erano dati appuntamento di fronte alla chiesa, ma lui non si vedeva. Lei allora entrava e usciva perché, sa, era sconveniente farsi vedere da sola. Ma niente, lui non si è mai presentato. La zia Bianca se n'è tornata a casa piena di rabbia. Poi due giorni dopo il Duilio si è presentato qui a Domodossola per spiegarsi e scusarsi. Aveva avuto un contrattempo. Ma il disgraziato non si era tagliato la barba? La zia si è disamorata all'istante. E non ha mai capito se era per la strada che aveva fatto a vuoto o per la barba che lui si era tagliato.»

«E com'è finita?» domando, mezza incredula.

«Si è sposata a sessant'anni per non rimanere da sola ma cinque anni dopo già voleva divorziare.»

«Bel tipetto la zia Bianca!»

«Era tosta, sì» conferma la signora O, con occhi sognanti. «E poi se vuole le racconto anche della zia Pia, che era fidanzata con Ermagora...»

«A proposito di amori turbolenti» la interrompo seguendo il filo dei miei pensieri. Di Ermagora e Pia mi dirà dopo. «Ma è vera questa diceria che il signor Luigi si è preso una coltellata da Anastasia, tanti anni fa?»

La signora O scrolla il capo indignata. «Ma certo che no. È un pettegolezzo infame che è girato per un po'. La coltellata gliel'ha data il barone austriaco che aveva perso la testa per Anastasia. Ma l'onore di quella santa donna non ha macchie» conclude, con irremovibile certezza, come se potesse mettere la mano sul fuoco più sull'onore di Anastasia che sul proprio. «Chi le ha riportato questa volgare calunnia?»

«Non importa... vuol raccontarmi piuttosto della zia Pia ed Ermagora?»

La signora O controlla l'ora. «Uh, è tardi. La pros-

234

sima volta. Ma se lo lasci dire: un cornino si può perdonare, basta che non se lo prende a vizio...»

Scappa quindi verso la faraona da infornare lasciandomi con la curiosità di sapere cos'è successo alla zia Pia.

Il paradigma della zitella disagiata che si commuove nel ninfeo dell'Isola Bella sognando di stringere la mano di qualcuno che sta per fare il check-in per Washington si sublima in serata, con una pizza sul divano e l'ennesima replica di *Una donna in carriera* sul digitale terrestre. In tutti questi anni sono cambiati il soggetto e qualche volta le circostanze (se non altro ho variato). Ma la mia condizione non muta mai. Forse, mi dico, sono io a non volerla cambiare.

Il rientro al lavoro del lunedì mi dà poco sollievo. Ho molta nostalgia della stanza condivisa con Lara, Paolone ed Erica, dell'aiuto reciproco che ci davamo e della coesione contro il nemico numero uno, la Wally. Del resto il nemico è indispensabile nei rapporti umani. L'avversario è colui che ci consente di esplorare le nostre zone d'ombra. Ce ne rende coscienti. E non solo ci permette di attraversarle, ma soprattutto, alzando la posta, fa sì che tiriamo fuori le risorse migliori.

Qui, in questo piccolo angolo di paradiso in cui Velasco è un bonaccione che mette il muso al massimo per dieci minuti se ti assenti troppo e Alberta è interessata a tutto fuorché alla ricerca, l'assenza della dinamica complice-avversario appiattisce lo spirito, ne impedisce i sussulti, frena l'incentivo a superare in primo luogo se stessi. La prospettiva a lungo termine di una vita qui mi dà la stessa impressione rassicurante delle spire di un boa constrictor.

«Ciao, Lara... come stai?»

Le ho telefonato per mettere un freno ai pensieri a ruota libera.

«Mi hai preceduta. Stavo per chiamarti.»

«Telepatiche! È che mi mancavi.»

«Ti mancava un po' di cinismo, di' la verità.»

«Ho un disperato bisogno di cinismo.»

«Oggi non ti posso accontentare. Ti devo dare una notiziona. Per settembre vedi di essere a Roma, che Paolone farà di me una donna onesta.»

«Non ci posso credere!»

«Nemmeno io.»

«Be', dai, sono troppo felice per voi!»

«Spero solo di riuscire a trovare un abito da sposa nero.»

«Lara...»

«Ci manchi veramente, Alice. La Wally ci ha detto del concorso *là sui monti con Annette*, ma non darle la soddisfazione di averti mandata in esilio.»

«Io però non ho grosse alternative a Roma. Né professionali né sentimentali.»

«Sempre tragica, Alì...»

«Realista!»

«Sì, certo, vengo subito. Ero al telefono con Alice...» Lara sta rispondendo a qualcuno la cui voce riconosco al volo, come l'antenna satellitare riconosce le onde elettromagnetiche. Perché sono sempre sintonizzata lì, è questo il problema. E anche se mi giunge a distanza e non sta dicendo niente degno di nota – la sta strigliando come al solito – è un colpo al cuore. Sto per dirle la cosa più banale e sfigata che ci si potrebbe aspettare nella mia posizione, un orrido *salutamelo* che per fortuna freno per tempo. Anche perché ha finito la manfrina e l'ha lasciata intontita come la zanzara dopo che le si spruzza addosso lo spray alla citronella.

«Devo andare, Alice. Stamattina Kim Jong-un è più nervoso del solito.»

Si vede che hai provato qualcosina
... Parlano le tue pupille

Calcutta

C'è un'epidemia di lieti epiloghi sentimentali. Non solo Lara e Paolone, ma anche il professor Velasco. Stamattina ho captato un tono da romanticone incallito mentre parlava al telefono nella sua stanza, prima di andare in obitorio per un'autopsia. E oggi è uscito per la pausa pranzo, cosa che non fa mai, nemmeno quando l'ipoglicemia gli annebbia la vista. Dopo un po' ho sentito dalla finestra il ruggito di un motore maltrattato, come quando in partenza si mette la terza al posto della prima e si preme sull'acceleratore. Mi sono affacciata alla finestra e l'unica auto nei paraggi era una Cinquecento nera. Ho visto Velasco andare a piedi al lato guida, sporgersi oltre il finestrino e dare un bacio non proprio casto alla conducente, che a causa dell'angolazione non ho potuto vedere in viso. Così si estingue la fiammella della mia speranza che risbocciasse l'amore tra lui e la Wally, del mio sogno infantile che la bonomia di lui potesse riscaldare il cuore avvizzito di lei.

Al rientro in Istituto ha impresso sulla pelle il profumo di classe della sua nuova fidanzata, una fragranza semplice che ricorda l'odore di un giardino di limoni. Nonostante a volte il prof si sia abbandonato al sentimentalismo in mia presenza – inducendomi a fantasticare su una *reunion* che a conti fatti era impensabile – non siamo sufficientemente in confidenza perché io possa azzardare un'allusione.

Si rintana nella sua stanza mentre Alberta e io facciamo l'inventario in laboratorio, una procedura che non si sa se sia più lunga o noiosa.

È pomeriggio inoltrato quando Alberta non ne può più.

«Finiamo domani, dai» chiede implorante.

Chissà da quando sono diventata così resistente alla fatica, ho sempre avuto la reputazione opposta.

«Tranquilla, Alberta. Finisco e chiudo io qui.»

Nel suo studio il prof sta ascoltando Dinah Washington, ma un po' perché l'Istituto è piccolo, un po' perché siamo immersi nel silenzio cosmico, la sento anche io. Fino a che il citofono suona con violenza. Mi precipito ad aprire, raggiunta dopo qualche minuto dal prof.

È Maria Roncaro.

Una fascia nera sui capelli ossigenati, il neo allo zigomo che fa tanto Milady de Winter, le sneakers bianche con gli strass, un tatuaggio alla caviglia: *Chi se ne va che male fa.*

È livida in viso e non sembra sprizzare salute. Non mi sorprende quindi che esordisca dicendo: «Non mi sento bene». Velasco la fa sedere subito e la tartassa di domande, in sincera apprensione.

«Cos'hai?»

« Mi gira la testa e mi viene da vomitare. »

Le controlla il polso.

« È ipotesa » dice, rivolgendosi a me. Le controlla le pupille.

« Maria, sei proprio sicura di non aver preso qualche droga? » le domanda.

« No, lo giuro. Non lo faccio più da tanto tempo. »

« Sei venuta a piedi da casa mia? » le chiede ancora. Il prof abita in una villetta solitaria nel mezzo del niente, non troppo distante da qui.

Lei annuisce. « Le volevo chiedere se mi può accompagnare in ospedale. Ho pure telefonato ma lei non rispondeva... » dice, con tono sempre più affaticato.

« Certo, ti accompagno! » Il prof si affretta a indossare la giacca. Aiuto Maria fino alla sua auto tenendola sottobraccio.

La Volvo si allontana, i fari accesi nella nebbia, un claustrofobico cielo grigio che invita ad addormentarsi per risvegliarsi dopo due mesi.

Mi preparo per uscire e chiudo l'Istituto.

Non sarei tenuta, è chiaro, ad andare al pronto soccorso. Ma è esattamente lì che mi dirigo.

Mi fanno entrare: la carta « sono una collega » funziona sempre.

Maria è sdraiata su una barella, le hanno già fatto un prelievo per gli esami ematochimici e adesso le stanno facendo una flebo di soluzione fisiologica. Il prof sembra grato di vedermi arrivare.

« Non ha parenti, non vuole chiamare nessuno. »

« Se vuole resto io con lei. Non ho niente di meglio da fare. »

« Sicura? » chiede, ma per convenzione.

« Certo. Vada pure. »

« Stasera c'è Christoph von Dohnányi alla Scala di Milano. » Non ho idea di chi sia, ma contento lui... « Controllerò il cellulare, quindi mandami messaggi per aggiornarmi. Maria, prenditi questa settimana di riposo, okay? »

« Professore, c'era da lavare la terrazza... » ribatte, linfatica, ma posseduta dallo zelo della colf perfetta fino alla morte.

« Non ha importanza. Alice, domattina tornerò da Milano, arriverò per le dieci. »

« Non si preoccupi, apro io l'Istituto. »

« Sei un angelo. I documenti per il concorso, ti raccomando » conclude, con un sorriso smagliante e un cenno della mano.

Appena lui se ne va, Maria sembra sentire il bisogno di appisolarsi. Chiude gli occhi. Ha le labbra viola.

Resto seduta su una sedia in formica grigia, non le parlo per non disturbarla. Leggo un romanzo di Agatha Christie fino a quando un medico viene per riportare l'esito degli esami.

« È un'amica? » chiede a Maria, che nel frattempo ha aperto gli occhi.

« Non proprio. Però può restare. È una dottoressa » precisa, debolmente inorgoglita dall'essere accompagnata da qualcuno che possa rapportarsi con lui alla pari.

«Il tracciato è un po' alterato» dice porgendomi l'elettrocardiogramma. «È bradicardica e gli enzimi epatici sono tutti aumentati. Anche l'LDH e la fosfatasi alcalina. Sembra un'intossicazione.»

«Ma io non ho preso niente» obietta stancamente Maria, che già si è schermita una volta dal sospetto di essersi impasticcata.

«Dipende cosa intendiamo per 'niente'» replica il medico, regolando il flusso della soluzione fisiologica. Le ausculta il cuore. «Sta rispondendo all'atropina» mi dice, soddisfatto. «Ha mangiato fuori, di recente?»

«No.»

«Alcolici?»

«No.»

«Cos'ha mangiato oggi?»

«A colazione il caffè e una brioscina. Le compro al supermercato. Di marca buona» sottolinea, come se per anni invece si fosse dovuta purgare con zuccheri e grassi forniti da brioscine chimiche dei peggiori discount. «A pranzo insalata. L'ho lavata io, e pure i pomodori. La mozzarella l'ho controllata e non era scaduta. Ed era di marca» ribadisce. «Assieme ho mangiato un pacchetto di cracker.»

«Di marca» chiosa il medico con un ghigno, che vorrebbe essere spiritoso ma non ha capito quanto quella precisazione sia importante per Maria, la quale per tutta risposta gli rivolge un'occhiataccia.

«Di pomeriggio mi sono fatta un cappuccino con la macchinetta del professore... e... un po' di pane e miele» prosegue guardandomi, timorosa dell'ammissione perché forse si sente in colpa della merenda. Ma figurarsi se Velasco ha da ridire o se la prende. «Ho iniziato a sentirmi male poco dopo.»

«Dopo cosa, dopo avere mangiato pane e miele?»

«Sì... ma non subito. Prima ho fatto le faccende.»

«Era un miele del supermercato?» chiede. Maria ha pronta l'occhiataccia, ma stavolta il medico non scherza, è serio.

«Non lo so, non l'ho comprato io.»

«Aveva un'etichetta stampata?»

«Sì, c'era scritto *honey*. *Honey* vuol dire miele. E infatti era miele. L'ho messo pure nel cappuccino.»

Il medico aggrotta la fronte e riguarda la cartella. Non esprime altre ipotesi che gli passano per la mente. Forse non ne ha, forse sta pensando ai fatti suoi.

«Adesso?» chiede Maria.

«Faremo un altro tracciato e comunque vorrei tenerla in osservazione questa notte.»

Maria non sprizza entusiasmo. «Se non se ne può fare a meno...»

«Mi dia retta, è meglio così» ribatte lui perentorio, prima di voltarsi verso un vecchietto steso sulla barella a lato.

«Grazie per essere rimasta, dottoressa. Affrontare certe cose da soli è molto più brutto.»

«Come ti senti?»

«Un po' meglio. Mi sentivo stordita, mi girava la

testa... C'è stato un momento che ho creduto di morire.»

«È passato» la conforto, accarezzandole la fronte.

«Ho rivisto Arsen, per un attimo. Mi diceva 'vieni da me'.» È delusa, come se in quei momenti in cui le leggi della realtà erano sovvertite, lei avesse davvero creduto alla reversibilità della morte. Le stringo forte la mano. «Ma non si dia pena per me, dottoressa. Io tengo botta. Sono come la gramigna. Vada a riposare anche lei, è tardi.»

Guardo l'ora e annuisco. Le lascio il mio numero di cellulare, invitandola a chiamarmi per qualunque necessità. «Domattina, se ti lasciano tornare a casa, ti accompagno io.»

Maria annuisce. Chiude gli occhi e dall'orlo delle palpebre si affaccia una piccola lacrima solitaria.

Se a tutti i bugiardi si mettesse
un tale lucchetto sulla bocca:
invece di odio, calunnia e rabbia nera,
ci sarebbero amore e fratellanza!

Il flauto magico

L'indomani mattina, Maria è già in grado di lasciare l'ospedale, con la raccomandazione di sottoporsi presto a un nuovo controllo cardiologico.

La raggiungo per riaccompagnarla a casa. Lei insiste per prendere un taxi e non disturbare, ma a me non costa niente.

«Io però devo passare anche da casa del professore» mi avvisa, mentre infila le scarpe con gli strass.

«Perché?»

«Perché ho lasciato le mie cose là. Io mi cambio per fare le pulizie.»

«Vabbè, ma non sarà niente di urgente.»

Maria è un animaletto selvatico che, se contrariato, si acciglia. La sua gratitudine ha una spiccata labilità.

«So io se è urgente...»

«Okay. Andiamoci» rispondo, cambiando l'itinerario.

Tutto in casa è chiuso e spento. Velasco non è ancora tornato o se lo ha fatto è già uscito. Mi sento un po' in colpa a profanare il suo spazio in sua assenza, così per istintivo riguardo verso la sua privacy resto immobile nella sala in cui si entra direttamente dal portoncino d'ingresso. Ma non posso fare a meno di notare che l'arredamento lo rispecchia: è un po' caotico ma l'insieme è affascinante. Si vede che gran parte del mobilio e degli accessori provengono da botteghe artigiane e mercati dei più remoti angoli del mondo. Alle pareti i dipinti sono eterogenei, mischiati a foto in alta risoluzione di *lungta* tibetane in un sentiero di montagna, delle mongolfiere che ondeggiano sui camini delle fate della Cappadocia, del Lago della Spada Restituita di Hanoi. Mi ha raccontato di aver visto la tartaruga gigante emergere dalle acque del lago; in Vietnam è considerato segno di grande fortuna e lui ci spera. Penso rientri un po' nelle sue cosiddette leggende di viaggio, episodi al confine tra bufala e realtà. Ma a lui piace raccontarli e a chi li ascolta piace crederci. Velasco si proclama malato d'Asia, e ora mi è chiaro cosa intende. Dev'essere magnifico aver visto tutti quei luoghi.

«Che strano» sento dire a Maria, dalla cucina. È una stanza ultramoderna, chiaramente poco sfruttata.

«Che succede?»

«Ho cercato il miele. Il medico faceva facce strane e m'è venuto il dubbio. Non è che era scaduto? Il professore non ci sta molto attento a queste cose. Magari ce l'aveva da cinque anni e io ci stavo restando secca.»

«Ed è scaduto?» le chiedo quindi, con poca attenzione. In effetti da un tipo come Velasco te lo aspetti che possa avere roba scaduta in dispensa.

«Non c'è più.»

«Come non c'è più?»

«L'ho rimesso qui dopo averlo usato, ne sono sicurissima» dice, indicando le ante sotto il piano cottura a induzione.

«L'avrà usato il professore e rimesso da tutt'altra parte, sai quanto è disordinato» dico, incantata da una pentola tajine che ha tutta l'aria di arrivare da un suk marocchino.

«E quando, se dall'ospedale è andato a Milano e non è ancora tornato?»

La sospettosità di Maria mi irrita e mi stuzzica insieme. In ogni caso non mi sembra appropriato rimanere qui. Le faccio fretta per riportarla a casa con la scusa che deve riposare, in maniera anche un po' spiccia, ma siccome riconosce il modo con cui lei stessa in genere si esprime, non sembra esserne disturbata.

Grazie alle brevi distanze proprie di Domo, meno di mezz'ora dopo sono in Istituto, lievemente irrequieta. Mentre mi dedico ai consueti compiti sento Velasco che fischietta allegramente l'aria della Regina della Notte.

«Com'era l'opera, prof?» gli chiedo, raggiungendolo nella sua stanza.

«Straordinaria, straordinaria. Ma dimmi della mia Maria... Senza di lei la casa diventerà di nuovo un porcile.»

Lo aggiorno sulla situazione e sul fatto che Maria mi è parsa già in forma. Gli accenno che siamo dovute andare a casa sua per prendere una borsa che Maria reputava importante. Lui ascolta con poca attenzione.

«Prof... certo che i sintomi che ha avuto...»

«Cosa?» solleva lo sguardo, con ravvivato interesse.

«No... niente.»

«Dillo, ormai che ci sei» mi esorta, alla solita maniera amabile.

«Fanno pensare che abbia assunto una sostanza velenosa.»

«Alice, ti dirò come la penso. Maria probabilmente ha preso qualcosa, pasticche, cannabis. Chi lo sa? È sola, ha perso il suo fidanzato, ha un carattere difficile e pochi soldi. Non ho dubbi sulla sua lealtà e certamente non la lascerò per strada, anche perché è brava nel suo lavoro. Però... ecco, capisci cosa intendo.»

«Certamente» annuisco, convinta solo per metà.

Poi lui mi ricorda un lavoro da fare in laboratorio, che svolgo con la testa altrove, subissata da messaggi di Lara con foto di abiti da sposa. Lavoro a rilento, troppo a rilento, tanto che quando Velasco si affaccia per salutarmi perché sta per andare via mi trova a metà dell'opera.

«Tutto bene, Alice?»

«Sì, prof. Finisco entro stasera, promesso.»

Lui sorride. «Non ti stancare. Va bene anche domani.»

Il capo che tutti vorrebbero.

«Lei sta bene, prof?» gli chiedo. Non so neanche io perché. È allegro e radioso come non mai.

Lui sembra sorpreso. «Sì» ribatte, un poco irrigidito. «Io vado, Alice. A domani.»

Quando sento la porta dell'Istituto chiudersi mi affaccio alla finestra del laboratorio.

Riconosco Anastasia Radieli, con grossi occhiali da sole Jackie Ohh, i capelli biondi sciolti sulle spalle, una giacca blu, una borsa Miu Miu bella da perderci la vista. Chic e certamente fuori posto, qui, di fronte all'Istituto di medicina legale.

Ma fuori posto solo fino a un certo punto. Non se è venuta a prendere il suo nuovo compagno.

Velasco le va incontro abbracciandola come ogni donna vorrebbe essere abbracciata.

Lei ricambia dolcemente.

Sono allibita.

Certo non per la differenza d'età tra i due, che comunque non è inferiore ai vent'anni. Ma cosa importa, quando ci si ama davvero?

Rientro subito, non vorrei che Velasco si accorgesse che li sto osservando.

Temo che il lavoro che mi ha affidato dovrà aspettare. Mi metto a cercare il profilo Facebook di Anastasia jr. Ha cambiato l'immagine di copertina, adesso ha la foto di un monumento che ha tutta l'aria di essere asiatico, un torrione turchese che con qualche ricerca scopro essere la città di Khiva, un sito UNESCO dell'Uzbekistan.

Be', ovvio. Velasco ci era andato con la sua nuova compagna, niente di strano. Ed ecco perché quando sono andata da Pertini mi hanno detto che Anastasia era in ferie.

Ma allora perché mi sento così turbata? Dove mi sta guidando l'istinto?

È una scintilla.

Pensare ai sintomi di Luigi Megretti Savi e a quelli di Maria.

Vertigini. Ipotensione. Bradicardia. Vomito. Miele. Veleno.

Faccio partire la ricerca.

Mad honey.

Un miele ottenuto dai fiori di *Rhododendron ponticum*, dal sapore un po' più aspro e una sfumatura più rossastra. Detto «pazzo» perché può anche provocare allucinazioni. E Maria ha creduto di vedere Arsen.

Ma, soprattutto, l'ingestione di questo miele determina un'intossicazione da graianotossine, con tutto il corredo di sintomi che sia Luigi sia Maria hanno manifestato. Quasi mai l'intossicazione è fatale. Ma Luigi aveva il cuore malandato e per di più era in terapia con digitale. L'effetto combinato della digitale e delle graianotossine, che hanno un simile meccanismo d'azione cellulare, può aver fatto precipitare la situazione molto più facilmente.

Il commercio del mad honey è illegale. Lo producono in Nepal, sull'Himalaya, e lì i cercatori di miele rischiano la vita per raccoglierlo. Ma anche nella Turchia orientale è molto conosciuto; i coltivatori utilizzano api più grosse e aggressive per produrlo. Velasco, malato d'Asia, non deve aver avuto tante difficoltà a reperirlo; peraltro in casa sua abbondavano foto proprio di quelle zone in cui è prodotto.

D'istinto vorrei scrivere a Maria per farle domande specifiche sul miele che ha visto dal prof, ma non voglio insospettirla. Ho già il dubbio che lei stessa sia voluta tornare a controllarlo, e che la borsa indispensabile fosse soltanto un pretesto. E d'altra parte dubitare di Velasco ha su di me un effetto terribile. Significherebbe che è una persona profondamente diversa da quella che ho conosciuto. Anche se poi ogni pezzo va a posto nel puzzle.

Ma c'è un'altra cosa che posso fare.

«Maria, se passo a prenderti tra una mezz'ora te la senti di venire qui in Istituto per un prelievo di sangue?»

La sua diffidenza cronica la mette in guardia. «Perché?»

«Il tuo caso mi interessa. Vorrei fare una ricerca.»

«Dottoressa, io non ho preso niente, come glielo devo dire?»

«Lo so, ti credo. Ma ho il sospetto che qualcosa possa averti fatto male, mi piacerebbe studiare personalmente il tuo caso.» Cerco di mostrarle fermezza e nonchalance ed evidentemente ci riesco.

«E va bene... Ma non è che rischio qualcosa?»

Vorrei dirle che come al solito a rischiare qui sono sempre solo e soltanto io, ma evito. «No, certo che no. Sta' tranquilla.»

È taciturna, come già pentita di avermi accontentata.

«Come ti senti?» le chiedo.

«Meglio. Domani torno dal professore.»

«Mi fa piacere. Hai più visto... Arsen?»

Scuote il capo, atterrita. «No, no. Ogni tanto me lo sogno. Ma quella volta era stata un'allucinazione, la conosco la differenza. Cioè lo vedevo, lo sentivo. Lui proprio c'era. E io ai fantasmi non ci credo. Quindi, era per forza un'allucinazione. Ma io allucinogeni non ne prendo. Anche volendo non avrei neppure i soldi per pagarmeli.»

«Ti credo, Maria. Ma anche tu, fidati di me.»

Dopo aver fatto il prelievo chiamo subito il tossicologo.

«Mi sembra troppo presto per cominciare a sollecitarmi!» esordisce, prima del «ciao».

«Lo so. Nemmeno ci provo. Piuttosto, vorrei chiederti un altro esame. Puoi cercare nei campioni di Megretti Savi anche le graianotossine?»

Il tossicologo sembra trasalire. «Graianotossine?» ripete. «Ma non ti sembra un po' troppo? È una cosa ai limiti del credibile. In tanti anni non mi è mai capitato un caso di questo tipo di intossicazione. Dalle nostre parti non succede.»

«Giusto. Ma voglio escludere tutte le possibilità.»

«Come preferisci. Basta che poi però il PM ci liquidi l'onorario, sono esami molto costosi.»

Proseguo imperterrita. «C'è un'altra cosa. Vorrei inviarti un campione ematico e chiederti un esame privato, a mie spese. Devi cercare sempre le graianotossine.»

«Senti me, meglio che ti compri un bel vestito...»

dice sghignazzando. Trovo questo maschilismo intollerabile. Chi lo decide che a una donna lo shopping compulsivo dà più soddisfazione di una ricerca?

«Se hai bisogno di un anticipo, basta che tu me lo dica» rispondo molto dignitosa e professionale.

«Mi fido. Niente anticipo. Saldo alla consegna. Ma ci vorrà tempo, devo trovare lo standard e non è una ricerca semplice.»

«Ma si può fare?»

«Tutto si può cercare. È sempre e solo una questione di soldi.»

«Lo so, me lo hai già detto. Però va bene così.»

Quando chiudo, mi accorgo che è scesa la sera, una sera scura come il fondo di un lago, ma non più cupa dei miei stessi pensieri.

Oh oh! Una tempesta di neve! Una tempesta di neve fi-
schiante! Non si può passare sopra. Non si può passare
sotto...

Ci dobbiamo passare in mezzo

Michael Rosen

Ho bisogno di lasciare Domodossola per qualche giorno. Non per la città in sé, che ho imparato ad apprezzare come un piccolo, confortevole nido. È per Velasco. Non riesco più a guardarlo negli occhi, a lavorare con lui, a sorridergli, ad ascoltarlo con stima. Devo staccare. Uso come scusa un lavoro di ricerca che sto portando avanti e su cui vorrei scrivere la tesi per il dottorato. Gli dico che ho bisogno di fare brainstorming con gli altri due dottorandi a Roma. Mentendogli, mi sembra di parlare la sua stessa lingua. Però, subito dopo, mi sento nel pieno di un delirio psicotico: mi dico che sto facendo orribili pensieri su un brav'uomo che mi ha accolta e che mi ha offerto un lavoro, un posto dove stare, pur sapendo che dietro di me ho lasciato terra bruciata. Dei miei superiori, una mi odia, l'altro... lasciamo perdere. Una pausa mi è necessaria, ma la verità è che non ho dove altro andare se non proprio lì dove la terra è bruciata.

Alle cinque sono già sveglia. La valigia è pronta da ieri sera. Alle sei, nonostante sia arrivata la primavera, qui l'aria del mattino punge ancora ma è quel tipo di pizzicore che secondo mia nonna è tonificante per la pelle. Carico il trolley nel baule della Felicia e vado a fare il pieno. Mi aspetta un lungo viaggio ascoltando Sufjan Stevens, cullata dalla musica, dalla strada e dalla speranza che le cose che ho in mente di fare vadano tutte bene.

Nell'ordine.
Ore 14.20. Arrivo in ufficio da Calligaris.
« Questa sì che è una bella sorpresa! »
La sua accoglienza mi dà la carica. È l'unico a cui posso raccontare tutto quello che mi passa per la testa senza rischiare di essere candidata a un TSO.
In questo caso però persino lui sembra scettico. Forse si era disabituato ai miei vaneggiamenti.
« Alice, io vedo un filo logico in quello che dici. Molto sottile, ma c'è. Quelle che mancano sono le motivazioni. Perché il tuo professore avrebbe dovuto fornire una sostanza tossica ad Anastasia Radieli per stecchire definitivamente lo zio cardiopatico? »
« Non lo so ancora nemmeno io. Mi viene da pensare ai soldi, sono sempre una buona ragione, se qualcuno è propenso a uccidere. »
« Ne hai parlato con qualcun altro, lì al Nord? »
« No, dottore. Lei resta il mio punto di riferimento quando si tratta di spararle grosse. »
Sorride e prende il telefono. « Visone. Mi occorre una ricerca su Anastasia Radieli, tutto quello che riesci a trovare. »
« Magari qualcosa dal suo passato salta fuori » gli

dico speranzosa «nell'attesa di avere risposte certe dal tossicologo.»

«Aspettiamo. Ma nel frattempo, Alice, fa' attenzione a non ficcarti nei guai, come al solito.»

Ore 16.00. Sono in Istituto.

Incorreggibile, la prima cosa che faccio è sincerarmi che Claudio ci sia o no. In verità ho percorso la strada con il cuore in gola, tanto agitata che credevo mi stesse per venire un attacco di panico. Mi sono rifatta il trucco guardandomi nello specchietto dell'auto, vecchio e opaco. Ho messo il profumo, spazzolato i capelli e cambiato le scarpe. Sembravo pronta per la discoteca.

E lui ovviamente non c'è.

«È uscito per un sopralluogo» mi spiega Lara. «Ali... Io non so come stiano le cose tra voi. C'è sempre una gran confusione, non capisco mai se state insieme, se scopate e basta, se siete amici, se vi limitate a lavorare insieme o se siete nemici giurati e vi odierete per sempre.»

«Il tutto in genere avviene contemporaneamente. Scherzo. Il più delle volte non lo capisco nemmeno io.»

«Però alla festa di Malcomess, buonanima, mi sembravate stabili» dice a voce bassa come una cospiratrice.

«Più o meno lo eravamo, poi, dopo... Però adesso...» mi rendo conto di essere talmente confusa da non saperle spiegare cosa provo. Dopotutto, non so spiegarlo neanche a me stessa.

«Lo sai che va a Washington, vero? Ha chiesto l'aspettativa per un anno. Se la otterrà, partirà dopo l'estate.» La notizia, che pure mi è ben nota, non smette di darmi una di quelle scrollate con cui si sente la testa vuota e le cavità sinusali che pizzicano.

«Sì, lo sapevo...»

Mi sfiora la spalla, con gentilezza, come chi capisce quanto può far male quando ci si innamora della persona sbagliata e se ne è del tutto consapevoli. Che poi la nostra separazione me la sono voluta, non lo posso proprio negare. Se avessi voluto recuperare, forse sarebbe stato possibile.

E adesso, con l'incoerenza che mi contraddistingue, sono qui conciata da Jessica Rabbit e mi struggo se va a un sopralluogo e non lo trovo; figurarsi se va a Washington. Sono infantile ai miei stessi occhi eppure questa mia imperfezione riesco a perdonarmela. Sono quel che sono. Ho limiti e contraddizioni, esattamente come tutti, anche se a volte ho la sensazione di pagare un prezzo più alto degli altri.

«Coraggio, Alice» mi dice Lara, un sorriso pieno di dolcezza.

«Sembro così stravolta?»

«Sì.»

È che dopo aver sperato di rivederlo con l'alibi che fosse soltanto un caso, mi sento afflosciare, come un gonfiabile con un forellino ben nascosto.

La mia scrivania è diventata un deposito su cui i

miei colleghi poggiano libri e riviste; se non altro nessuno l'ha occupata. Alla parete c'è ancora la stampa FRANKLY, MY DEAR, I DON'T GIVE A DAMN.

Pochi soldi, lo smog, il caos, la Wally. Sulla bilancia dove metto i pro e i contro, questi pesi di piombo non riescono a vincere sul resto. Devo tornare. E non è soltanto perché dentro di me sento che Velasco è coinvolto, anche se non ne conosco la ragione. E non c'entra Domodossola.

Io voglio tornare qui semplicemente perché questo è il mio posto. Io so che è qui, so che è così.

«Dove vai?» chiede Lara, vedendomi partire come una furia.

«A giocarmi il tutto per tutto.»

E non può che concordare quando mi vede bussare alla porta della Wally.

La professoressa Boschi solleva lo sguardo dalle sue carte. Il suo caschetto crespo avrebbe tanto bisogno di un balsamo di alta qualità.

«Allevi?»

«In persona» le dico, piena di coraggio. Ora o mai più. Non ho paura. «Vorrei parlarle, professoressa. È molto importante.»

«Ma io in questo momento non posso.»

La fisso negli occhi, sento il mio cuore spericolato come quando ero bambina e non lo schermavo con l'ansia di sbagliare. Ricorderò sempre questo giorno come quel momento in cui per seguire la mia strada ho fatto cose assurde. Il momento in cui le sliding doors stanno per chiudersi e io ho infilato il piede. E le ho riaperte. Certo, la caviglia mi farà un male cane. Ma le ho riaperte.

«La prego. Ho bisogno di parlarle. Non mi metta alla porta.»

Infila il tappo alla biro e mi fissa, come a chiedere: Che vorrà oggi, la solita deficiente? Perché si sa che ha sempre pensato questo di me.

«Addirittura, Allevi. Va bene, non la metto alla porta» dice, facendomi il verso. Veramente voglio tornare qui a farmi torturare? «Ma le chiedo di essere sintetica.»

«Sintetica. Certo. Bene. Ho trascorso quattro mesi fuori. Ho lavorato sodo. Ma adesso le chiedo di rientrare in Istituto.»

Corruga la fronte. «Quattro mesi è un po' poco, Allevi.»

«No, non lo è. So di aver chiesto io di partire. E la ringrazio per aver trovato il posto adatto a me. Dico davvero. Mi sono trovata benissimo. So di averla delusa, in passato. So di non avere la sua stima. Ma mi lasci tornare, per favore. Ho imparato la lezione.»

«Imparare la lezione, è questo che crede?»

Il suo tono è particolarmente duro, peggio di quando voleva farmi ripetere l'anno e anche peggio di quando le ho rotto il tavolo di cristallo. La colpa se la prese Claudio, ma lei non ci ha mai creduto fino in fondo.

«Allevi, ma cosa si è messa in testa? Di essere così

importante per me da volerle nuocere? Allora non ha capito un principio fondamentale della vita. A suscitare grandi antipatie è sempre la paura di chi crediamo possa toglierci qualcosa, farci ombra, o essere di ostacolo. Ma questa paura, Allevi, io di lei non l'ho mai avuta. Ovviamente.»

Mi ha stroncato. Con una facilità indegna. «Ma allora perché mi vuole tenere lontana?»

La Wally si mette in piedi. Si toglie gli occhiali da miope estrema e si massaggia le orbite. Tanto non si trucca, non corre il rischio di pasticciarsi il rimmel.

«È vero, noi non ci piacciamo. Io non le piaccio come insegnante, del resto da me non ha imparato niente dato che sin dal primo momento si è messa a ruota di Conforti. A volte ho creduto che lei identificasse la medicina legale e Conforti. Sembrano interscambiabili, per lei. Durante le mie lezioni lei s-o-n-n-e-c-c-h-i-a» scandisce, livorosa. «Non lo neghi, eh. Quando era con me in obitorio, mai una volta che si sia fatta avanti. Mai, sempre dietro, a nascondersi. A giocare con il telefonino.»

È un po' ingiusta... ma è anche un po' vero. Però, è nato prima l'uovo o la gallina? Com'è cominciata? L'antipatia è partita da lei e allora io ho smesso di seguirla? Oppure io con il mio atteggiamento me la sono resa invisa?

«Deconcentrata, distratta e dormiente. Ecco come me la ricordo io quando era specializzanda. Sempre presa dai fatti suoi. Più interessata agli aspetti della medicina legale da romanzo che a quelli reali. Che poi è un peccato, perché tutto sommato è intelligente.» *Tutto sommato.* «Da docente, ho fatto solo il suo bene. Ho cercato di insegnarle una professione e come ci si comporta, l'ho punita per raddrizzarla, l'ho messa sotto pressione per svegliarla. E l'ho allontanata per proteggerla.»

«Ma da cosa?» mi scappa di chiederle. Vorrei dirle che l'unica da cui avrebbe dovuto proteggermi era proprio lei stessa.

«Allevi, non me lo faccia dire. Abbia rispetto per la sua dignità, o quel briciolo che ne rimane. E poi, è la solita ingrata. A Domodossola ha avuto l'opportunità di crearsi una strada per il futuro. Non a tutti ho fatto questo regalo. Perché questo è, un dono. Le ho regalato una possibilità. E la butta via per tornare qui a far cosa?»

Questo non lo so. Finire il mio dottorato. Seguire la mia vita. Costruirla, o distruggerla, ma a modo mio. «Io le sono grata per l'opportunità. Mi è servita, altroché. Non è ingratitudine se però voglio fare di testa mia.»

«Bene. È questo che vuole? Arrancare in tribunale, tornare qui a spezzarsi la schiena? Perché la avviso, io non le farò sconti!» ribatte, stridula e beffarda.

«No, la prego. Non me ne faccia. Ma mi permetta di tornare.»

È sceso un silenzio tetro e greve. Lei è di spalle, stretta nel suo camice che deve farsi mettere a modello dalla sarta per adattarlo alle sue misure disarmoniche.

«È per Conforti, vero? Ma non l'ha capito che se

ne sta andando in America per fare carriera? Lui per primo non vuole tornare a Roma.» Non so cosa risponderle. Non mi aspettavo una domanda così diretta. Ma lei mi anticipa. «Io la capisco. Mi fa quasi tenerezza. Qualcuno deve dirglielo, che sta sbagliando tutto.»

Abbasso lo sguardo, il suo tono è diverso, non è più rabbioso o perentorio. Sembra quasi che si stia rivolgendo alla giovane Valeria, innamorata di Paul Malcomess.

«Professoressa... Ognuno di noi, a un certo momento della vita, si sceglie un muro contro cui andare a sbattere.»

La Wally mi fissa per un tempo che mi sembra infinito, prima di dire: «E va bene, Allevi. Organizziamo il suo rientro. Mia nonna diceva, chi è causa del suo male, pianga se stesso».

«Grazie, prof. Grazie di vero cuore.»

La abbraccerei, se potessi. Mi viene quasi da piangere.

«Niente ringraziamenti. E adesso si levi dalle scatole.»

Ore 18.47. La pazzia definitiva. Via Buozzi.

Avanti e indietro per quasi un'ora, prima che arrivi. Claudio scende dalla Mercedes che ha appena parcheggiato e quando mi vede sgrana gli occhi.

«Alice?» Sembra impassibile e io davvero non so da dove cominciare.

Parto dal punto in cui il suo arrivo ha interrotto i miei pensieri, senza preamboli e senza considerare che così potrei confonderlo. «Io non ti ho ascoltato. Ma anche tu non ascoltavi me. Non ci abbiamo messo impegno, questo non lo puoi negare.»

«Eh?»

Mi prende in contropiede. Devo ripetere? Devo trovare altre parole? C'è uno strano vento, stasera. Fastidioso, che solleva la polvere dagli angoli delle strade, che secca la gola. Vorrei tanto bere un sorso d'acqua.

«Intendo dire che non abbiamo fatto niente per venirci incontro. Non ci capiamo. Tu pensi che questo possa cambiare, se ci impegniamo?»

«Io penso che è meglio se ne parliamo in casa.»

«Non voglio. Poi succedono cose sbagliate.»

Inarca un sopracciglio, con aria sarcastica. «Ah sì? E cosa te lo fa pensare?»

«Perché tra noi finisce sempre così. Non sappiamo parlare. È evidente, se dopo tutti questi anni siamo a questo punto.»

«Parlare, parlare. Il punto è che io sono una testa di cazzo. E tu una romantica sognatrice che sogna il cavaliere senza macchia. Cambia strada, Alice. Io ti amo, ma non sarò mai quello che vuoi tu.»

«A me basta questo. Che tu mi ami.»

Eccolo, il punto più basso che ciascuna di noi può toccare. La consunzione sentimentale.

Lui scuote il capo senza convinzione. «No, non ti basta. Tu vuoi promesse che io non posso mantenere.»

«Tu non le *vuoi* mantenere» rimarco, frustrata. Finora niente sta andando come sognavo. Ecco che da sola arrivo esattamente dove lui intendeva. Io sogno azioni, parole, che se poi nella realtà si discostano dalla fantasia, inevitabilmente mi deludono. Risponde con la stentorea inesorabilità di un macigno. «Quel che è. Volere e potere si dice che siano la stessa cosa.»

«Ho detto delle cose l'ultima volta... che sono vere, sì, però potremmo affrontarle insieme. E invece tu ti stai comportando come se fosse troppo tardi...»

Mi interrompe. Irremovibile. «Lo è. Ma non perché è cambiato qualcosa in quello che provo. O perché non mi sento più in colpa per averti tradito e aver litigato quel giorno. Io mi sento in colpa perché penso che è per tutto quello che io ho fatto che tu hai perso il bambino. E prima ci credevo, di poter rimediare. Ci credevo veramente. Ecco cosa è cambiato. Vuoi che torniamo insieme e poi tra cinque mesi ne succede un'altra e siamo punto e a capo? È questo che vuoi? Penso che esserci lasciati sia giusto e che se mi dimentichi è meglio per te.»

Mi scansa e si dirige verso il portone. E in un momento così cruciale mi attraversa il pensiero che ha torto mia nonna quando mi dice: «Butta il cuore oltre l'ostacolo». Se lo fai, non ti aspettare di potertelo riprendere con tanta facilità. Ma io ci devo provare.

«Io non ti voglio dimenticare!» esclamo, mentre è di spalle. Lui ha sentito, ma tira dritto. La serratura fa *clic*, lui entra nel palazzo e io resto qui, su questo marciapiede, un monumento di derelizione che fissa le cicche delle sigarette e le sagome delle chewing gum sputate dagli incivili.

Non è mai troppo tardi per fare le cose come si deve
Amélie Nothomb

«Bella di nonna, e che ti aspettavi? Quello c'ha il carattere suo.»

Le ho appena messo lo smalto color peonia ma lei gesticola e lo pasticcia di continuo. Sono a Sacrofano da qualche giorno, sentivo il bisogno di clima familiare e di tranquillità.

«Che scocciatura aspettare. Passaci il phon.»

«Nonna, con l'aria calda è peggio, si scioglie. Piuttosto, metti le dita sotto l'acqua fredda.»

«Mi fa male all'artrite» risponde imbronciata. Dopo l'ictus mia nonna è diventata più capricciosa di una bambina nei *terrible two*.

«Allora resta ferma e aspetta.»

«Che perdita di tempo.»

«Nonna, fosse solo lo smalto, la perdita di tempo. Che dovrei dire io, prima con Arthur e poi con Claudio? Quello sì che è perdere tempo.»

«Vuol dire che quello giusto deve ancora arrivare. Però ricordati, bella di nonna, che non si deve cercare la perfezione. Non si può avere troppo, se no gli dei si prendono di collera.»

«Nonna, ma quali dei?»

«L'hai capito quello che voglio dire. Tu non l'hai

vista la faccia che c'aveva il dottorino quando quello con la moto t'ha investito.»

La cosa mi era già stata riferita e mi lusinga solo in parte. «Perché non sai che faccia avevo io.»

«Dalla donna te lo aspetti. Lui sembrava passato sotto un treno e io gliel'ho detto pure a tua madre. Quel poveretto è innamorato perso.»

«Allora spiegamelo, nonna, perché non possiamo stare insieme se ci amiamo così tanto? Forse non è vero. Magari si chiama in altro modo, ma non è amore.»

«Accendimi il satellite e mettimi *Poldark*.»

«Nonna? Che risposta è?»

«Te lo volevo fare vedere. Pure quelli si amano ma ne hanno sempre una. Una volta le corna, un'altra i soldi. E fanno sempre baruffa. Però si amano, questo è sicuro.»

«Nonna, è una storia di fantasia! Non è la realtà.»

«Ricordati che la realtà supera sempre la fantasia!»

La lascio a rimirare i pettorali di Aidan Turner che falcia il grano mentre io cerco il mio cellulare, che squilla almeno per la seconda volta.

È Calligaris, per annunciarmi che Visone ha recuperato le informazioni su Anastasia Radieli.

«Niente di che. Si è sposata due anni fa con il fidanzato storico, un compagno di classe del liceo. Non sono andati all'università, lei ha sempre fatto l'addetta alle vendite cambiando vari settori. Lui lavorava in una compagnia di assicurazioni.»

«Cosa?»

«Compagnia di assicurazioni» ripete lui, pensando che io non abbia sentito. Ma io ho sentito benissimo. «Dottore, le ricordo che il furto del Beloved Beryl potrebbe essere stato proprio una truffa all'assicurazione. È una coincidenza, o forse no!»

«Ma lui si occupava di sinistri stradali, colpi di frusta, distorsioni di caviglie. Faceva il liquidatore.»

«E perché ha cambiato lavoro?»

«Dimissioni volontarie e si è trasferito a Firenze.»

«A fare cosa?»

«Non lo so, Alice. Mi hai chiesto di Anastasia. Posso dirti che il matrimonio è durato poco. Dopo sei mesi c'erano già i primi problemi.»

«Di che tipo?»

«Insoddisfazione di lei, pare. Voleva di più, o così ha detto a una sua collega da Tiffany che è sposata con un collega della mobile e che ha riferito informalmente.»

«Cosa, di più?»

«Alice, le donne vogliono sempre di più. Non ci è sempre chiaro in cosa consista. Fatto sta che hanno preso ognuno la propria strada e tanti cari saluti. Anastasia ha lasciato Tiffany ed è andata a fare la dama di compagnia a sua zia.»

«Insomma, niente di rilevante. Sui rapporti con gli zii non sappiamo niente?»

«... Aliceeee» mi chiama la nonna. «Vieni a vedere quel malacarne del capitano Ross...»

«Mi scusi, dottore. Stavo dicendo, Anastasia e gli zii?»

«Nessuna ombra. Tant'è che si è rifugiata a casa loro.»

«Può dirmi il nome del marito?»

«Emanuele Dall'Ava.»

Non mi dice niente. Lo cerco su Google, e non trovo niente.

«Ha una foto?» gli domando.

Calligaris nicchia. «Ho la copia della sua carta d'identità ma ovviamente non posso inviartela. Però se tu passi da qui...»

«Ho capito» dico, un'occhiata alla puntata di *Poldark* che è l'alternativa a quello che mi passa per la testa. Ovvero tornare a Roma a vedere il documento.

E tra le due, con un calcio alla pigrizia, scelgo la seconda.

E faccio bene. Perché quel sospetto che mi ronzava in testa si è dimostrato altamente probabile.

La foto è vecchia, ma la faccia è la sua. Doveva avere ventiquattro, venticinque anni. L'incarnato olivastro, i capelli portati lunghi, gli occhi scuri – a riprova che quelle che usava quel giorno erano lenti a contatto.

Stavolta non mi confonde più, in barba agli abili travestimenti, agli anni trascorsi e alle bugie.

Emanuele Dall'Ava è Alessandro Manzoni. E naturalmente tutto torna, perché per qualunque ragione – vendetta, acrimonia, gelosia, senso di giustizia (okay, a questa credo un po' meno) – potrebbe aver inviato la lettera per indirizzare i sospetti verso il nuo-

vo compagno di Anastasia. Come lo sappia e perché
lo faccia, è tutto da scoprire.

«Dottore, è lui.»

«Ne sei sicura?»

«Discretamente.»

Calligaris ne prende atto e organizza i passaggi ne-
cessari affinché un esperto raffronti le foto del documento con quella che io ho scattato e con il fotogramma della videocamera del giorno della rapina da Tiffany. «Con tutto il rispetto» aggiunge, delicato.

«Ci mancherebbe.»

Tanto io la risposta ce l'ho già.

Controllo il telefono in maniera compulsiva e nervosa. Continuo a sperare in un messaggio di Claudio da
quel giorno in cui gli ho fatto il blitz sotto casa. Come mi sono ridotta.

E tra l'altro adesso mi tocca tornare a Domodossola, da Velasco. Manco da troppo tempo, e anche se
lui via mail è stato comprensivo – gli ho detto che dovevo fare dei controlli per via dell'incidente – non
posso tirare la corda.

Cosa fare? Certamente non posso affrontarlo e dargli dell'assassino, o complice, o quel che è, ma dovrò
parlarne con Malara e affrontare la sua intolleranza
nei confronti di tutto ciò che è mera supposizione.
Il quesito è: farlo prima o dopo il risultato del tossicologo? La logica vorrebbe dopo, quanto meno per
dargli degli elementi oggettivi.

Ma come faccio a tenermi dentro il sospetto per tutto il tempo necessario?

Ho sette ore d'auto davanti a me per pensarci.

Ma temo che non basteranno.

Quando la tempesta sarà finita, probabilmente non saprai neanche tu come hai fatto ad attraversarla e a uscirne vivo

Haruki Murakami, *Kafka sulla spiaggia*

Ho tempestato di telefonate Meier, che le prime volte mi ha risposto, poi ha smesso di farlo, forse per evitare di mandarmi a quel paese. Quando mi ci metto sono peggio del tifo da zecca africana, mi diceva sempre Claudio. Se non altro bisogna ammettere che non manco di persistenza: ho detto al tossicologo che la ricerca delle graianotossine deve essere una priorità, che è urgente, che forse c'è un assassino a piede libero e roba così. Lui quasi quasi la prendeva sul ridere.

La mia ultima chiamata è appena rimasta senza risposta quando sento un timido colpo di nocche alla porta. È il tipico tocco di Velasco, discreto, gentile. Come lui mi è sempre sembrato. Da quando sono tornata l'ho evitato con ogni scusa possibile.

«Posso?» chiede, dolcemente.

«Certo, prof. Ci mancherebbe» rispondo e mi sento come se fossi seduta su un tappeto che copre una voragine.

«Alice. Ti trovi così male qui?» esordisce quietamente.

«Prego?»

«Intendo qui a Domodossola. Lo so, è una piccola provincia, ci vuol tempo per abituarsi, ma quando ti crei una tua rete di amici e di abitudini... è un posto come un altro. Né meglio né peggio di tanti altri.»

«Certo... però...»

«Però vuoi tornare a Roma.»

La Wally ha già vuotato il sacco. Era del tutto prevedibile. E se non ci fossero state di mezzo certe ambigue e spaventose circostanze io per prima mi sarei premurata di parlargli apertamente, senza nascondergli nulla. Ma forse, senza quelle stesse circostanze, non avrei sentito così impellente l'urgenza di andarmene.

«Niente di personale, prof... Ci sono tipi che riescono ad ambientarsi lontano da casa, io no.»

Accavalla le gambe. Un tuono fuori dalla finestra fa vibrare il vetro dell'infisso che dovrebbe essere rimodernato. Alberta è già andata via. Siamo soli.

«Secondo Valeria vuoi andare a Roma per ragioni di cuore. Ma ad ascoltare il cuore spesso si sbaglia.»

Chissà a cosa allude. Alla sua passione mai ricambiata per la Wally, o a quella fatale per Anastasia?

Sono irrequieta. La sua presenza per me non è più distensiva come un tempo. Mi sentivo a mio agio con lui, era un capo accomodante e pieno di tolleranza. E lo è ancora. Come può coesistere con tutto questo lo scegliere la strada dell'omicidio per togliere di mezzo un ostacolo? E a cosa, soprattutto?

Forse la verità è che siamo tutti buoni o cattivi a seconda delle circostanze. Non per perorare il relativismo, ma come altrimenti giustificare che ognuno di noi almeno una volta nella vita abbia cambiato faccia in base al proprio interlocutore? Siamo capaci di grandi slanci e di grande acrimonia, dipende solo dal contesto in cui ci troviamo. E non è opportunismo. I nostri sentimenti sono pienamente sinceri. Ma esiste chi tira fuori il peggio di noi, è un fatto. Il tutto rientra nella varietà delle emozioni che siamo in grado di provare, purché non le portiamo alle estreme conseguenze. Forse è proprio varcare il confine che ci definisce. Il momento cruciale è quello della scelta. Oltrepassato il limite, niente sarà più uguale.

«Prof, in verità non è la vera ragione. Io ho riflettuto a lungo, sono onorata di essere stata presa in considerazione da lei e sono grata per la sua accoglienza qui. Ma non è il posto per me. E mi creda, io non sono adatta a questo posto, le procurerei solo guai.»

Mi fissa. La mia sensazione è quella di una partita a carte falsata. Perché io conosco le sue carte, ma lui non conosce le mie. O sì?

Le braccia sono conserte mentre mi dice: «Guai? Ma davvero?»

Come al solito ho detto la cosa sbagliata. Era un modo di dire. Oppure un lapsus freudiano? «Be', la Boschi le avrà detto che sono un elemento un po' sopra le righe...» tento di correggere il tiro.

«Sì, me lo ha detto» dice con freddezza. «E non posso darle torto, se penso, per esempio, che hai chiesto a Meier di dosare le graianotossine. Che mossa strana, Alice. Chi vuoi che porti le graianotossine a Domodossola?»

Mi sento come se mi avesse fulminata. Dentro mi divampa un incendio d'ansia.

«Glielo ha detto Meier?» domando, la salivazione azzerata.

«Pourparler, come si dice» risponde con un sorriso innocente. «Come ti è venuto in mente? Per quanto tu sia studiosa, mi risulta poco credibile che tu conoscessi così bene la tossicologia forense...»

«In verità ho solo creato un algoritmo tra i sintomi manifestati da Megretti Savi e le sostanze in grado di produrli. Ho fatto il mio dovere» dico esangue.

«Certo, il tuo dovere. Non ho dubbi. Dico solo che è insolito.»

È insolito sì, e Velasco – che secondo la mia teoria si è portato il miele pazzo dalla Turchia o dal Nepal – lo sa bene.

«Ma io non ho chiesto solo le graianotossine.»

«Ah no? Meier scherzando mi ha detto che lo stai tormentando. Ma in effetti Meier è uno che non scherza mai.»

Il dilemma è logorante. Ora o mai più. O lo dico o taccio. Se parlo ne sconterò le conseguenze, e come se non bastasse ho l'abitudine di pagare un conto sempre molto salato per le mie improvvisazioni. Parlo, o no? A me sembra che lui voglia andare a parare proprio lì. Che mi stia quasi implorando di dirgli che faccio cercare le graianotossine perché Maria si è avvelenata spalmandosi sul pane il miele tossico che lui stesso ha dato ad Anastasia, affinché desse una mano d'aiuto alla falce del mietitore per fermare il cuore del cavalier Megretti Savi.

Però, parlando cosa potrei ottenere? Una confessione? Ma che siamo, in *Don Matteo*? È nata una nuova Alice. Un'Alice cauta. Una contraddizione in termini.

« Bene » dice lui di fronte al mio silenzio, come per tirare le somme, anche se con questa nebbia di tensione che ha invaso la stanza mi sembra che niente vada bene.

E proprio in quel momento, quando per giorni ha omesso di rispondere e per di più ha consegnato le mie teorie alla persona meno auspicabile, Sebastian Meier mi telefona.

Velasco guarda il display e riconosce il suo nome.

« Rispondi pure » mi dice serafico, ma è come se mi sfidasse.

Scuoto il capo, mentre il telefono continua a squillare.

« Rispondi, Alice. E metti in vivavoce.»

Non mi ha mai parlato in questo modo. È evidente, ha capito tutto.

Madonnina, a 'sto giro non ne esco viva. Spero che Meier semplicemente rinunci e chiuda. E invece il telefono continua a trillare per quella che a me sembra l'eternità. Paralizzata, non rispondo, mentre Velasco continua a fissarmi negli occhi, insondabile.

Il telefono smette di suonare e l'ultimo trillo lascia un silenzio forte come un'entità corporea.

Efficiente a sproposito, Meier si manifesta con un messaggio.

Velasco prende il telefono e lo recita ad alta voce: «'Mi sa che ti devo ringraziare, perché chi l'avrebbe mai detto che avrei trovato le graianotossine? Preparati, perché la parcella è salata. Chiamami appena puoi, così ti spiego nei dettagli.' E adesso? Come la mettiamo?» chiede, mantenendo inalterata la sua apparente inattaccabilità.

Mi sento stretta in una pressa.

«Professore... Me lo dica lei.»

«Cosa ti devo dire, io? Che devi fare il tuo dovere, ci mancherebbe. C'erano le graianotossine nel sangue di Megretti Savi? Che Malara lo sappia. *Questo* è il tuo dovere» rimarca.

Nel suo tono leggo intenzioni minacciose. «Certo» dico, la voce così bassa che sono costretta a ripetere.

«Benissimo.»

Tiro un sospiro di sollievo, sembra che se ne stia andando. Trovo il coraggio di un'ultima richiesta. «Professore... C'è una cosa che vorrei chiederle. Può esentarmi dal tornare in Istituto già da domani?»

Velasco si è già alzato dalla sedia. È sempre affascinante, malgrado tutto.

«Sei libera di fare quel che credi, Alice» replica, mentre si avvicina alla porta. Per un attimo il suo sguardo è attraversato da qualcosa che somiglia alla verità. E per quell'attimo mi sembra nuovamente lui, Francesco Cosimo Velasco, gentile, gioviale, un po' caotico ma sincero. E in quello sguardo leggo una tristezza radicale, pentita, profonda.

«Prof, vuole dirmi... perché?»

«Valeria me l'aveva detto, che ti piace fare la detective. Io pensavo esagerasse. E tu lo sai che non è il nostro lavoro, questo.»

«Lo so. Ma non sto facendo la detective. È Alice che lo chiede a Francesco.» Sento che per la violenza dei battiti il mio cuore finirà per esplodere.

«Non so di cosa parli» ribatte lui, imperturbabile, prima di chiudere la porta.

È l'ultima volta che lo vedo.

Capire, dubitare, raccontare

Franca Leosini

La signora Oggebbio non si dà pace. «Così repentinamente!»

«Se vuole lascio la caparra...»

«Oh, ma non è per i soldi! Mi faceva buona compagnia» mormora, intristita.

Le valigie sono già pronte, preparate in tempo record.

Il solito cupcake da Bertolozzi e una camomilla con il brandy, che spero non mi apra le porte dell'alcolismo. Ma mi ci voleva. Proprio tanto. Tornata a casa dall'Istituto, mi sentivo talmente scossa che nemmeno rivedere *Il diavolo veste Prada* per la millesima volta è riuscito a calmarmi. Quando Stanley Tucci dice: «Hai un disperato bisogno di Chanel» in genere mi sento meglio, ma stavolta niente.

Il programma era di partire domattina all'alba lasciando dietro di me una scia di polvere sollevata dalla strada, ma c'è un'ultima cosa che mi tocca fare. Meier mi ha mandato via PEC il pdf dell'esame tossicologico. Devo parlarne con Malara e poi sarò libera.

E quindi sono andata a Verbania. Ho guardato il lago, ne ho respirato l'odore, ho passeggiato sulla riva e ho seguito con lo sguardo la rotta delle barche a ve-

la. Ho cercato il coraggio nell'indomita fierezza dei
cigni e alla fine ho raggiunto il PM in Procura.

Malara porta una camicia di flanella che lo fa sembrare più disordinato del solito. Il cestino della spaz-
zatura è pieno di cicche e bicchierini vuoti di caffè. E
non è che mezzogiorno, che poi era l'unico orario di-
sponibile per ricevermi e darmi il tempo necessario
per spiegargli qualcosa che, gli ho già anticipato, sarà
molto articolato.

In effetti entrare nell'argomento è difficile, perché
significa partire dall'intossicazione di Maria ed espor-
gli tutto il processo che mi ha portata al miele pazzo.
E per una che già gli ha parlato del sedicente poliziotto Alessandro Manzoni la faccenda è spinosa.

Quando nomino il mad honey lui si confonde definitivamente.

«Mad che?»

«Mad honey, ovvero miele pazzo. Esiste, eh!»

«Dottoressa, lei ha tanta buona volontà, ma non so
perché dopo che parlo con lei mi viene l'emicrania.»

Ma io proseguo imperterrita. «Il miele pazzo con-
tiene le graianotossine, sostanze che lasciano le cellule
eccitate in uno stato di depolarizzazione e determina-
no l'aumento del sodio intracellulare. Sul cuore questo si traduce in una bradicardia molto intensa ed è
proprio quel mezzo insidioso che stavamo cercando.»

Gli spiego che l'esame tossicologico dimostra in-
confutabilmente che Luigi Megretti Savi e Maria
hanno assunto entrambi il miele velenoso. Essendo
giovane e in buone condizioni, Maria si è ripresa in

ventiquattro ore, come avviene in genere in questi casi; ma non Luigi, che assumeva già la digitale, che ha un meccanismo d'azione simile a quello delle graianotossine e il cui effetto è quindi risultato potenziato. Quando aggiungo che quel miele proviene dalla casa di Velasco e che probabilmente lui, insieme ad Anastasia Radieli, è responsabile della morte di Luigi, Malara non sembra colpito. Alla rivelazione che Alessandro Manzoni è in realtà Emanuele Dall'Ava, cioè l'ex marito della già citata Anastasia, ancora meno. E mi racconta un'altra storia, frutto delle sue indagini, ma che alla fine converge con la mia.

«È stata Anastasia Barbarani ad avere i primi dubbi, quando la spilla con il Beloved Beryl è stata rubata la notte del matrimonio della Radieli con Emanuele, perché quel ragazzo non le era mai piaciuto. Ma fino all'ultimo si è rifiutata di credere che sua nipote Anastasia fosse connivente.»

«Vuol dirmi che lo sapevate già? Che Alessandro Manzoni è l'ex marito di Anastasia Radieli?»

«Dottoressa, a lei piace investigare... ma per noi è un lavoro serio. Dall'Ava è un ladro professionista. Incensurato, ovviamente. È il migliore. Ha puntato il Beloved Beryl sin dalla prima volta che l'ha visto. Che la zia riccona lo abbia messo per il matrimonio è stata una bella fortuna. Con un colpo da maestro, e contando anche sul fatto che la zia non avrebbe mai sospettato di loro, Emanuele e Anastasia tradiscono la sua fiducia e le sottraggono la spilla. Poi Anastasia ed Emanuele rompono bruscamente. Anastasia si prende la pietra, che nel frattempo Emanuele aveva fatto smontare dalla spilla e si rifugia dalla zia. Anche perché a Domodossola, durante una visita, ha conosciuto Velasco. Anastasia ha raccontato alla zia che Emanuele l'ha tradita e lei per questo motivo lo ha lasciato. In verità è tutto l'opposto. Anastasia è stufa e vorrebbe ripartire da zero.»

«Anastasia ha parlato? Dov'è? L'avete già arrestata?» gli chiedo, furiosa come quando ci si è persi una scena cruciale del film perché scappava di andare al bagno.

«Non lei. Lui. Emanuele, o Alessandro Manzoni, l'ho acciuffato proprio ieri mentre provava a superare il confine in Friuli e passare in Slovenia, per far perdere le sue tracce. C'ero arrivato anche io alla sua identità, scandagliando le persone vicine ai Megretti Savi. L'incentivo me lo ha dato con quella lettera. Si è creduto troppo furbo, ma chi pecca di eccessiva fiducia in sé, spesso fa la fine del topo.

«Emanuele non ci sta» prosegue «a lasciare il Beloved Beryl ad Anastasia. Un po' per ripicca, un po' perché è venale, prende contatti con Mirko. Tra delinquenti parlano la stessa lingua e si capiscono subito. Attraverso Mirko rimedia il povero Arsen, giardiniere occasionale della villa. Nottetempo entrano insieme, Emanuele per distrarre la sua Anastasia, Arsen per fare il lavoro sporco. Ma qualcosa va storto, Anastasia si insospettisce subito. Non per niente ha imparato dal marito. Capisce che lui è lì per la pietra, Emanuele non riesce a fermarla e lei sorprende Arsen in flagrante. Il ragazzo ha già preso il diamante, se l'è messo nella giacca e ha inviato un messaggio a Maria per dirglielo. Ma quando si accorge che la situazione si fa rovente, lo inghiotte per sicurezza. Arsen è disposto a tutto, Dall'Ava gli ha promesso quelli che per lui sono un sacco di soldi. Emanuele cerca di controllare Anastasia, che segue Arsen e minaccia di chiamare la polizia. Al suo urlo, Arsen compie l'ultimo passo falso proprio quando aveva raggiunto il balcone. E il resto della storia lo conosce.

« Quando torna in possesso della pietra, Emanuele sa già cosa farne. Venderlo a un russo attraverso un circuito illegale in cui lui si muove con destrezza. Ma subentra il sentimentalismo. Che idiota» non può fare a meno di commentare Malara. Forse per lui indugiare nei sentimenti è una debolezza imperdonabile.

« Anastasia lo blandisce. Ed è qui che il nostro Alessandro Manzoni ha perso la partita. Vuole restituire la pietra ad Anastasia. Il ladro non è privo di scrupoli. In verità spera con questo gesto di riconquistare la sua amata Anastasia. Ma come fare con il russo che ha già pagato la metà del valore pattuito per la pietra?»

« La ruba in una gioielleria» rispondo seguendo la sua logica, «così è libero di restituire il Beloved Beryl ad Anastasia.»

« Esattamente. E Anastasia, venale fino al midollo, se lo riprende senza colpo ferire e a quel punto, ritenendosi al di sopra di ogni sospetto, per evitare di perderlo di nuovo decide di monetizzare subito.»

«Passandolo alla casa d'aste.»

«Vedo che mi segui.» Trangugia un bicchiere d'acqua che si è versato prima di proseguire. «Anastasia si è messa in contatto con un intermediario, un vecchio amico di Emanuele con cui però l'ex marito aveva chiuso molto male. Un tipo con le mani in pasta un po' dappertutto. Anastasia sa come convincerlo. Gli promette una lauta percentuale del ricavato dell'asta oltre a qualunque altra spesa accessoria. E il tizio accetta. Nel frattempo, Emanuele non perdeva di vista la sua amata Anastasia, e con molta discrezione – ci sa pur fare – seguiva le sue mosse. Quindi non gli è sfuggito che la sua ex non era l'innocentina che lui credeva. Una volta che capisce di non aver concluso niente ridandole la pietra, si sente uno stupido ad aver perso l'una e l'altra, ma non si rassegna. Emanuele ha voluto indirizzarci verso Velasco. Ma non voleva fare il suo nome esplicitamente, perché aveva il timore che indicandolo si sarebbe potuto risalire pur sempre a lui, l'ex marito della sua attuale compagna, non soltanto un ladro ma per di più in cerca di vendetta. Ha preferito essere cauto. Soprattutto quando scopre che con il ricavato della vendita della pietra i due nuovi amanti hanno grossi progetti. Sa, quelle cose tipo comprare una villa a Santo Domingo e vivere di rendita? Dovesse essere l'ultima cosa che fa, Emanuele cerca in tutti i modi di impedirglielo. E così usa le sue capacità e i suoi mezzi per controllare Velasco. Pensai al giorno della commemorazione, quello in cui lo ha riconosciuto. Era lì per affrontare Velasco.»

Ed ecco spiegato perché d'un tratto il prof sia sparito. E ora capisco anche perché nessuno abbia riconosciuto ufficialmente Alessandro Manzoni. Anastasia Radieli in realtà ha certamente mentito, chiedendo di fare lo stesso alla zia. La Barbarani le perdonerebbe qualunque cosa, questo è chiaro.

« A questo punto credo che le cose siano andate così. Luigi Megretti Savi ha scoperto il giro della pietra. Magari si è insospettito per via del furto di Arsen e forse ha capito che l'unica spiegazione possibile era che il Beloved Beryl fosse nelle mani della nipote. Oppure ha intercettato qualcosa, una discussione tra Dall'Ava e la Radieli, non lo sapremo finché lei non lo ammetterà. Probabilmente ha affrontato la Radieli, l'ha messa alle strette e lei, sentendosi in trappola, ha pensato bene di accelerare la dipartita dello zio, che aveva già un piede nella fossa, con l'aiuto prezioso dell'amante medico legale. Chi meglio di lui poteva sapere come farla franca? »

Tra noi cala un silenzio esterrefatto e costernato. Adesso siamo in due a sapere che un uomo che abbiamo considerato un valente professionista, e con il quale abbiamo collaborato in armonia, è in realtà una persona insospettabilmente subdola.

« Non ho parole » concludo, grattandomi il dorso della mano più per nervosismo che per vero prurito, incapace di resistere al silenzio.

« Non ce ne sono » chiosa lui. « Dovrò convocare Maria Roncaro e lei dovrà confermare tutto. Se mi ricordo bene ha un pessimo carattere. E poi dovrò mettere sotto torchio Anastasia Radieli e farle raccontare la verità. »

« Auguri » gli dico d'istinto, perché mi son fatta l'idea che Anastasia sia una bugiarda patologica. Non mi stupirei se per uscirne pulita addossasse ogni colpa a Velasco. Del resto è riuscita a uscirne pulita, più o meno, agli occhi dell'ex marito, la cui vista, pur annebbiata dal sentimento, è pur sempre quella d'aquila di un ladro professionista.

« Grazie » risponde lui, con un sorriso.

« Ma davvero Emanuele non dubita di Anastasia? Cioè, intendo, secondo lui è stato soltanto Velasco a ordire la trappola del miele pazzo? »

« Dottoressa, la gente fa cose molto stupide per amore. »

« Sì, ma lui è uno scaltro, mi rifiuto di credere che lei se lo rigiri come vuole. »

« Magari Emanuele, a sua volta, si rifiutava di credere che lei se lo stesse rigirando! » obietta, fiero della propria arguzia.

« Ma come ha potuto pensare che Velasco stesse progettando di far fuori Megretti Savi senza coinvolgere Anastasia? Cioè, per logica, o il piano comprende entrambi o è incomprensibile. »

« Bel gioco di parole. Mi complimento. È un ladro, dottoressa. È entrato in casa di Velasco e ha frugato ovunque. Saprebbe dirle anche che marca di intimo utilizza. E il professore non ha pensato di cancellare la cronologia delle ultime ricerche dal browser, tutte finalizzate a trovare una sostanza velenosa al di sopra di ogni sospetto. »

« Giusto. Ma con il lavoro che fa, Velasco avrebbe potuto cercare quelle informazioni anche a titolo scientifico. »

« Verissimo. Ma poi Megretti Savi è morto davvero e il ladro ha fatto due più due. O almeno, ci ha provato. Se l'è giocata come unica carta per togliersi di mezzo il rivale in amore. Insomma, una storia romanticissima, se non fosse che di mezzo ci sono furti e omicidi. »

« Del resto il crimine origina sempre da pulsioni fortissime, e se non lo è l'amore... » mi trovo a commentare.

« Eh, già. E così lei se ne va, Alice » aggiunge poi, mentre sfoglia distrattamente un libro di diritto penale.

« Be', signor giudice, date le circostanze... »

« Qui resteremo in stato di emergenza, con Velasco fuori dal giro. »

« Arriverà qualcun altro. È una posizione appetibile. »

« Ma non per lei » considera, con tono incolore.

« Lo sarebbe anche per me, ci mancherebbe. Non ci si può permettere di rifiutare niente. Ma io sono una pazza imprudente che sceglie sempre la strada più difficile. »

Malara fa una smorfia senza guardarmi in viso. « Peccato. Se fosse rimasta, le avrei chiesto di uscire con me a cena, lo sa? » Resto abbastanza interdetta.

No che non lo so. Non lo avrei mai detto. Abbozzo un sorriso imbarazzato. «Ma non resta. Per cui, inutile pensarci. E dire che quando ha dato la pietra ad Alessandro Manzoni la ritenevo completamente cretina. E invece.» Penso di essere diventata color porpora fino alla radice dei capelli. Non sono più abituata a flirtare, sono anni che mi sono consacrata alla randellata quale espressione del massimo sentimento. «Non volevo metterla in imbarazzo. So che è impegnata, anche se... Non so, mi era parso di capire che non lo fosse più...»

«È molto difficile da spiegare» gli dico, e lo penso davvero.

Malara annuisce. «Lo è sempre. Ma basta, dimentichi quello che le ho detto. Le auguro un buon rientro a Roma e un futuro radioso» dice con tono formale, indossando di nuovo i panni del giudice composto che non si concede svirgolate. Gli porgo la mano, ma lui non mi sta più guardando, forse è in imbarazzo, forse è pentito di essersi sbilanciato. La mano resta sospesa nel vuoto e io la ritiro. Lo saluto e, nel farlo, sento di salutare un luogo, un tempo, un ciclo.

Il suo telefono nel frattempo ha squillato. Mentre mi dirigo verso la porta lo sento sbraitare.

«Ma com'è possibile che vi sia sfuggito! Cosa? Volatilizzato? Ma siete impazziti?» Fermo il passo. Un pensiero mi attraversa. Continuo a sentire Malara inveire contro i suoi sottoposti e chiudere il telefono, per poi scagliarlo contro la parete. Si volta verso di me, pietrificata di fronte all'uscio.

«Alessandro Manzoni è scappato, vero?» domando, timidamente. Per me questo resterà sempre il suo nome.

Malara è furioso, gli occhi fuori dalle orbite, una vena gonfia sulla fronte. «Dottoressa, non è il momento. La prego di lasciarmi solo.»

Abbasso lo sguardo, imbarazzata. Forse sono stata invadente a rimanere. Sarei dovuta andare via, tanto le urla le avrei sentite anche fuori dalla sua stanza, credo che le abbiano sentite anche sull'Isola Bella.

Raggiungo a piedi l'auto parcheggiata un po' distante. Il tepore delle ore postmeridiane mi sembra una vera delizia. Una volta al volante scelgo la musica da ascoltare durante il tragitto e direi che i Velvet Underground sono perfetti. Mi aspetta un lungo viaggio, ma pochi ne ho intrapresi con altrettanta voglia di arrivare a destinazione. E proprio mentre la voce di Maureen Tucker scandisce i numeri all'inizio di *After Hours* sono certa di vedere di nuovo Alessandro Manzoni che mi fa l'occhiolino, qui, sul marciapiede accanto alla mia auto. Un sorrisetto felice da bambino birbante che l'ha fatta franca.

Ma non è vero. Non è qui, ora, l'ho solo immaginato.

La Felicia parte con la solita marmitta borbottante.

Preparati, Roma, Alice torna in città!

The fairest of the seasons

Non c'è voluto poi tanto a riprendere le abitudini di sempre. Ho preso in affitto un bilocale. Niente coinquilini, non ho più pazienza. L'unico che desidererei non posso averlo, sicché meglio lasciar perdere. Coinquilino. Fosse solo questo.

La Wally è rimasta sconcertata quando ha saputo che Velasco è in stato di fermo con l'accusa di omicidio con l'aggravante della premeditazione. «Spero che riesca a dimostrare la sua innocenza» ha commentato, per mia fortuna senza sapere che ho dato il mio contributo alla sua incriminazione. «Sicuramente è stato manipolato da quell'oca giuliva» ha aggiunto a proposito di Anastasia Radieli, che a sua volta, com'era prevedibile, scarica ogni responsabilità sull'ex marito e sul compagno, sia per quel che riguarda il furto sia, soprattutto, per l'omicidio dello zio.

Anastasia Barbarani è riuscita a recuperare il Beloved Beryl. Lo ha tenuto con sé un mese, durante il quale lo ha guardato e riguardato. Gli oggetti devono darci gioia, recita una filosofia di vita molto in voga negli ultimi anni. Anastasia questa gioia non doveva provarla più e ha scelto di consegnare la pietra a Giulio Barbarani. Generosità o paura della maledizione? Chissà. Forse pensa che non potrà mai più indossarlo ricordando il prezzo che ha dovuto pagare per riaverlo. Nel frattempo Silvia continua a fare l'amante ben contenta del suo ruolo, ma lei non teme maledizioni e il Beloved Beryl le piacerebbe, altroché.

Nessuno sa che fine abbia fatto Alessandro Manzoni. Secondo le fonti di Calligaris ha varcato il confine svizzero, è riuscito a penetrare in Francia e le sue tracce si perdono in Andorra, nelle nebbie di una nuova avventura.

Dopo un po' la mia vita è tornata quella di sempre, con l'aggiunta di una pena sottile, tormentosa e quotidiana.

Non so cosa sia più angosciante. Vederlo, struggermi e pensare che è finita oppure vederlo, struggermi e pensare che non lo vedrò più perché tra due giorni partirà per Washington. Non posso nemmeno consolarmi pensando che lì si ricorderà di me, in quanto si è già acclarato che di quando ci siamo stati insieme sostanzialmente non serba ricordi a sfondo sentimentale. Quando invece per me quel viaggio ha significato moltissimo, perché ha iniziato a farmi capire che il nuovo ruolo di fidanzatina di Arthur che mi stavo ritagliando addosso non era fatto su misura, bensì mi stava piuttosto stretto. Non ti avrei apprezzata così tanto, Washington, se avessi immaginato che alla fine mi avresti rubato quel che amo di più.

«Che fai, vuoi partecipare o no? Dillo sinceramente.»

« A cosa, Lara? »

« Ma allora non mi hai ascoltata? Alla festa per salutare Claudio. »

« Chi la organizza? »

« Specializzandi e dottorandi. Una cosa informale, eh. Niente di che. Gli facciamo anche un regalo, una cosa tipo una penna, bisogna vedere quanto riusciamo a raccogliere. »

« Devo versare la mia quota? Quanto serve? » chiedo, mezza intontita dall'amarezza. Partecipare alla festa quando io farei tutto fuorché festeggiare.

« Dieci euro. »

« Alla faccia. Vi siete sprecati. »

« Senti, Ali, se vuoi fargli un regalo speciale tu, sei liberissima, eh. Solo che, trattandosi di te, dubito che lui si accontenterebbe di un pacchetto. »

« Tieni » dico porgendole la banconota.

« Ma verrai? »

« Meglio di no. Mi prenderebbe l'angoscia. »

« Come vuoi. In effetti, prima ti fai passare la malinconia, meglio è. Inizi a ricordarmi le larve che Conforti mi costringeva ad analizzare. »

Intanto sono tre giorni che lui non si fa vedere in Istituto. Fonti bene informate dicono che sia in affanno con i preparativi. Per me tanto meglio, così inizio ad abituarmi all'assenza. Dopotutto in questi ultimi tempi eravamo formali ai limiti del credibile. Ci limitavamo a parlare di morti, che nel nostro caso è del tutto congruente. Quello che mi manca di lui è perso da talmente tanto tempo che, prendendo in prestito un paragone dalla medicina, il dolore da iperacuto si è trasformato in cronico.

Beatrice non si è più fatta vedere in Istituto, se non in alcune circostanze inderogabili. La coincidenza dà manforte ai miei sospetti, ma non le serbo rancore. Se avesse il coraggio di guardarmi in faccia e di rivolgermi la parola, glielo direi pure. Che me ne faccio del rancore?

Di tanto in tanto vado a spolverare Mortimer, quel cranio che ho fatto a pezzi quando ero una studentessa interna e che Claudio ha amorevolmente riparato con l'Attak. Apparteneva alla collezione privata del Supremo, l'ha donato all'Istituto quando è andato in pensione. È lugubre, ma gli sono affezionata. Mi ricorda quando tante cose dovevano ancora succedere, quelle più importanti erano ancora da vivere e potenzialmente il finale avrebbe potuto essere un altro.

« Scusatemi, sarebbe una festa a sorpresa? Per Conforti? Ne siete sicuri? » chiedo, trovando la biblioteca allestita a sala rinfreschi. Claudio odia le sorprese per definizione. Lara ed Erica hanno allestito una specie di buffet, pieno di porcherie, chips di ogni tipo, tartine con il pâté spalmate da Erica con le sue manine e, ringraziando Dio, tanti alcolici.

La Wally è mesta. Pare che abbia detto – non a me, s'intende – «Mi mancherà, dopotutto». È stata una complice imprevista: gli ha telefonato e con una scusa gli ha detto di venire qui in Istituto. Questo significa che devo far presto ad arrabattare le mie cose e a dileguarmi. Ma mentre ripongo i fascicoli nella borsa mi dico che solo una vigliacca scapperebbe così. E io non sono una vigliacca. *Lui* lo è stato. Ma io sono quella che, se ne vale la pena, si gioca l'ultimo frammento di cuore. Lo saluterò come tutti gli altri, come un'estranea, come se per quella manciata d'ore non avessimo avuto un bambino insieme, come se non lo avessi amato per tutto questo tempo, come se non lo amassi ancora. Come se fosse una persona qualunque, che è passata di qui, e dalla mia vita, solo per caso, solo per sbaglio, senza lasciare il segno.

Non metto nemmeno il camice. Mi troverà come sono, con la camicetta rossa, la gonna blu e il cuore a pezzi.

Il prosecco da due euro a bottiglia ovviamente lo ha comprato Paolone. Fosse dipeso da me, su questo non avrei lesinato. Ma d'altra parte, ho anche io qualcosa per cui brindare. La sua partenza forse mi permetterà di vivere in maniera nuova e diversa. Se questo era il nostro finale, tanto vale che io ci provi, a ripartire da me stessa. Se smetterò di metterci il sale tutti i giorni, forse la ferita guarirà.

Non si aspettava questa festa, Claudio, è in imbarazzo come in tutte le situazioni che lui stesso non ha creato e su cui non ha il controllo. È un filo nervoso, ma questo potrebbe dirlo soltanto chi lo conosce bene.

Io penso che non tornerà più. È veramente la fine di un'intera era.

Lara ha intonato: «Perché è un bravo ragaz-zooooo», tutti hanno applaudito, anche la Wally e Anceschi, io me ne stavo nell'angolo ed ero già al secondo flûte, dicendo a me stessa, *Alice, non prenderne un terzo, a ubriacarti ci penserai stasera, al riparo da occhi indiscreti.* In quel momento ci siamo guardati e forse quello sul suo viso era rimpianto. Qualunque cosa fosse, in ogni caso, è durata un attimo. Quando Anceschi ha detto: «Discorsooooo» lui ha messo la mano sulla fronte, come per volersi concentrare.

«Le parole non sono il mio forte» esordisce.

«Non ce n'eravamo accorti!» esclama Lara. È la volta buona che la fulmina. E invece annuisce.

«Giusto. Hai ragione. Ci sarebbe tanto da dire. Ma se poi prendo la china dei ricordi, non parto più. E dire che penso di essere la persona meno sentimentale sulla faccia della terra.»

«No, prof, lei sentimenti non ne ha proprio» aggiunge Paolone, con finta serietà.

Claudio fa un sorriso amaro e sbatte lentamente le palpebre. «Be', l'unica consolazione è che non mi rimpiangerete.»

«Ora glielo possiamo dire. La chiamavamo dottor Sconforti» rincara Paolone.

«Ma io l'ho sempre saputo. Era una delle gioie della mia vita. Che altro dire? È stato un privilegio lavorare con ognuno di voi.»

«Ma tanto ritornerà, no?» chiede Erica, speranzosa.

Claudio non sa cosa rispondere. La verità la conosce anche lui e vuole evitare di ammetterla. Quando tornerà dagli States, *se* tornerà dagli States, sarà per dirigere un Istituto che – salvo una dipartita della Wally – non sarà questo. A toglierlo dall'imbarazzo ci pensa la stessa Wally. «Noi tutti gli auguriamo il meglio. E se il meglio sarà tornare qui a Roma, noi saremo felicissimi di riaccoglierlo a braccia aperte.»

Segue il brindisi. Tutti vanno a fare cin cin con lui, Erica gli getta le braccia al collo, e Lara fa lo stesso per sfotterla. È una processione di specializzandi e colleghi. Solo io mi astengo, sperando di passare inosservata, ma è lui ad avvicinarsi. Inclina il suo flûte sul mio.

«E tu, Allevi, non mi saluti?»

«L'ho già fatto, molto tempo fa.» Verifico che nessuno ci stia guardando prima di dirgli, con gli occhi che sento già lucidi: «Io vorrei cancellare tutto quello che è successo».

«Non proprio tutto» mormora lui, le guance colorite dal nervosismo e dal prosecco.

«Intendo le cose brutte. Scusami. Sono confusa e parlo male. Le cose belle, quelle no. Io penso che non rivederti più sarà insopportabile.» Il silenzio dura un momento più del dovuto. Oltre un certo numero di secondi diventa disagio. E vorrei riempirlo dicendogli, d'impulso, *portami con te*. Ma mentre sogno a occhi aperti, lui posa il flûte sul tavolo e mi prende la mano. La realtà sta superando le mie fantasticherie. Mi conduce in quella che da domani non sarà più la sua stanza e chiude la porta a chiave. Io strabuzzo gli occhi. Penso che dopotutto il prosecco da due euro di Paolone abbia un lodevolissimo coefficiente alcolico.

«Alice, quanti errori abbiamo fatto, io e te. Quanti» ripete, la fronte poggiata sulla mia.

«Non hanno più importanza. Niente ne ha, se penso che te ne andrai.»

«Io sono sbagliato per te.»

«E io per te. Però ci amiamo. Perché è ancora così, vero?»

«Alice, per me è sempre stato così.»

«Devi ammettere che hai fatto di tutto per non farmelo capire.»

«Su questo proporrei di sorvolare. Perché il vero problema adesso è un altro. Ho preso un anno di aspettativa e domani ho un volo per l'America. Che si fa?»

Aspetta una risposta. O forse, una proposta.

Butta il cuore oltre l'ostacolo, Alice.

«Portami con te, no?»

RINGRAZIAMENTI

L'ispirazione per questo romanzo è venuta dalla mia piccola Eloisa, che un giorno mi ha chiesto di raccontarle una storia su un fantastico diamante rosa. Non so dove ne abbia sentito parlare, ma fatto sta che l'idea in me ha messo subito radici. Quando ho iniziato le prime ricerche ho trovato molto materiale: i diamanti hanno sempre colpito la fantasia degli autori. Mi sento pertanto debitrice nei confronti delle cronache e delle storie che hanno ispirato le peripezie del mio Beloved Beryl, e in particolare mi riferisco agli scritti di Candida Morvillo a proposito del leggendario diamante Princie e all'intramontabile classico *La pietra di luna* di Wilkie Collins.

Ci tengo inoltre a precisare che nella città di Domodossola, cui sono molto grata per l'ospitalità, non esiste nessun Istituto universitario di medicina legale, tanto meno in Regione Siberia. È stata una licenza che mi sono concessa per utilizzare questa città come sfondo per una nuova avventura di Alice.

Come sempre, sono numerose le persone cui devo sincera riconoscenza per avermi supportata e sopportata durante la gestazione di questo nuovo romanzo.

E quindi dico grazie:

a Stefano e Cristina Mauri, per la loro preziosa presenza;

al Team Longanesi composto da Giuseppe Strazzeri, Fabrizio Cocco, Raffaella Roncato, Tommaso Gobbi, Diana

298

Volontè, Guglielmo Cutolo, Alessia Ugolotti e Patrizia Spinato, e al Team GeMS e Prolibro, con un tributo particolare alla cara Graziella Cerutti;

a Carmen Prestia, che è molto più che un'agente, è una vera benedizione;

a Peter Exacoustos, il cui consiglio è per me ormai imprescindibile, a Massimo Del Frate e Benedetta Galbiati, perché ha reso Alice un sogno sempre più grande e più reale;

ad Alessandra Mastronardi e a Lino Guanciale, per tutto ciò che hanno donato di loro stessi ai miei Alice e Claudio. La loro interpretazione continua a essere per me una meravigliosa fonte di ispirazione;

al dottor Alessandro Teatino, per la preziosa consulenza in materia di tossicologia forense;

a Daniele Giandolini e con lui anche a Mariangela Camocardi per avermi dato la possibilità di conoscere i bellissimi luoghi di Verbania;

a Bruno Ventavoli, per l'onore della sua stima;

a Maria Elena Galla della Libreria Galla di Vicenza per i suoi preziosi aneddoti sulla zia Bianca. A tal proposito colgo l'occasione per ringraziare ufficialmente per il loro sostegno tutti i librai che ho incontrato in questi anni di giri per l'Italia, troppi per citarli tutti, e tutti quelli che fanno il tifo per me.

E naturalmente grazie alla mia famiglia, cui devo lo stato d'animo sereno che di fatto è la base di una scrittura che diverte in primo luogo me. E quindi grazie al mio incrollabile Stefano, alle mie piccole *girls* Eloisa e Bianca, all'insostituibile sostegno di mia mamma e mia nonna, ai miei zii, alla mia famiglia acquisita e alle mie più care amiche.

C'è infine un'ultima cosa che voglio dire ai miei leali lettori, che non vorrei mai deludere.

Siamo arrivati all'ottavo libro su Alice. Neanche io osavo sperare tanto.

Otto libri in cui ho cercato di raccontare la vita di una ragazza di oggi alle prese con un lavoro particolare e con una vita sentimentale complicata.

Penso che sia arrivato il momento di salutarla, almeno per un po'. Proprio come Alice non credo alla parola « mai » e ancor meno al binomio « mai più », per questo motivo non dirò che questo libro è l'ultimo su Alice. Conoscendola tornerà a farsi viva, prima o poi. Quando vuole sa anche essere un po' prepotente. Ma per adesso sento il bisogno di lasciarla da parte per qualche tempo, lì, a Washington con CC. Perché alla fine ce l'ha portata, ve lo posso garantire.

Sono certa che quando tornerà avrà tanto da dire, ma spero che nel frattempo seguirete me e le nuove storie che avrò da raccontare...

ALESSIA GAZZOLA
ARABESQUE

Tutto è cambiato, per Alice Allevi: è un mondo
nuovo quello che la attende fuori dall'Istituto di
Medicina Legale in cui ha trascorso anni complicati
ma, a loro modo, felici. Alice infatti non è più una
specializzanda, ma è a pieno titolo una Specialista in
Medicina Legale. Quando le capita il suo primo
incarico di consulenza per un magistrato, Alice si
rimbocca le maniche e sfodera il meglio di sé.
Al centro del caso c'è una donna di quarantacinque
anni, un tempo étoile della Scala e oggi proprietaria
di una scuola di danza. In apparenza è deceduta per
cause naturali. Eppure, Alice ha i suoi sospetti e per
quanto vorrebbe che le cose, per una volta almeno,
fossero semplici, la realtà è sempre pronta a
disattenderla...

LONGANESI TEA

**I romanzi di Alice Allevi
nel catalogo Longanesi**

L'allieva

Un segreto non è per sempre

Sindrome da cuore in sospeso

Le ossa della principessa

Una lunga estate crudele

Un po' di follia in primavera

Arabesque

  **LONGANESI**

Fotocomposizione Editype S.r.l.
Agrate Brianza (MB)

Finito di stampare
nel mese di ottobre 2018
per conto della Longanesi & C.
da ▓ Grafica Veneta S.p.A. di Trebaseleghe (PD)
Printed in Italy